春晚　改革开放　亚运会　上海APEC峰会　WTO
港澳回归　SARS　神舟五号　黄河站　神舟六号　青藏铁路
文化体制改革　三峡工程　高铁大提速　嫦娥一号　汶川地震
北京奥运会　全球金融危机《文化产业振兴规划》上海世博会
全球第二大经济体　移动互联网　4G　诺贝尔奖……
《飞得更高》《怒放的生命》《春天里》《黄河之子》
《我的祖国》格莱美《走进新时代》奥运礼服　中式嫁衣
《时尚芭莎》BAZAAR　明星慈善夜　芭莎娱乐　名利场
《云水谣》《风声》好莱坞　EXO　小鲜肉　流量　Idol　嘻哈
《渴望》《编辑部的故事》《北京人在纽约》《金婚》
IP剧《甄嬛传》《红高粱》《芈月传》亚洲当代艺术《面具系列》
《最后的晚餐》1.8亿港币　……

父老不知招屈恨，少年争作弄潮游。

湖岸
Hu'an publications®

季艺 / 著

巨流

大时代的弄潮儿

北京联合出版公司

图书在版编目（CIP）数据

巨流：大时代的弄潮儿 / 季艺著. — 北京：北京联合出版公司，2021.3
ISBN 978-7-5596-4675-0

Ⅰ.①巨… Ⅱ.①季… Ⅲ.①纪实文学—中国—当代 Ⅳ.①I25

中国版本图书馆CIP数据核字(2020)第221276号

巨流：大时代的弄潮儿

作　　者：季　艺
出 品 人：赵红仕
选题策划：湖　岸
责任编辑：高霁月
特约编辑：周　赟
书籍设计：typo_d
版式设计：王柿原

北京联合出版公司出版
(北京市西城区德外大街83号楼9层 100088)
北京联合天畅文化传播公司发行
北京华联印刷有限公司印刷 新华书店经销
字数209千字 880毫米×1230毫米 1/32 11.125印张
2021年3月第1版 2021年3月第1次印刷
ISBN 978-7-5596-4675-0
定价：68.00元

版权所有，侵权必究
未经许可，不得以任何方式复制或抄袭本书部分或全部内容
本书若有质量问题，请与本公司图书销售中心联系调换。电话：(010) 64258472-800

感谢父母的照顾，你们辛苦了。
祝我早日康复。

目录

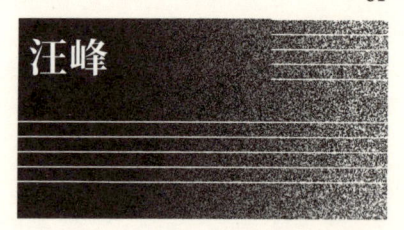

01
汪峰
中国企业家们喜爱的摇滚明星

33
郎朗、郎国任
自由之路

93
郭培
春晚大裙子制作者

125
苏芒
发展就是硬道理

169 李冰冰、李雪 搏命姐妹

209 吴亦凡 回家

269 郑晓龙 国民导演

309 曾梵志 凡人梵志

后记 **347**

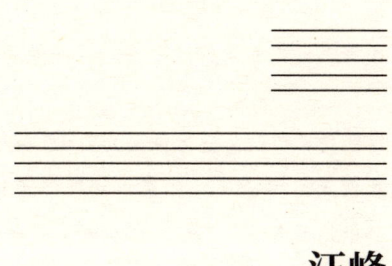

汪峰

汪峰
中国企业家们喜爱的摇滚明星

距离上一张专辑仅有半年，汪峰发布了全新专辑《生无所求》。

这张被称为"为全体中国人创作"的唱片共有26首歌曲，其中有8首在两天之内录完。如果你问汪峰为什么如此强调这几个数字，他会骄傲地回答说："这是因为99%的歌手都做不到，水平比较高的人一天能唱4首。"

"当状态好的时候一定要唱，否则等你状态不好的时候就完了。"

个体户的优势

在过去的十个月里，汪峰每天上午十点到下午两三点写歌，这种产量和工作效率令他与摇滚乐坛其他创作型歌手形成了两极：许巍已经有三年没有发过唱片，朴树沉寂了八年，崔健是六年，"魔岩三杰"则完全在主流市场销声匿迹。在最初几张专辑大获成功之后，他们多多少少都染上了一些"毛病"。崔健变得更像是一个哲学家，日常喜欢谈论西方文明的精神内核，音乐上则成为一个过分依仗技术与细节的谨慎小心之人。崔健的录音师李游说："两种不同厚度的军鼓或许对于听众而言没有太大差异，但对于他而言是截然不同的。今天录了一种军鼓的声音，第二天他觉得它太厚了，便会要求换一个薄的再录。"一套鼓的拆装很复杂，需要花费两个小时。同时，对着音响的话筒有十几个，摆在鼓的四周和中间，改换每个话筒的位置都会产生不同的效果，这便带来了十几万种可能，"一个鼓音就要调整一个星期"。崔健常常在录音棚里提着话筒一个人满屋子走，直到找到他想要的声音为止。在演出市场上，崔健同样表现出了自己的"不合时宜"。在一个叫《欢乐中国行》的节目中，崔健的乐队当着现场吵闹、毫无耐性的观众调音足有 40 分钟，主持人在中间不断圆场，从此很少有电视台再敢邀请崔健。

但面对市场的需要，汪峰很快表现出了灵活的身段。当他发现自己因为具有某种催人奋进的励志气质而开始被很多企业、银行，甚至国际大型活动邀请时，他便与经纪人拎着装有一张伴奏光盘的塑料袋，"到处去唱卡拉 OK"。那时，他的收入已经达到 2000 万元。"其中 1800 万都是唱卡拉 OK 的收入。"汪峰的前经纪人姜南洋说。

汪峰始终处于对成功的强烈渴望之中，这种渴望甚至渗透在他的造型里。

在某杂志的拍摄现场见到汪峰时，他已化好了妆，往上吹的头发向额头后面飞去，高耸蓬松地隆在头顶上方，拢成一个长长的尾冠。

与他认识十几年的私人造型师 Kevin 说做这个"飞机头"要花 45 分钟，化妆 15 分钟。

"要先用梳子一点点地梳出形状，再把发胶都喷到上面。"

巨流

每次出门之前,他会提前一个小时到汪峰家中,"上周 7 天里连续 5 天,天天如此"。保持这个发型一个月要用两三罐 500 毫升的发胶。到了户外要想维持这个发型,需要两个人形影不离。

汪峰的发质细而软,本来不适合这种发型。"就算不停地喷发胶,头发也只能坚持半天。"但为什么要给他设计这个发型呢?"因为这两年他的音乐势力强了,所以头发也要夸张、酷、猛。"

从一开始,比起那些来自酒吧、工厂、理工院校,全凭爱好成为摇滚歌手的"同行",中央音乐学院毕业的汪峰便与他们在音乐之中的处境截然不同。

汪峰 1971 年出生于一个军人家庭,他的父亲在江苏南京入伍,不久之后被选为海军军乐团长号乐手来到北京。

3 岁的时候,汪峰一家人在北海公园划船,湖上风景怡人,父母就要他唱支歌。当他们发现戴着军帽的儿子唱《小小竹排》没有走音时,就开始希望他将来能够凭这个本事"吃一口饭"。于是,父亲为 3 岁的儿子在自己所在的军队乐团里找了一个小提琴老师。从此,汪峰被逼迫无休无止地练习小提琴,并叫这个跟自己父亲年龄相差很多的老师为"李叔叔",因为他和自己的父亲一样,"都是解放军叔叔"。

从 4 岁开始,在近乎军事化的小提琴训练里,音乐带给汪峰更多的是巨大的痛苦。他在多次采访里都婉转地批评了父母当初的决定。"就算我的女儿对音乐有兴趣我也不会让她唱,除非她拼死了要搞音

汪峰
中国企业家们喜爱的摇滚明星

乐,我才会帮她。这是一个艰苦的过程,没有小孩儿会对乐器有兴趣。作为父母也应该想一想,这其实是对一个孩子天性的磨灭,是很残酷的。你问郎朗,如果他说小时候忽然有一天无比热爱每天练8个小时钢琴,他肯定在撒谎。"

14岁时,汪峰在第一次听到柴可夫斯基《第一小提琴协奏曲》的时候忽然哭了出来。那一刻,他认为自己终于领悟到了音乐的伟大,以及自己长期被禁锢在这件事情里的意义,从此发奋学习。但是这一顿悟的时刻仅仅使汪峰与音乐和解,并没有让他顺从父母的愿望——父母期望汪峰成为一个音乐家。但在参加了儿子1995年在中央音乐学院的毕业演出之后,他们的这个愿望极为难堪地破灭了。在父母眼中,中央音乐学院是一个"严肃的高雅艺术殿堂",在那个舞台上,当看到自己学了13年小提琴的儿子留着"吃顿饭都看不到他的脸"的长发,在一群穿着西装演奏古典音乐的学生之中突兀地唱着摇滚时,他们痛感面上无光。

"音乐学院整个氛围是高雅的,我们希望他也能搞高雅艺术,西服革履,打着领带,拉着很优美的小提琴。"汪峰的母亲说。

经父亲介绍,汪峰在毕业之后进入国家芭蕾舞团担任小提琴伴奏,他很快就觉得国家机关的气氛太可怕了。"同龄人在这儿基本都过老年人的生活,每天坐在那里,除了排练演出就是聊天儿、打麻将……如果这就是我要过的生活,我过去为什么要吃这么多苦?"

1996年,辞去工作后的汪峰成了一个专职的摇滚歌手。从一开始,

巨流

科班出身的汪峰就表现出了对音乐和金钱之间关系的深刻认识。有一个半月,他天天在零下十几度的天气里骑自行车去给人送自己的专辑小样。他的目标非常简单,自己要找的人是否懂音乐不重要,"只要是我认识的、比我富裕的就行"。

1997年,汪峰与自己的乐队"鲍家街43号"签入京文唱片。当时,大部分摇滚音乐人都曾签在这个公司旗下,比如崔健、唐朝、罗琦,但现实的收入很快令汪峰愤怒了。他们第一张专辑的收入仅有12 000块,"而且这12 000块还要乐队成员加经纪人一共6个人均分"。到了发第二张专辑,有一件事情最终导致他与公司终止合作。

"他们有一天特别高兴地跟我说,我们把你们乐队的专辑买一送一地卖给了一个香港公司,他们可以把唱片发行到除中国内地外的整个华语地区。我一想这事太好了,就问他们说多少钱?他们跟我说完之后,我觉得真是太过分了,那两张唱片其实等于是我从十几岁到二十几岁,至少十年对生活所有的梦想和理解,他们一共卖了五千美元。"汪峰当时就跟老板说:"如果你卖了五万美元,但跟我说卖了五千美元,我还会和你合作,说明你有本事把我的专辑卖到这个价钱。恰恰因为你告诉我,你就卖了五千美元,我才觉得特别悲哀。"

1999年,世界五大知名唱片公司之一的华纳进入中国大陆,汪峰在深圳的一个歌迷将《花火》的小样给了当年华纳唱片中国公司总裁许晓峰。对于汪峰而言,当时"华纳就是全世界最好的唱片公司"。但听过小样之后,他们告诉汪峰,华纳不打算将整个乐队签到自己的旗下,他们只会和他一个人签约。

汪峰
中国企业家们喜爱的摇滚明星

考虑了一个月之后,汪峰做出了决定。后来回忆起这一时刻,他不得不承认这是人生中的一次重要抉择,成为一个商业公司里的摇滚歌手——之后,他只能在自己选定的这条路上越走越远。汪峰对乐队解释自己的决定时说:"如果我选择保留我们之间的关系,不签约了,也不是做不到,但是过不了一两年,我肯定会在心里怪你们,而且我也会骂自己。因为我知道,在此之前自己过的是什么样的生活,我们的整个行业在国内是怎么回事。我们已经尝尽了苦头,它最终的结果就是死。我身边当时就有和我一起起步,然后干不下去的人,我不希望那样——我想要一直做音乐。"

他选择签约华纳,跟乐队成员分道扬镳。当日后脱离了乐队的汪峰在商演市场上声名鹊起的时候,他显示出了个体户的"优势"——这是许晓峰在当初和他签约时就已经预见到的。"当汪峰出场费还只是1万元的时候,如果乐队成本是3万,谁会请他?如果当时华纳把汪峰和鲍家街43号一起签了,两个都会死,所以我们只做汪峰。等到汪峰成功了,个人出场费超过30万的时候,如果给乐队加3万块钱,别人就不会觉得那么高了。"

从《机器》到《怒放的生命》

2004年,33岁的汪峰已经出道10年。签约华纳之后,汪峰并未马上迎来想象中的改变。相反,作为商业公司里的摇滚歌手,他身处极大的失落之中。为了让他的形象更为国际化,华纳让他穿上皮裤,在腰间垂下一条粗大的铁链。汪峰一开始很不自在,常常忍不住要用手去遮挡这条链子。当时的华纳高层黄小茂用"十分痛苦"四个

巨流

字一笔带过汪峰那段纠结的时期。

为了争取在中央电视台的曝光率,他甚至去参加过内地歌坛十大新人评选活动。当时,许巍已经通过《蓝莲花》成名,并且通过专辑《时光·漫步》顺利进入一线歌手的行列。汪峰通过七个人辗转找到了许巍的电话,在电话里告诉他:"你是我唯一的对手。"在那段时间里,他将许巍认定为能对自己构成威胁的人,"这是一件特别刺激的事"。

2004年,汪峰尚未定型,容易把一首歌写得过长,有时甚至在7分钟以上,他拥有强烈的"上帝"情结,总是渴望在一首歌里表达所有情绪。但有一点始终是确定的,汪峰从未想过为任何人创作,也没有想为一个群体或国家创作,他的歌都是写给自己的,激励自己要更好。完全是出于对成功的强烈渴望,那一年,汪峰写出了《飞得更高》。

"第一次听到《飞得更高》的时候,我们就听到了钱的声音。"汪峰的前经纪人姜南洋回忆说。当时整个国家沉浸在大国崛起的亢奋之中,他们隐约地感觉到一个摇滚歌手制造出了一种"社会需要但目前市场上还没有出现的东西"。

在所有中国人的注视下,《飞得更高》在2005年被选为"神舟六号"一飞冲天时的背景音乐。不久,又被中国移动作为广告曲在《新闻联播》结束后播放。伴随这首歌,全国观众看着一只雄鹰冲向了高空。直到2007年,波司登羽绒服仍愿意花大把银子向华纳公司购买

汪峰
中国企业家们喜爱的摇滚明星

这首歌的版权。这首歌成为汪峰好运的开始,从那时起,这个频繁拿奖却始终无法将其兑现成商业利益的摇滚歌手,终于开始收到大量商演邀约。

从 2004 年 6 月到 2005 年 1 月,只用了半年时间,《飞得更高》在《同一首歌》等各种舞台上被唱了 300 多遍。在 2010 年的一个地产年会上,他是地产商们心仪的唯一人选。"那个年会更像一个餐会,在一片嘈杂的敬酒声之中,他们希望他的歌曲能够烘托气氛。对于他们而言,汪峰的嗓音浑厚、充满力量,当他开始唱歌,大家的注意力和情绪都会被抓过来。如果在这个时候选择李健则完全没有这个效果。"这个年会的负责人说,"李健不太合适这种热闹的氛围,他比较适合安静地欣赏,可能他唱了半天,台下的人根本不知道他唱了什么。"

2005 年,在汪峰的第三张专辑《笑着哭》之后,许晓峰离开华纳,成立了创盟音乐,并为汪峰创造了个人厂牌。许晓峰花了 6 年时间将"华纳中国"从 20 万元人民币启动资金做到了 5000 万元的市值,在这 5000 万之中,汪峰个人占到了 20% 左右。同时,他的出场费也从 3000 元升到了 20 万元。

在一次创盟音乐的会议上,许晓峰和一群工作人员讨论一首名为《机器》的歌,这首歌压抑、愤怒,充满呐喊和咆哮,描述了一个丑陋的社会。

它的歌词是:

巨流

　　这就是怒放的生命，成为一台报废的机器，
　　这就是我梦想的仙境，一望无际无爱的丛林，
　　这就是怒放的生命，成为一台精良的机器，
　　这就是我梦想的仙境，钢筋水泥荒芜的丛林，
　　这就是怒放的生命，成为一台破碎的机器，
　　这就是我梦想的仙境，痛彻心扉无尽的梦魇。

许晓峰以没有打动自己为由将这首歌曲否定了。当时的企划主管李志明阻止了自己的老板，他认为如果汪峰愿意在歌词上做出调整，把它改得相对励志，这首歌未必不能卖。

"当时许晓峰要把《机器》彻底毙掉，但我纯粹从市场的角度判断。这首歌的旋律非常上口，歌曲内在的力道也很雄浑，于是我建议，如果歌词可以改动，将意境贴近《飞得更高》，这首歌也许会成为一首金曲。"随后，经纪人对并未参加会议的汪峰传达了公司的意见。

不到一周，汪峰完成了修改，还是同一首曲子，但歌词已经完全相反，歌名从《机器》改为了《怒放的生命》：

　　曾经多少次跌倒在路上，曾经多少次折断过翅膀，
　　如今我已不再感到彷徨，我想超越这平凡的奢望。
　　我想要怒放的生命，就像飞翔在辽阔天空，
　　就像穿行在无边的旷野，拥有挣脱一切的力量。

与之前的《飞得更高》一样，《勇敢的心》《怒放的生命》拥有类似

汪峰
中国企业家们喜爱的摇滚明星

的励志气质。目睹并亲身参与了这首歌诞生过程的李志明则怀着复杂的心情在它的单曲文案里写道:"以超越平凡的力量矗立在彩虹之巅,以无所畏惧的胸襟让生命再次怒放。"

"与汪峰合作之前,我知道他是一个优秀的创作人。在这件事情之后,我发现他是一个聪明的艺人。在这个行业里,很多流行歌手都做不到把自己当作商品去自我要求,但汪峰的转变非常顺利。这个新的汪峰形象跟唱《我真的需要》《小鸟》或者《花火》的汪峰有不小的错位。但我已经从一个听音乐的人转变为一个卖音乐的人,因此反而很能理解他的这种变通。"

"从他单飞之后的第三张专辑《笑着哭》开始,励志就成了一个很重要的门楣。"李志明说。

而这个时候的许巍已经在向宗教靠近,他相信"人一辈子也就那么几十年,非常短暂,不如让自己从容一点。我总觉得人生就像一次旅行,生活每天都是风景,我喜欢顺其自然"。

最受企业家欢迎的"摇滚歌手"

贴上励志标签的汪峰终于不再属于文艺青年或者愤青,也彻底摆脱了一个摇滚歌手的尴尬处境,他为自己找到了一个更有消费能力的市场,并开始进入中国企业家喜爱的歌手群体。

长期在中国对外演出公司负责演唱会宣传的张熠明说:"企业家们欢

巨流

迎的歌手大部分是充满力量或者拥有丰富经历的男性。"他们的演唱会通常被安排在年末——这个时段充斥着诸多的礼品票,以方便馈赠企业客户、商业伙伴。崔健的演唱会第一排坐的永远是生于20世纪60年代的民营企业家们,在创业的艰苦期,他们的工厂里放着他的《一无所有》。90年代的奥运冠军李东华在瑞士艰苦训练的5年里,听的一直也是崔健的《假行僧》。但在这个市场里也有一个例外,那便是刘若英,"企业家们与刘若英不是一种惺惺相惜的关系,很多企业家欣赏刘若英可望而不可即的'知性与古典'"。一个做钻石生意的企业家曾经购买了刘若英北京演唱会的500张VIP门票,只是希望工作人员能够借此把自己的名字转告给她。

在商演市场上,获得大公司和企业家们的青睐便意味着能更安全地赚钱,汪峰的前经纪人姜南洋说。比如某些歌手更多时候受到的是城乡接合部人群的欢迎,这种地方有时过于偏远,需要歌手下了飞机坐大巴前往,司机常常在半路拒载。而银行、汽车、地产和私人会所无疑意味着更安全高端的表演场所,汪峰就从来没有遇到过类似的问题。

2011年5月,汪峰成了通用汽车公司的雪佛兰汽车帕萨奇四驱越野车的代言人。除去之前崔健拒绝过伏特加的一个500万元的广告,中国摇滚明星获得国际品牌的代言这是第一次。摇滚圈里随处可见的愤怒、对抗和在贫穷中的坚守看上去给汪峰带来了一种理想主义色彩——在一个热衷消费才华与价值观的时代,这是一种昂贵而稀缺的品质。"现在,你很少能找到这样一个自身的音乐、个人气质和价值观完全统一的艺人。"雪佛兰中国的市场部长任剑琼说。

汪峰
中国企业家们喜爱的摇滚明星

在挑选过程中,雪佛兰也考察过其他摇滚歌手,发现他们已经不约而同走向宗教的回归。任剑琼认为,比起一个皈依宗教的背影,仍在现实之中保持着进取心的汪峰,无疑更适合代表那些在城市中开四驱越野车的人。这辆四驱越野车的目标人群应该是"发迹于经济飞速发展的时代,真正脚踏实地的理想主义者"。这些人对当下很多价值观是无奈的,但又不是那种愿意站起来呐喊抗争的人,那不是一种成熟的表现。"他们能做的就是脚踏实地践行自己的价值观。"

看过汪峰在深圳为雪佛兰经销商们的表演之后,任剑琼更加确信自己的选择。面对台下冷漠的经销商们,汪峰并不急于满场奔跑去感染他们。他只是对他们说,我知道大家白天工作都很辛苦,但我们现在是在听摇滚,这个时候,大家可以放下一些自我。

"观众其实都在等待一个突破口,谁也不好意思第一个站起来呐喊。他没有像其他歌手一样大喊,然后用麦克风对着观众。他只是用一种成熟的方式冷静地询问观众,用什么样的方式可以让他们释放自己。"

汪峰的这一举动让她感到满意与敬佩:"所有人都在等待这一刻,当他把话说完,全场一下子站了起来。汪峰体现出了自己对于现场的掌控能力。"

企业家们之所以喜欢《飞得更高》与《怒放的生命》,是因为在这类歌曲中传递出的励志气质与他们提倡的企业文化有契合之处。他们认为,这与员工晨练时喊企业口号如出一辙,有一种催人奋进的力

巨流

量。一次访谈中,凤凰卫视主持人陈鲁豫用"提脑醒神"形容了汪峰的专辑,她说:"我今天早晨在家里刚起床的时候特别困,听到这张专辑之后立刻就不困了。"

相比崔健和刘若英,具有更强的意志、创作欲望、成功渴望的汪峰无疑能让自己的力量持续更久,也波及更广。他拉拢了创业、打工等一系列努力上进的人们。"很多80后的工科男性很少会听演唱会,但在汪峰的演唱会上你会发现很多这样的人,他们穿得特别正式,明显刚从某个互联网或者通信公司下班出来,来自广袤的中关村地区,而不是文艺气息发达、写字楼聚集的北京东部。"负责汪峰"信仰2010"演唱会策划的贾维说,"他们大部分人都可以将汪峰的歌从头唱到尾。"

这也让李志明在企划工作上获得了一个准确的、实际的方向,一个直接与竞赛、拼杀、勇夺第一有关的方向。《飞得更高》诞生时正是姚明加入火箭队的第二年。那一年刚开赛的时候,大家都对火箭队普遍看好,觉得火箭队在这个赛季有机会出好成绩。NBA中场休息的时候总会播放某一个队或者某一个球员的花絮集锦,这个集锦有背景音乐,当时火箭队的背景音乐是艾尔顿·约翰的《火箭人》(Rocketman)。"作为唱片企划,我想如果能在中国把这首歌换成《飞得更高》或《怒放的生命》,汪峰就能和火箭队与姚明顺利搭在一起,而火箭队在中国有几亿的球迷。"

"怒放"一词在1994年首先出现在郑钧的同名歌曲之中,随后又被乐评人郝舫用在了《伤花怒放》的书名上,但直到汪峰在2005年写

汪峰
中国企业家们喜爱的摇滚明星

出了《怒放的生命》，它才真正被赋予具体的现实意义。如今，它成了"成功学教育"中深受欢迎的词汇之一。

一位来自名为"思八达"的民营企业家培训机构的宣传人员告诉人们他们如何理解"怒放"：生命本身就是朝气蓬勃和自由的，但是它后来被压抑了，所以我们要让它回到自然的状态，蓬发、热烈。但这个词显然被人们赋予了各种超出它的原创者意料的意义。一个"思八达"的销售在自己的目标客户那里从早到晚站了一个星期，为自己赢得了在这个企业里演讲的机会。他花了一个小时的时间，为企业家和他的员工讲述了这样一个"励志"的故事：他在高中追一个女生，没追到，如今，他觉得自己终于在北京混得很牛了，回去要在这个女人面前炫耀一下。这个讲座被取名叫"怒放的生命"。

摇滚圈里的幸存者

2007年，当从中国移动高层好友的内部系统里发现创盟公司瞒报了自己歌曲的彩铃下载量时，汪峰决定与许晓峰的创盟公司解约。

6年合作结束时，面对采访，许晓峰将汪峰比作了自己的一只股票："我把他这只股票炒得很高，然后卖给了'大国文化'。"大国文化集团拥有香港富商李泽楷的投资，它同样看到了汪峰这只股票有巨大的升值潜力，那便是一年之后的奥运会。

"之前，《飞得更高》在大运会之类各个运动会开幕式都唱过，所以，我们认为汪峰很有机会被奥运会选中，能在奥运会里唱，你的身价

巨流

和地位会完全不同。"大国文化前企宣总监郭亦丞回忆说。

双方签署了一份对于汪峰而言十分优厚的合同。合同期间,"大国文化"不但会为从没有开过大型演唱会的汪峰开两场演唱会,并且同意不修改他的创作。很快,他们发现汪峰自己就是一个很好的企划。"我们完全不用做什么,就是在他录音的时候去听一下,他会告诉你,你们就等着听就可以了,录好以后,他自己会从四十首筛到十几首。"

除了一首被拿掉的歌曲《疯了吗》,公司几乎没有在任何创作环节帮过汪峰。这首歌收录在《勇敢的心》这张专辑里,是汪峰很想唱的一首歌。它的内容很直白,写了一些当时社会的现象,比如打开电视、收音机,听到的全是"超女""快男",结论是这个世界已经疯了。"这个歌太消极,后来被从专辑里拿掉了,他为此挺失望。但我们也有评估,如果你要去参加奥运会,一个艺人必须除了有作品还要自身没有负面新闻,所以我们当时按了下去,没让这个歌出来。"郭亦丞说。

在自己的音乐染上了一种成功学的色彩之后,汪峰发现有一段时间自己无法再创作他之前所理解的那种"摇滚乐"了,这让他沮丧了一段时间。但在不久之后,由于妥协带来了巨大的回报,汪峰迅速恢复了工作热情。

奥运会开幕的前半年,汪峰会在每天早上 8 点亲自叫自己的宣传人员起床。"他会打电话问我什么事儿完成了没有,什么事儿到了什么

汪峰
中国企业家们喜爱的摇滚明星

状态。"从一周年倒计时到 100 天、50 天、30 天倒计时的这段时间里，宣传人员必须陪着汪峰在各种各样的排练、晚会、MV（音乐短片）、奥运宣传片拍摄时随叫随到。

在这段时间里，汪峰和成龙成了最忙碌的华人明星。勤奋很快带来了回报，在奥运歌曲的录制之中，孙楠有三首合唱，成龙有两首合唱，汪峰在参加了两个合唱之外，还有自己独立创作的两首歌曲。不仅如此，《飞得更高》和《怒放的生命》在奥运场馆中的播放次数远远超过了《北京欢迎你》。令大国文化意想不到的是，2008 年 5 月 12 日发生了汶川地震，新闻频道在报道灾情时，配乐使用了汪峰的《美丽世界的孤儿》。

"央视是我们不能控制的，但是人家主动拿出来播，这让我们很意外。"郭亦丞说。

2010 年，汪峰举办了一场名为"信仰 2010"的演唱会，这场演唱会的策划人是奥组委文化活动部奥运会文化活动处处长王平久，被称为"奥运征歌掌门人"。奥运会一年来，王平久共创作了 13 首歌曲，成龙演唱了其中 6 首，譬如广为人知的《生死不离》《难说再见》《少年强》《相信自己》。从筹备奥运时写出第一首歌《英雄》到后来的《国家》，短短一年多时间里，这个"非专业选手"玩票般地写出了数十首歌词，大多是主旋律。

在恢宏的交响乐声中，2009 年下半年到 2010 年世人关注的世界事件——灾害、恐怖主义一一呈现在现场的大屏幕上。6 个身穿普通服

巨流

装、不同肤色的小孩随后在场地中出现，追光照射，他们清唱了汪峰的《信仰在空中飘扬》。当演唱到《直到永远》时，汪峰抱着木吉他弹唱这首表现人类在灾难面前心情的歌曲，现场的大屏幕上播放了不久前王家岭矿难救援现场的画面。

在演唱会新闻发布会上，汪峰将自己原单位的领导中央芭蕾舞团交响乐团的团长请到现场。离开芭蕾舞团时，他曾向领导们发誓说如果自己开了独唱音乐会，一定会邀请大家来演奏，他很欣慰地说，"自己终于兑现了承诺"。

此时的汪峰已经与大部分远离主流人群视线的摇滚歌手拉开了巨大的差距——他歌曲之中的励志气质让他的声音随着"神六"飞天、中国移动以及奥运会变得家喻户晓。同时，他开始以一个摇滚圈里的励志者的口吻对我讲述自己的成长过程："长期以来摇滚乐的出场费一直都不是商演圈里最高的，甚至只是第三等、第四等。我希望有一天，我的演唱会、我的出场费是全中国最高的。因为我觉得值。我说这话一点儿都不惭愧，我要争气。"

一个在百度贴吧"汪峰吧"发帖总被删除的乐迷，愤愤不平地来到"谢天笑吧"，他从签约艺人的风格角度，对2007年之后汪峰签约的公司大国文化与最早的京文进行了比较："京文唱片曾签过的艺人是郭峰、崔健、罗琦、零点、指南针、唐朝、子曰、鲍家街43号；大国文化旗下的艺人则有李玟、女生宿舍、王蓉、古天乐、许慧欣、郭富城、黄晓明、汪峰。"

汪峰
中国企业家们喜爱的摇滚明星

在对照过这两组人的生存轨迹之后，人们似乎既可以质疑汪峰背叛了摇滚，也可以说他是这群人里的幸存者。

艺术家里的工程师

汪峰一直为自己秩序井然和有条不紊的生活规律骄傲：在一个习惯于晚睡晚起的行业里，他从早晨7点开始创作，几乎不去夜店，而且被歌迷称作"老板"。他的生活方式确实更接近企业家或者公司白领。他顽固地相信，当才华和激情退潮，比起那些对于音乐怀有单纯的理想主义、纯粹靠热爱而创作的摇滚歌手，自己开始在创作上表现出坚固的纪律与技术上的双重优势。

从华尔街回国的陈戈是汪峰早年的制作人，他参与制作过汪峰的《花火》与《爱是一颗幸福的子弹》。这期间，陈戈为一个叫作《黄金时代》的电视剧的主题曲《琴岛之恋》写了歌词，他希望汪峰能为这首歌谱曲。几天过后，汪峰十分得意地把陈戈叫到自己家里，他打开钢琴盖，开始一边弹琴一边演唱。陈戈听着自己写下的歌词变成了感情如此饱满的歌曲时，一下子流出了眼泪。

"汪峰有一个很牛的本事是他可以很好地完成'命题作文'。"陈戈说，"对于一个在庞大复杂的古典音乐体系中浸润已久的人来说，这不是一件太困难的事。"

但也就是从这个时候起，有人开始质疑这个摇滚青年发生了质变。这种极度强调技术、纪律、勤奋、市场导向和责任的创作方式让汪

巨流

峰无论从人格内涵还是方法论上看起来都更像是一个勤勤恳恳的工程师，而不是艺术家。

工程师人格毫无疑问是改革开放 30 年以来最受中国社会欢迎的人格：一方面，它诚实、勤奋、负责，另一方面也会由于过分实用而变得容易顺从权威。早在 20 世纪 50 年代，中国模仿苏联大规模地将自己的大学去文科化，建立起了大量专业工科院校，从此培养出了数量巨大的工程师，艺术类院校也按照苏联的现实主义美学设立了自己的教育体系，产生了大量"艺术家里的工程师"，比如当代艺术界"只能画自己眼前看到的东西，而没有丝毫想象力"的某些画家，或者是技术精湛的某些音乐家。这些艺术家与企业家马化腾、李彦宏在深层性格上似乎没有太大不同，这也是他们在商业化的过程中能够轻而易举引发企业家共鸣的原因之一。

与那些当初受到理想感染的摇滚音乐人不同，对于从小为练琴所苦的汪峰而言，音乐更像是一种事业，而不仅仅是一项纯粹的爱好。在多数时候，音乐与汪峰的关系更多是生存层面的，是自我实现的唯一通道和唯一一项赖以生存的技术。

在专辑《信仰在空中飘扬》发行之后，一位电视台主持人在采访时对汪峰说，如今纯粹的音乐人越来越少了，大家都改行去做这个做那个了，"但你是个例外，你从来没有跟音乐以外的事情沾过什么边儿。"汪峰很实在地回答："道理很简单，因为别的我也不会。"他相信音乐是自己一项持久的能力："明天一早起来，什么都没有了，房子没了，车卖了，我一点儿都不担心，因为只要我还会写歌，都会

汪峰
中国企业家们喜爱的摇滚明星

有的。"

在"信仰2010"的演唱会上,汪峰可以当着演唱会导演的面把整个流程事无巨细地写下来,除了几个视频上的技术问题,导演不用做任何修改。"从创作到销售的所有细节,如果他有精力、有能力,他都有自己的想法。演唱会从开场到结束每一个点是怎么安排的,每一个节奏怎么走,他都有非常严谨的办法。摇滚圈子里的人我都接触过,但在这个圈子,他是唯一具有CEO的精力和聪明程度的一个。"负责"信仰2010"演唱会策划的贾维说。

即使在沸腾的演唱会现场,汪峰也会不停地揣摩发音技术上的细节。林肯公园(Linkin Park)是他的偶像,他在偶像的表演中发现了这种高亢、结实又带着沙哑的发声方式。"一首歌音调高低直接关系这首歌的兴奋度,一首好听的歌一定要在一个歌手没有到临界点,但又不是非常轻松的音域里找到中间点。它会给人最动人的感觉,发出这种声音是一种方法而不是喊。别人觉得我嗓子马上要完了,其实我完全没有问题的,30多首歌我的音质都不会变。"汪峰开玩笑说自己刚出道时的声音像蔡国庆一样又嫩又亮。"这几年,他的嗓音发生了明显变化,尤其到了《春天里》,他开始用一种更撕裂、更掏心掏肺的方式演唱,这个独特的标志会给你强烈的听觉刺激。"贾维说。

"现在,汪峰的歌词已经变得非常直白,非常口语,看不到任何艺术化,他会在《春天里》中直接地唱:没有信用卡也没有她,没有24小时热水的家。"贾维说,近几年流行的网络歌曲都具备这种特点,这与目前中国社会主流人群的喜好十分吻合。

巨流

52 岁的企业家白先生从事建筑工程承包业务,过去的两年里,他与自己的妻子唯一买票去看过的演出便是汪峰的。不仅如此,他的起床铃声也是《飞得更高》,他喜欢汪峰声音中的苍茫和柔中带刚。如同赞美一款经久耐用的产品,白先生这样表达自己对于汪峰的喜爱:"他唱歌卖力,里面都是大实话。"

自如地转化

2007 年,在写出《勇敢的心》之后,汪峰认为自己终于能够转入自如的创作。

此前,汪峰一直为艺术和商业成功之间的落差与妥协而纠结,他形容那是一种"近乎绝望"的挫败感。为此,他阅读了大量摇滚名人的传记,从鲍勃·迪伦、大门乐队到约翰·列侬,这些人无一不是获得主流世界极大承认的摇滚歌手,汪峰希望在其中发现他们成功的秘密——即使他没有找到任何不二法门,却也记住了一件关于 100 万元的"特别小的小事"。

这个故事是这样的。大门乐队的主唱吉姆·莫里森(Jim Morrison)和他的键盘手在海边,键盘手问:我们是不是该干点儿什么?吉姆·莫里森说,我们没有钱,什么都没有,能做什么?但是我觉得我们有好的歌,键盘手说。吉姆回答:这样吧,我们组个乐队看看能不能挣到 100 万。

"如果你看过吉姆·莫里森的歌词,会发现他绝对是一个非常伟大的

汪峰
中国企业家们喜爱的摇滚明星

诗人,他是一个灵魂非常高贵、纯粹的诗人。如果我们以传统的角度去看这个故事,会觉得这是什么啊?!这哪是为了艺术。但他说出这100万的时候,没有引申义,他可爱就可爱在这儿。真实是摇滚的第一特性,不妥协是第二特性,革命是第三特性。如果你连第一特性都做不到的话,一切都是伪装。我就是想赚100万,因为我现在没钱,很多时候,这才是真的。

"你会不断地发现好的歌词、音乐,比如鲍勃·迪伦、大门、约翰·列侬,这些东西太好了,但是离自己太遥远。不过,我们有一个基点一样,我们都是人,我们所处的社会截然不同,但我认为只要是一个物种,灵魂里的东西不会有多大的差异,因为人的情感感受永远都是一样的。"

这种"我们都是同一个物种"的想法帮助汪峰摆脱了绝望感,并且拉近了他与西方摇滚天才们的距离。他开始强调真实和正常的生活,并且毫不隐瞒自己对偏激的反感。

"中国摇滚乐在初期诞生了非常出色的音乐家之后,出现了很多年轻的地下乐队,在没有的基础上去批判有,包括鲍家街43号。那个时候,像我们这样的年轻人,什么都没有,所以会在作品中去嘲笑批判有钱人。这样做不是不可以,但是你一看他批判的角度,就知道是自己没有才去批判别人。有智慧的人和真正有思想的人,即使处在贫穷阶段,也不会特别浅薄地去批判一个表象的东西。

"人应该揭示人类生活的本质,他为什么这样,贫穷为什么这样,富

巨流

有为什么这样，贫富分化为什么这样，这才是更有意义的。你可以批判的是整个社会现象背后的那些东西，而不能因为你没有车，你就批判所有开车的人都是狗屎，这是没有任何道理的。总有一天，当你生活好转了，你也会开车，之前的话也就是说说而已。"

曾经的"《春天里》事件"给他带来了又一次巨大冲击——在这件事上，汪峰从吉姆·莫里森等人那里锤炼出的"真实"逻辑派上了大用场。"这一年，我统计了一下，每隔三四个月，我就有一个能上手机报的事。"在海南的露天大排档里，只有两个人的歌曲播放最多，一个是汪峰的，一个是刚子的，他们都与旭日阳刚有关。在汪峰禁止旭日阳刚翻唱自己的歌曲之后，刚子则主动让他们唱自己的歌，这两个人都曾经是经纪人姜南洋带过的艺人。

2011年1月13日早上9点，朋友打电话叫醒了正在外地演出的汪峰，他打开电脑，发现大众正在疯狂地谴责自己。"好像我真的是那种看到自己帮助的人火了就受不了了的人，我就像这个行业的恶霸，居心叵测，这个我肯定不能接受。"汪峰立刻在酒店房间里写了一篇5000字的博文，长期饱受版权侵犯的音乐人也纷纷对他表示支持。

"从历史的角度看，总会有一个时间点，有一个人要站出来，因为他不得不这么做。在这件事上，不是我瞅准了历史要造就一下！实在是我不得不说！至于我是不是势单力薄？我不在乎。"

圈子里有大量的人开始赞美他的野心、远见、直率和勤奋——这是一个在唱片业濒死之际幻灭感极强的圈子里的一种稀缺品质，但也

汪峰
中国企业家们喜爱的摇滚明星

有人从阴谋论或者艺术人格的层面质疑他正义态度背后潜在的逻辑。一个颇有 80 年代精英意识的音乐人说:"《春天里》之后,汪峰通过收回歌曲版权的方式吃掉了大规模旭日阳刚的粉丝,上过春晚的旭日阳刚为他积累了前所未有的歌迷规模与极为广泛的传唱度。从此,不只在企业家年会或者国家大型活动上,你在大型超市、夏日露天场所都会听到《春天里》,然而,这些粉丝又是中国人数最多,也是最底层的群体,他们观看春晚、选秀节目,嘲笑芙蓉姐姐也支持农民工兄弟。

"汪峰占有了这些歌,也为此付出了创作上的代价。在他的新专辑中,除了那些标榜价值观的作品,你会发现《春天里》气质的歌曲占了大多数,其中一首叫《大桥上》,另一首叫《向阳花》。"

在他看来,这更像是一个以个人妥协不断向时代大众交换名气的故事。

汪峰痴迷得州扑克。我们联系到汪峰一个牌友,他评价汪峰的牌风,属于"松凶型",就是打得猛、出牌松。 当我们问一个资深得州扑克玩家这属于什么性格时,玩家直接说这不神经病嘛。

汪峰

1971	出生于北京市丰台区
1974	开始学习小提琴
1979	广州东方宾馆开设了国内第一家音乐茶座，被认为是中国文化产业起步的标志
1982	考入中央音乐学院附小
1983.02	中国中央电视台第一届春节联欢晚会直播
1983.06	Beyond 乐队在香港成立
1984	考入中央音乐学院附中
1984.07	许海峰夺得第二十三届奥运会第一枚金牌，实现中国奥运史上金牌"零"的突破
	上海开办第一家舞厅
1985.04	英国乐队 Wham!（威猛乐队）在北京工人体育场演出，这是西方流行音乐首次在中国演出
1986.05	崔健于北京举行的"纪念国际和平年百名歌星演唱会"上首唱《一无所有》，很多人将这一年定义为中国摇滚乐元年
1987	黑豹乐队组建
1988.02	文化部、国家工商行政管理局联合发布《关于加强文化市场管理工作的通知》，第一次正式确立了"文化市场"的概念
1988.07	16日，《人民日报》在文艺版头条发表文章《从〈一无所有〉说到摇滚乐——崔健的作品为什么受欢迎》，这是摇滚乐歌手首次在大陆主流媒体上被报道
1988.10	Beyond 乐队在北京首都体育馆举办演唱会
1989.02	崔健发行了他的第一张个人专辑《新长征路上的摇滚》，也是中国大陆第一张原创摇滚乐专辑

1990

- 中宣部会同有关部门发动了"中华大家唱卡拉OK曲库工程",推动了卡拉OK的普及
- **02** ADO(崔健等)、宝贝兄弟、呼吸、眼镜蛇女子、唐朝、1989共六支乐队联合在北京首都体育馆举办"1990现代音乐演唱会"
- **09** 国家颁布《中华人民共和国著作权法》,成为音像市场整顿的法律依据,此后,港台原版磁带通过合法的渠道大量引进
- 第11届亚洲运动会在北京举行,1989—1990年间流行音乐界掀起亚运歌曲的创作高潮
- **10** 中国第一家麦当劳餐厅在深圳开业

1991

- **01** 考入中央音乐学院本科,学习小提琴、中提琴
- 13岁的中国运动员伏明霞成为最年轻的世界冠军
- 广州新时代影音公司在产品订货会上推出歌手毛宁和杨钰莹的磁带
- **05** 21日,《人民日报》报道,"目前中国已有卡拉OK厅近万家"

1992

- 邓小平南方谈话
- 广东率先在全国引进了歌手签约制度
- **11** 唐朝乐队发行首张专辑《唐朝》

1994

- 鲍家街43号乐队在中央音乐学院成立,汪峰担任主唱
- 春天,"魔岩三杰"同时推出了三张专辑,包括窦唯的《黑梦》、何勇的《垃圾场》和张楚的《孤独的人是可耻的》
- **04** 《校园民谣Ⅰ》(1983—1993)的合辑由大地唱片公司发行,专辑中由高晓松作词、作曲,老狼演唱的歌曲《同桌的你》获1995年中央电视台春节联欢晚会最受欢迎节目一等奖
- **06** 郑钧发表首张个人专辑《赤裸裸》
- **12** 17日,窦唯、张楚、何勇、唐朝等摇滚歌手和乐队首次来到香港红磡"摇滚中国乐势力"演唱会,这被认为是大陆摇滚乐的一次高峰

1995

- **05** 全国开始实行每周五天工作制
- 从中央音乐学院毕业,进入中央芭蕾舞团下的交响乐团工作
- **10** 红星音乐生产社推出许巍、老狼、田震、小柯等的合辑《红星一号》,引起反响

1996

- **08** 王菲发布专辑《浮躁》,10月登上《时代周刊》封面
- **11** 宋柯和高晓松创办了"麦田音乐"独立厂牌,推出首张合辑《高晓松作品集·青春无悔》

1997

- 鲍家街43号签入京文唱片,发行第一张专辑
- **07** 香港回归

1999

- **02** 腾讯公司即时通信软件OICQ服务开通
- 九天音乐网等音乐网站成立,中国数字音乐起步
- **12** 澳门回归

2000

- 01 百度成立，成为全球最大的中文搜索引擎
- 签约华纳唱片，发布第一张专辑《花火》并参与录制湖南卫视《快乐大本营》宣传新专辑
- 04 中国移动通信集团公司（中国移动）成立

2001

- 07 为北京国安创作完成新队歌《英雄》
- 北京赢得2008年奥运会的主办权
- 12 中国正式加入世界贸易组织（WTO）
- 魔岩唱片结束营业

2002

- 01 参与录制广东电视台春节联欢晚会
- 02 与崔健、唐朝乐队在天津共同举办大型摇滚演唱会
- 中国短道速滑选手杨扬在美国盐湖城冬奥会获得女子500米金牌，为中国代表团实现冬奥会金牌"零"的突破
- 05 中国电信、中国网通正式成立
- 07 推出第二张专辑《爱是一颗幸福的子弹》
- 12 上海赢得2010年世博会主办权

2003

- 03 世界卫生组织（WHO）发布SARS全球警报
- 05 淘宝网诞生，中国移动推出了首个彩铃业务
- 06 三峡大坝开始蓄水
- 中央召开文化体制改革试点工作会议，确定北京、上海、广东、浙江等9个省市和35个文化单位作为文化体制改革试点
- 10 中国首次成功发射载人宇宙飞船"神舟五号"

2004

- 06 推出第三张专辑《笑着哭》
- 07 中国在北极的第一个科学考察站——黄河站建成
- 08 亚洲杯足球赛在北京闭幕，日本队获得冠军，中国队获得亚军
- 中国田径选手刘翔在雅典奥运会田径男子110米栏项目中夺得金牌，打破奥运会纪录，追平了威尔士的科林·杰克逊在1993年创造并保持的世界纪录，为中国夺得了第一块男子田径奥运会金牌
- 09 与鲍家街43号乐队其他成员在北京举办了首次演唱会
- 10 宋柯的太合麦田以8位数字重金收购了刀郎全部歌曲在新技术领域（网络、移动通信平台）的版权
- 11 《老鼠爱大米》发行，后创下单曲月下载量600万次的吉尼斯纪录，杨臣刚凭借此歌成为首位登上央视春晚舞台的网络歌手
- 12 中国第一条跨海铁路粤海铁路客运正式开通

2005

- 07 — 前华纳老板许晓峰"创盟音乐"支持汪峰成立了独立厂牌"峰声音乐"
- 国家版权局等部门开始开展打击网络侵权盗版的"剑网行动"
- 10 — "神舟六号"飞船升空,是中国第一艘执行"多人飞天"任务的载人飞船
- 在"神六"升空的时刻,全国各地媒体包括中央电视台都不约而同地选用了汪峰的《飞得更高》作为背景音乐;"神六"胜利归航之际,媒体又选用了汪峰刚刚推出的单曲《我爱你,中国》
- 世界海拔最高的青藏铁路全线贯通
- 12 — 推出第四张个人专辑《怒放的生命》,并在深圳体育馆举行跨年个人演唱会

2006

- 文化体制改革在全国推开,文化产业集团竞相成立
- 05 — 三峡大坝全线建成
- 09 — 为中央电视台广告招标创作的主题曲《宣言》发布
- 11 — 演绎第二届北京车展主题曲《非凡》

2007

- 04 — 中国成功发射第一颗北斗导航卫星(M1)
- 全国铁路进行第 6 次大提速,铁路客运速度达到 200km/h
- 05 — 签约新公司"大国文化"
- 07 — 发布第五专辑《勇敢的心》
- 08 — 在天安门广场参与"我们邀请世界"北京 2008 年奥运会倒计时一周年庆典晚会,与陈奕迅、孙悦、容祖儿一起合唱了奥运歌曲 Forever Friends(《永远的朋友》)
- 世界田径锦标赛上,刘翔获得 110 米栏冠军,成为集奥运会冠军、世锦赛冠军、世界纪录保持者于一身的第一人
- 10 — 中国自行研制的"嫦娥一号"探月飞船成功发射升空

2008

- 01 — 在北京工人体育场举行"北京北京"个人演唱会
- 03 — 北京奥运会圣火在希腊成功点燃,火炬接力传递仪式正式拉开序幕
- 04 — 参与演唱《北京欢迎你》
- 05 — 汶川地震
- 参与多场"5·12 汶川大地震"赈灾义演
- 07 — 在青岛站担任奥运火炬手;宣布为彩铃下载权益起诉老东家"创盟音乐"的母公司"A8"
- 08 — 北京奥运会举行,中国共夺得 51 块奥运金牌,居金牌榜榜首,为历史之最
- 参与北京奥运会开幕式、闭幕式的表演

2009

- 05 — 推出新单曲《春天里》
- 07 — 推出个人第六张专辑《信仰在空中飘扬》
- 08 — 新浪推出"新浪微博"内测版
- 10 — 中华人民共和国成立 60 周年
- 受聘为深圳大运会音乐大使
- 12 — 参演腾讯公司圣诞晚会

2010

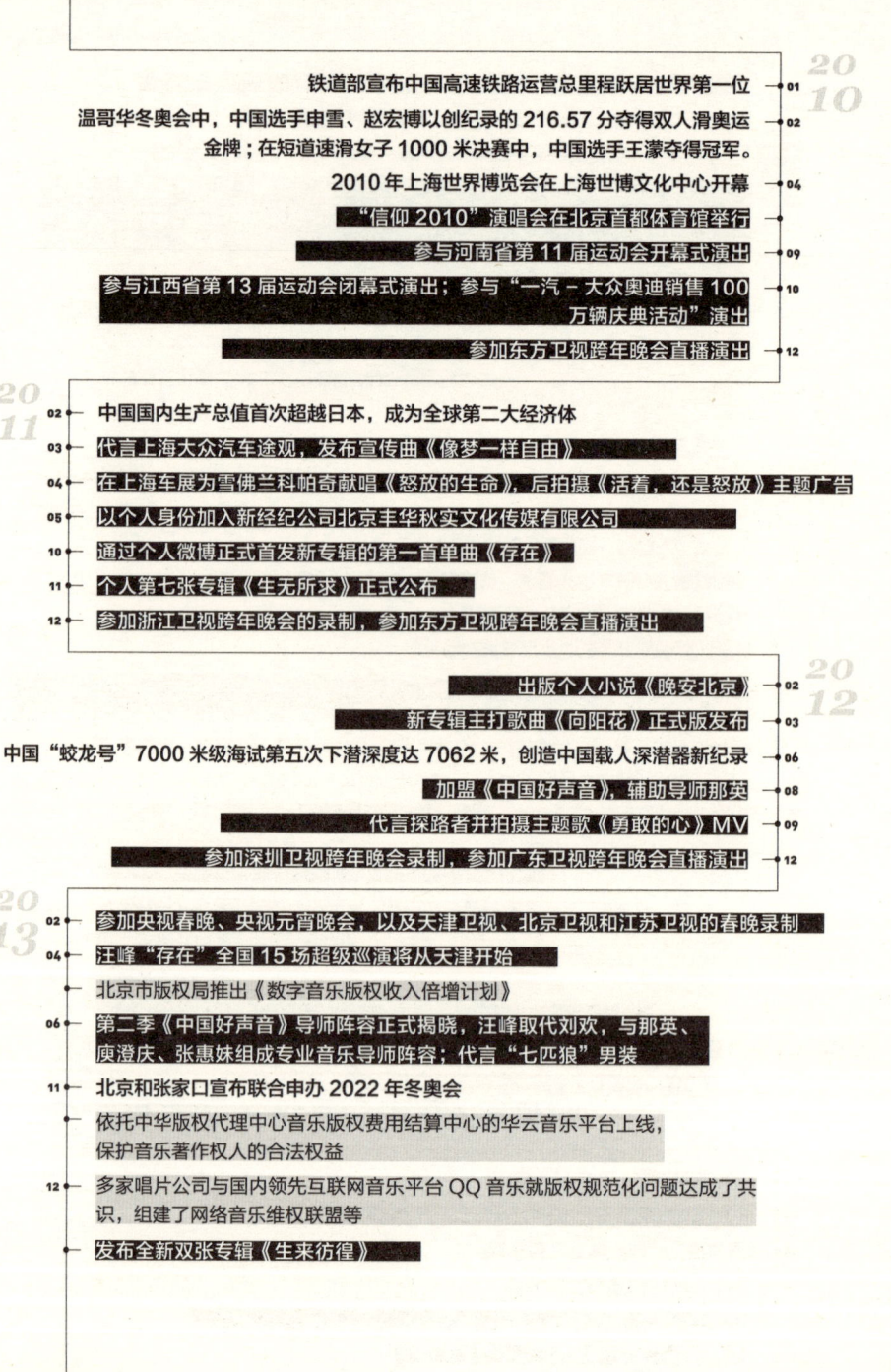

- 01 铁道部宣布中国高速铁路运营总里程跃居世界第一位
- 02 温哥华冬奥会中,中国选手申雪、赵宏博以创纪录的 216.57 分夺得双人滑奥运金牌;在短道速滑女子 1000 米决赛中,中国选手王濛夺得冠军。
- 04 2010 年上海世界博览会在上海世博文化中心开幕
- 08 "信仰 2010"演唱会在北京首都体育馆举行
- 09 参与河南省第 11 届运动会开幕式演出
- 10 参与江西省第 13 届运动会闭幕式演出;参与"一汽－大众奥迪销售 100 万辆庆典活动"演出
- 12 参加东方卫视跨年晚会直播演出

2011

- 02 中国国内生产总值首次超越日本,成为全球第二大经济体
- 03 代言上海大众汽车途观,发布宣传曲《像梦一样自由》
- 04 在上海车展为雪佛兰科帕奇献唱《怒放的生命》,后拍摄《活着,还是怒放》主题广告
- 05 以个人身份加入新经纪公司北京丰华秋实文化传媒有限公司
- 10 通过个人微博正式首发新专辑的第一首单曲《存在》
- 11 个人第七张专辑《生无所求》正式公布
- 12 参加浙江卫视跨年晚会的录制,参加东方卫视跨年晚会直播演出

2012

- 02 出版个人小说《晚安北京》
- 03 新专辑主打歌曲《向阳花》正式版发布
- 06 中国"蛟龙号"7000 米级海试第五次下潜深度达 7062 米,创造中国载人深潜器新纪录
- 08 加盟《中国好声音》,辅助导师那英
- 09 代言探路者并拍摄主题歌《勇敢的心》MV
- 12 参加深圳卫视跨年晚会录制,参加广东卫视跨年晚会直播演出

2013

- 02 参加央视春晚、央视元宵晚会,以及天津卫视、北京卫视和江苏卫视的春晚录制
- 04 汪峰"存在"全国 15 场超级巡演将从天津开始
- 北京市版权局推出《数字音乐版权收入倍增计划》
- 06 第二季《中国好声音》导师阵容正式揭晓,汪峰取代刘欢,与那英、庾澄庆、张惠妹组成专业音乐导师阵容;代言"七匹狼"男装
- 11 北京和张家口宣布联合申办 2022 年冬奥会
- 依托中华版权代理中心音乐版权费用结算中心的华云音乐平台上线,保护音乐著作权人的合法权益
- 12 多家唱片公司与国内领先互联网音乐平台 QQ 音乐就版权规范化问题达成了共识,组建了网络音乐维权联盟等
- 发布全新双张专辑《生来彷徨》

2014

- 01 李娜夺得澳网女单冠军，成为澳网历史上第一个获得女单冠军的中国人
- 05 新一代神曲《小苹果》诞生
- 06 "峰暴来临"全国超级巡演从苏州开始，历时两年，共计 31 场大场馆演出
- 07 在《中国好声音》第三季担任导师
- 12 为电影《狼图腾》创作并演唱主题曲《沧浪之歌》
- 汪峰北京鸟巢演唱会 + 乐视 LIVE 获得第十五届华语音乐传媒大奖最佳企划创意奖
- 参加湖南卫视跨年晚会直播演出

2015

- 03 参加博鳌亚洲论坛电视辩论青年领袖圆桌会议
- 04 确认继续担任第四季《中国好声音》导师
- 06 道略音乐产业研究中心发布《2015 年中国现场音乐产业报告》，其中提到"据道略统计推算，2014 年汪峰演唱会总观众人数达 34 万人，较 2013 年增加了近 1 倍。票房增长 6410 万元，占到市场增量的 47%"
- 歌曲《勇敢的心》被选作《西游记之大圣归来》插曲
- 07 担任《中国好声音》第四季导师
- 国家版权局发布了《关于责令网络音乐服务商停止未经授权传播音乐作品的通知》，勒令无版权音乐作品在 2015 年 7 月 31 日前全部下线，各网络音乐服务商共下线未经授权的音乐作品 220 万余首
- 10 举办汪峰 fiil 耳机新品发布会
- 11 发行个人第九张创作唱片《河流》

2016

- 07 开始担任《中国新歌声》第一季导师
- 09 为国产润滑油品牌"纳能"代言
- 10 参与创办的泛音乐视频社交 APP"碎乐"上线公测

2017

- 12 发表个人第十张专辑《果岭里 29 号》
- 参加湖南卫视跨年晚会直播演出
- 中国音乐产业总规模达 3470.94 亿元

2018

- 01 参与湖南卫视《歌手 2018》
- 12 参加北京卫视跨年晚会的录制

2019

- 02 与妻子章子怡参加《妻子的浪漫旅行》第二季
- 08 开始担当《一起乐队吧》乐团领队（即选秀导师）
- 10 中华人民共和国成立 70 周年大庆

* 本书人物年表由湖岸编辑周赟编辑制作

郎朗、郎国任

郎朗、郎国任
自由之路

郎朗父亲郎国任一开始并没有重视这次演出。

当儿子在后台等待彩排时,他一直漫不经心地坐在观众席上,在他看来,那不过是一场生日会而已。

直到俄罗斯小提琴家文格洛夫上场,郎国任说自己立刻感到一种紧张。"那不是一般地棒",郎国任回忆,因为手受伤,文格洛夫当了五年指挥,这期间很少演奏小提琴。

和往常一样,当发现儿子潜在的竞争对手,他调动起了全部精神,迅速来到后台,要向儿子传递这个消息,"当时我就觉得这种演出完全是个擂台",郎国任一改之前的判断。

令他欣慰的是,还没等他说话,郎朗已经非常严肃了。"你看了?"郎朗先开了口,郎国任回忆。

儿子和自己在这一刻又有了一致看法,这让郎国任感动。为了表示感动和强调这种默契,他也用情地反问儿子:"你看了?"

一场生日会

7月1日是中国著名指挥家余隆的生日。那一天,余隆在保利剧院举办了一场名为"余隆和他的朋友们"的音乐会,郎朗压轴表演。

原本不在意的郎国任在文格洛夫演奏后迅速将"前线情报"传递给后台的郎朗。在郎国任描述中,像被什么东西点燃了,再次登场的郎朗像一个武林高手决定使出绝技,进入到备战状态的他立刻调动起了自身的全部兴奋。

"就像C罗起速似的,C罗平常看着蔫蔫的,一起速,'唰'——贼快,等到一发挥的时候,'嘎嘎哗哗'几下,就给你打蒙了……"郎国任语言热烈,手舞足蹈,所用词汇都是描述一场比赛而非钢琴表演。这种描述让一场音乐演奏会很快变成了武侠小说中的大侠比武,文格洛夫化身成为突然出现在这场比武大会上的神秘敌人,而他的儿子则是那个调动神力,掌握神功,最后再发出神功的人。

他自信,正是郎朗"一起速""'唰唰'的",最终让他的"敌人"感到惊诧。"文格洛夫看着郎朗,郎朗太牛了,能不能跟我合作啊?怎么怎么的,就这个了。文格洛夫马上叫郎朗,请你能不能跟我合一个,跟哥合一个怎么怎么的!"郎国任激动地说。

毫无意外,郎国任为儿子设定的结局也是武侠小说式的,运出神功,战胜对手,他根本不像一个来表演的演奏家,而是傲视一切的大侠。"你立刻就能成功",说完这句话,他安然地为自己这部"武侠小说"

巨流

写出了他满意的结尾。

在欧美,古典音乐早已不再是一个处于高潮期的艺术形式,但在这个领域,郎朗绝对是个意外,他是一个仍具备巨大明星效应的演奏家。"他在国外真的是一呼百应。"徐尧说。徐尧曾是日本梶本经纪公司的员工,这是一家专业的古典音乐演出经纪公司。2014 年 8 月,郎朗去参加瑞士琉森音乐节。"整个排期表上,那些最好的音乐会还有票,郎朗音乐会的票已经售完了……一张票都不剩。"

与此同时,郎朗还把这一艺术形式成功从音乐厅带入了更大众的场域,他和偶像团体 EXO 一起表演,在 NBA 现场演奏,并被邀请参加北京奥运会开幕式。因为时间有限,很多著名表演者在北京奥运会上只能表现很短的时间,且是以拼盘形式,但在这场盛宴上,郎朗却成为少有的获得完整节目表演的艺术家。对于一个钢琴艺术家而言,这已经堪称奇迹,更让其他明星不可企及的是,郎朗在政治舞台上也大有作为。他不但在 2005 年陪同时任国家主席的胡锦涛在德国总统府共赴晚宴,还在奥巴马举行的白宫晚宴上为中美国家领导人演奏《我的祖国》。

很难相信,坐在眼前的这个吹着高耸发型、眼神闪亮、穿着发光西装、志得意满的年轻艺术家,会经常在社交媒体上贴出和 LVMH(酩悦·轩尼诗—路易·威登集团)家族掌门人的合影、与欧美巨星的互动。而仅仅在 17 年前,他和父亲郎国任决定破釜沉舟离开中国前往美国柯蒂斯音乐学院时,他还是一个备受中国的音乐学院几位老师打压、住在厕所严重漏水的廉租房、被资深教授鄙视、从沈阳

郎朗、郎国任
自由之路

来的只会演奏"打砸抢"风格的另类琴童。

"我们不是一般的父子,我和郎朗是古代战场上的那种伙伴,我们两个通过钢琴绑在了一起,好比连体人。有几个父亲像我这样 24 小时都和孩子在一起,把自己所有的东西都倾注在孩子身上?更多父亲都有自己的事业,而郎朗的艺术就是我的事业,我的事业就是让他冲出亚洲,走向世界。"一次媒体采访中,郎国任以"连体人"形容两个人的关系。

关于郎国任和郎朗,有报道这么写道:每个琴童身后都起码有一位严苛的父母。但仍然少有人像郎国任这样,对郎朗的钢琴生涯介入得如此之深。1991 年,郎国任认为,郎朗应该去北京拜师,准备报考中央音乐学院附小。郎国任没有太多犹豫便辞去了他的警察工作。文工团解散后,他便拥有这个俸禄优厚的职位,但为了郎朗和钢琴,他二话不说。生计的艰难在他看来也无暇顾及,原本他们在沈阳过得相当好,往后却只能靠妻子一人的薪水供养父子二人在北京的全部开销了。朱雅芬帮忙联系了中央音乐学院的一位老师,在约好上课的节骨眼上,郎朗的姥爷去世了。按习俗,应该第三天下葬的,但郎国任觉得郎朗的课程不能耽误,生怕老师变卦不教,他不顾亲友反对,硬是把葬礼提前了一天。

郎朗的成功离不开他的父亲,从 3 岁开始,郎国任就以他的价值观塑形了郎朗。如同郎国任"连体人"的这一描述,在 2006 年之前,两人关系的确亲如一人、密不可分,他们父子俩在纽约的卡内基音乐厅同台演奏,一位是冉冉升起的钢琴巨星,另一位则是在那个舞

巨流

台上用一首二胡《赛马》征服了欧美古典音乐界的一手造就神童的中国父亲。

这种"连体"状态却在2006年之后不复存在。

眼下，郎朗在全球古典音乐领域具有明星级地位，无论在美国还是中国，他都是票房保证。同时，在国际著名唱片公司，郎朗拥有足够话语权，他建议DG（德国留声机公司）出版的《黄河之子》这张专辑获得远超预期的销量。在曾经让这些顶级唱片公司出一张唱片都是遥不可及的中国古典音乐市场，郎朗得到的权力和地位都是中国琴童和曾经否定他的中央音乐学院教授们不可想象的。古典音乐在中国发展颇晚，谁敢想象一个中国人竟能在这一顶级西方艺术领域获得如此高的地位？

在很多人看来，郎国任是郎朗取得今天地位的功臣，也是郎朗一辈子很难离开的人。"他的爸爸非常重要，他离开他的爸爸很难有信心表演好。"一位资深钢琴教授曾这么评价。

但很少有人想到，即便郎国任对郎朗的事业参与得如此深入，父子俩仍然没有逃过当儿子获得足够权力和独立能力之后会毫不犹豫地把父亲这一旧日权力体系抛弃的命运。这一传统，无论郎国任如何强调和郎朗仍极有默契，幻想他的儿子仍像小时候那样听从他的指挥，都已经貌似是不可能发生的事情了。和郎国任自嗨式演说截然相反，郎朗这个真正的主角不但长久缺席，还以极其反感的语气对父亲关于那场音乐会兴致勃勃的描述表示出排斥。"他的话你听听就

郎朗、郎国任
自由之路

好了。"在距离朗国任住处一小时车程的北四环外的酒店里,他以一种不耐烦和无可奈何的语气直白地说。

长发,白裤,穿着夏威夷式鲜黄色的衬衫,戴着一副见到一点光线就会变成茶色的眼镜。在说话时,郎国任经常眼睛透过茶色镜片望向落地窗外,只顾着讲自己想要说的话。不知道是害羞还是傲慢,他根本不习惯和人对视。

在郎朗的描述中,郎国任不关注他人,更多是活在自己的世界里的。"我爸很奇怪,有时候挺能说,有时候一天也不说话,就是他是可以不说话的那个人。我爸他就自己闷着,有时候想半天,想一天,也不知道想什么,反正自己在那儿闷着,闷了半天,就这样看着窗外不知道看什么,喝一天茶,在那儿看了一天外面的风景。"他的儿子说。

同时,这个"平时不怎么说话"的人却拥有可怕的意志和按照自己想法强迫别人的执着。在郎朗印象中,也许因为恐惧他人拒绝自己,郎国任在做出决定时是非常跋扈和专断的。"我妈会跟我说,这事儿我准备这么做了啊,我先跟你说一声,你别到时候说不知道。所以对我妈我是没有任何意见的,就算生气我马上就好了。但是对我爸的话,我有时候就会有一些意见。比如说处理方式他不告诉你,直接就上。"郎朗说。

除了偶尔会以郎朗父亲的名义参加全国琴童家长经验交流分享会,出版和儿子有关的书籍,郎国任现在大部分时候和一个叫"二叔"的人共同生活在北京东南四环一个大型小区里。

巨流

不是在电视机前或相声会馆，郎国任关于余隆音乐会像说书人一样的精彩演讲正是发生在这一大型小区的客厅里。即便远离了儿子的名利场，他的发言仍要是隆重的，被重视的。因担心电钻声影响到郎国任接受采访的效果，当我来到这个房子的门口时，"二叔"正站在那里对着二楼的装修队呵斥："不许使用电钻！"

这一住处一以贯之地反映出 60 岁的郎国任没有生活、只有工作的特质。很难说，这个他连续发表了两个小时演讲的公寓到底是一个住宅还是办公室。穿过客厅，一个巴洛克风格的卧室突然出现在眼前，而右手边几个办公电脑和工位一样的格子间立刻和它形成突兀对比。只不过现在，那些电脑和工位已经因为很久没有人使用，落上了灰尘。

在这里，唯一相同的是从客厅到卧室，每个地方的白墙上都挂满了一个个常见于家具城售卖的风光油画上的巨型金色画框。在一个典型的中国家庭中，这些位置往往用于摆放婚纱照等具有纪念意义的家庭合影，但在这里，这些在木头上染上金漆、用繁复巴洛克花纹压制、巨大而笨重的画框所烘托的全都是郎朗那些几乎一人高的唱片和音乐会海报。

除了那些海报，郎国任头顶还有一幅范曾的墨迹，同样以染上金漆、用繁复巴洛克花纹压制、巨大而笨重的木质画框装裱，上面是这位书画家为这个三居室的题名：郎朗的音乐世界。

郎国任就像一个孤独的国王一样活在这个处处标着郎朗名字却早已失去郎朗本人的地方。无论是空荡荡的房子、无人使用的办公桌、

郎朗、郎国任
自由之路

他本人的兴奋讲述,还是海报上郎朗阳光的招牌式笑容,都更凸显出了一种对真相不愿直面的空洞、执着和孤独。

全攻全守型

作为中国崛起的标志,2008年北京奥运会被看作一场意义非凡的盛宴,既受到全体中国人的关注和期待,也有众多外国人期待通过它审视中国的变化和中国文化的内涵。陈凯歌、李安、张艺谋,甚至连美国顶级导演斯皮尔伯格都主动来到北京参与竞标……从开幕式导演的选择上,就可见竞争的激烈程度。

这样一个千军万马过独木桥般的兵家必争之地,郎朗无疑是真正的赢家。在这场百年难遇的盛宴上,如此众多的名人纷纷希望在那场开幕式上出现,但即便能够得以亮相,大多也是匆匆而过,郎朗却获得了一个很少有人能够得到的完整表演的机会。更具戏剧性的是,仅仅在两年之前,郎朗还是一个国内鲜有人耳闻的名字。就在这两年里,他先是登上春晚,接着在北京奥运开幕式上以完整节目时长进行表演,和日晷、《千里江山图》、四大发明等代表中国文明史的诗性符号一同出现在中国几十年来最重要的表演舞台上。在这个国家,能够作为中国人的代表有此殊荣可是连续十几年都在一线的艺人绝对望尘莫及的。

很多人非常好奇为什么郎朗能够获得这样的机会,这和他的勤奋、技术以及在古典音乐领域的明星级地位密切相关。但更重要的是,奥运会作为向世界展示中国文化优势地位的一场盛事,选择一个在

巨流

西方艺术门类中取得颠覆性成绩的中国人当然顺理成章，而放眼四周，无论是电影界还是艺术界，能担任此种角色的似乎只有郎朗一人。即便在欧美这种古典音乐的发源地，郎朗也是一个被西方人寄予了巨大希望的革命者形象：在摇滚、嘻哈的冲击下，古典音乐早已不是一个处于高潮期的艺术形式，但在这个领域，郎朗绝对是个意外，登上格莱美，和重金属等音乐形式一样获得年轻人的疯狂欢呼，他是当代少有的仍具备巨大明星效应的古典音乐演奏家。

作为古典音乐界的明星级演奏者，郎朗能够脱颖而出某种层面上说明了他能够从大众心理层面去揣测大众的喜好，而更重要的是，他的某些特点恰恰极大地符合了大众的趣味。

郎朗能够如此受到欢迎的原因，或许从他在卡内基音乐厅和他父亲对曲目的选择趣味上就可以清晰看出。卡内基音乐厅位于纽约，对全世界的古典音乐家而言，在这座现代大都市仅存不多、完全按照罗马式全砖石结构建造的大型音乐圣殿里开独奏会是每一位演奏家的高光时刻，也是他们的地位在古典音乐界得到确立的里程碑时刻。2004年，这个来自中国的男孩在他22岁那年便获得了这项殊荣。

郎朗在那时已经得到了古典音乐界的认可，但在卡内基的独奏会上，他和郎国任考虑的绝对不会仅仅只有古典音乐界，他和他的父亲还希望获得大众媒体和普通人的喜爱。因此，抱着这样的想法，在这次独奏会开始之前，一件事情难住了这对父子。如果要受到大众的认可，就必须增强这场独奏音乐会的特色。作为一个中国人，除了那些古典音乐的经典曲目，郎朗还特别准备了一首中国曲目——《八

郎朗、郎国任
自由之路

幅水彩画的回忆：家》。这首音乐作品来自中国作曲家谭盾，选择谭盾的原因很简单——几年前，因为《卧虎藏龙》，这位中国人获得了奥斯卡最佳原创音乐奖。因此，那段时间在纽约，他绝对是最具知名度的中国音乐人之一。演奏他的作品无疑是一个既能够增强亲切感又保留了中国风韵的绝佳选择。

《八幅水彩画的回忆：家》当然不属于欧美古典音乐风格的曲目类型，和大部分中国音乐一样，它是散点式，以点带面的。这首创作于1978年的曲子，是在中国刚刚结束"文革"恢复高考后，音乐家谭盾前往中央音乐学院求学时创作的，以其抽象、抒情、充满中国画的意境，描绘了家乡湖南的诗意和神秘。但这位奥斯卡原创音乐奖得主的作品没有得到郎国任的认可。回忆起自己听完《八幅水彩画的回忆：家》的第一感受，这位钢琴家的父亲直接表现出不屑："听着没啥意思，太平淡了！"他铿锵有力地说道。

在郎国任看来，这种含蓄散点的曲子只能称为"小曲"，"是8个类似各种类型小曲一样的东西"。他喜欢和向往激情澎湃、宏大磅礴、更加直白也更加有力量的乐章形式。要在效果上震撼住听众，只有这种乐章才行。

郎国任有一种按照自己的趣味挑选演奏曲目的习惯，如果没有曲目适合这种趣味，那么，他就会按照自己的趣味把他人作品改造成适合的，这种能力被他称为"二次创作"。

在余隆那场音乐会上，还有一个障碍在等待着郎朗。那场音乐会上，

巨流

郎朗要演奏作曲家约翰·威廉姆斯谱写的一首新曲子。作为《星球大战》的作曲者，电影配乐是威廉姆斯著名的创作类型，但让郎朗意外的是，威廉姆斯请自己演奏的绝不是他那种耳熟能详的惯常风格，而是一类郎朗自认很不适合自己的现代派作品。"我开始以为他会作电影主题那样的曲子，结果好，拿到谱子才知道是一个纯现代派作品，没有任何旋律。"回忆起拿到乐曲时的不适应和担心，郎朗说。

郎朗和郎国任需要明确而强烈的高潮起伏，他们不喜欢过于抽象和含蓄的乐曲，而如果这首曲子没有明确的高潮和起伏，他们就会把它修改为那个样子。"从我的艺术观来讲，我不愿意听到非常平均性的弹法。我非常讨厌这种弹法，没有什么特点，弹得也挺好，但就是不疼不痒。"郎朗喜欢弹奏大起大伏、有极大张力的曲子。"这个在足球里面就叫全攻全守型，不是打 defensive（防守）或者打攻击，打大的这种。"郎朗说。

在这种艺术趣味下，郎朗无法适应威廉姆斯给他的这类纯现代派作品，这让一个习惯从线性起伏掌握演奏曲目的音乐家困惑以及无从下手。"我当时还有点紧张……从我内心来讲，我不是特别喜欢这样的艺术……就像你看抽象派画一样，它不是按照旋律性走的，它是按照所谓一种感觉来的。"

某种意义上，大起大伏、极具戏剧性的演奏方式，正是郎朗能够成功的关键之一。

2008 年北京奥运会筹备期间，赵卫是北京奥运城市发展促进会副秘

郎朗、郎国任
自由之路

书长,他的一项主要工作是负责奥林匹克文化节,为这个文化节持续寻找适合表演的人。在此之前,他并不知道郎朗,爱乐乐团向他推荐了后者。

郎朗第一次被赵卫邀请去文化节是2003年9月,那是第一届文化节的演出。在这一次演出中,郎朗的演奏风格给赵卫留下了极为强烈的印象。

"对我们这些很少接触这种所谓的严肃音乐的观众来讲,能够被一个钢琴乐手在现场深深地吸引住,这个事情其实是挺难的。一般来讲,很多人在听古典音乐的时候,如果不是乐迷的话,可能会干其他的事儿,或者昏昏欲睡都有可能。"赵卫说,"但郎朗不同,他能够让他的音乐打动现场的每一个人。"

"当时参加活动的有北大的师生,有来自北京体育界的、文艺界的多个方面的代表,也有当时的北京市主要领导。作为一个普通观众,以前我们看的更多的弹钢琴的这些乐手,好像比较平静,然后对作品的阐述一般来讲主要是通过声音,那么现场看郎朗的第一次演奏的时候,他给我的那种冲击力就是,他好像是把音乐的感觉舞动起来了⋯⋯就是音乐的这种冲击力是扑面而来的。他的这种演奏风格我从来没有见过。"赵卫感叹。

这让赵卫非常好地完成了宣传任务。"现场效果非常热烈。大家对他的演出,报以了真可以说是雷鸣般的掌声,确实是反响比较大,所以第一印象是非常深刻的。"赵卫回忆。

巨流

德国人玛格丽特是郎朗的超级粉丝,她今年已经 68 岁了,在认识郎朗之前,一年只度假一到两次,但现在她每年出门 30 多次。"因为我要听演奏会,他是我的充电器。"玛格丽特这么评价郎朗。

有趣的是,在认识郎朗之前,玛格丽特并不听古典乐,她是甲壳虫乐队、滚石、迈克尔·杰克逊的粉丝,但在今天,她却在郎朗这个古典钢琴家身上发现了如摇滚歌手般让她兴奋的激情。

她将另一个俄罗斯天才钢琴家基辛与郎朗进行比较:在现场演奏时,基辛没有任何变化。"进来,弹奏,出去;进来,弹奏,出去;没有情感,很枯燥……他就是坐在那儿,努力工作,没有情感……他的演奏会,年轻人里没有一个去听第二次。"玛格丽特说,"但郎朗不同。"

玛格丽特说,尽管国外很多乐评人不喜欢郎朗这种相对过重的演奏风格,"他们把他称作 Mr. Bang Bang","和弦很尖锐","就好像一个人在哇哇号叫","push(按压)键盘的声音很大"。"但是我很喜欢,"玛格丽特说,"古典音乐是给每个人的,不只是老人。重要的是,怎么表现、介绍给他们。这是唯一的方法,郎朗是正确的。"

郎朗正是通过对古典音乐这一相对静态的艺术形式进行了现代人更习惯的动感、能带来惊心动魄起伏感的强烈处理,赢得了他的机会。这种选择和改造不但让他征服了玛格丽特、赵卫和其他民众,甚至对中德最高政治家而言都极具吸引力。正是因为征服了这种级别的领导者,郎朗才在还没有大量中国同胞知道他是谁时,就可以空降

郎朗、郎国任
自由之路

中国最高的文艺演出平台，短时间内做到家喻户晓。

2003 年，郎国任一家去德国搞商业演出时，与时任驻德文化参赞的董秀成在曾是民主德国人民议会所在地的共和国宫相识。

在德国，董秀成负责的是文化交流，也就是把国内的文化团体带到德国，以文化促进外交。但 2003 年恰好"非典"在中国暴发，很多文化交流活动不得不因此被叫停。

在这样一个巧妇难为无米之炊的时刻，正好郎朗要在柏林爱乐演出。董秀成提议大使馆能不能在郎朗演出时也买一些票，把这个作为文化交流。

"在德国，那个时候郎朗应该说已经是很有名气了，基本上只要是有他的演出都是提前卖票，被一抢而空，而且到演出的时候还要加座位。"董秀成说。

那一次，郎朗的受欢迎程度令中国使馆惊讶。柏林爱乐有两个厅，大的坐 2200 人，小的 1000 多一点，郎朗那次是在大的音乐厅。"基本上都加了有二三百个座位。"董秀成回忆。使馆那次共买了 200 张票，请的是跟使馆关系比较好的一些德国合作伙伴。让这位参赞开心的是，"我们请那 200 个德国人去看了以后他们都非常兴奋"。

郎朗在中国市场的好运仅仅发生在两年之后，此前，他并不是经常回中国演出。李云迪是远比他有知名度的年轻钢琴家。2005 年 11

巨流

月，时任中国国家主席的胡锦涛出访德国，因为郎朗的知名度，德国总统府的一个司长又想邀请郎朗在国宴上演奏。"他说当然了，我们付不起那个演奏费，因为政府嘛，它预算都是有限的。"董秀成记得对方征求自己建议时曾这么表示了担心。有了上次的合作经验，董秀成很明确地告诉对方放下这个顾虑，"我说这个没问题，因为我很了解他们家的人"。

之所以能这么确信，是因为郎朗 2003 年在德国开完音乐会后，董秀成又邀请他去大使官邸搞了个音乐会。在那时，董秀成就发现，郎朗全家"对国家的认同和为国家服务的意识非常强"。当听到这个邀请后，"他马上就拿出本子和经纪人来找时间，当时就把时间定了，不像有的人，说你找我经纪人去吧，人家就把这个时间定了"。在此之后，在俄罗斯、比利时等各种外事活动或者文化年，有同事想请郎朗，也都会找董秀成。"他只要能安排得开，都尽可能来满足使馆的要求……有时候甚至把商业演出都放弃了。"

因为董秀成和郎朗一家有了极强的信任和有求必应的情义，在总统府表演之前，当得知德国方面希望邀请郎朗，胡锦涛的秘书还特别向董秀成了解了郎朗的信息。"他说郎朗在国外有名气吗？当时咱们国内对郎朗还没太多的认识，报道也很少。"董秀成回忆。因为有之前完美的合作经验，董秀成说得肯定而又明确："我就简单说了，我就说所有的国外的这些知名乐团和知名的这些演奏家，都愿意和郎朗合作，绝对是票房都能上去，特别受欢迎。"

最后，经过郎朗父子的精心挑选，《黄河》成了两个人最终决定在这

郎朗、郎国任
自由之路

次国宴上演奏的中国曲目。在他们看来，这首曲子和一般的中国乐曲不太一样，"首先它反映的是抗日"，"有很多俄罗斯的写法"，但更重要的还是"张力很大"。

《黄河》的张力加上郎朗本身对大起大伏演奏方式的渲染，大大增强了这首曲子的表现力。郎朗营造出了一种极为激动人心和热烈的现场气氛，使得这首曲子的演奏获得了极大成功。董秀成说，当天晚上，胡锦涛主席非常兴奋，三次上台主动拥抱了郎朗。

"就是2005年，郎朗参加了这次活动之后，引起咱们中国媒体的重视，国内对郎朗的宣传也开始多了一些。"这次成功的牵线搭桥也让董秀成在德国总统府获得了极高的认可。2005年年底，德国总统特意邀请董秀成前往总统府参加音乐会，之后总统特别接见他时又向他表示了感谢。随后，董秀成没有忘记郎朗，根据郎朗在国际上的影响力，以使馆名义给国内提出了对于郎朗发展乃至中国古典乐发展来说都至关重要的两个建议。一个是"在适当的时候，国家领导人在国内也可以接见他"。正是因为这次接见，郎朗受到了中国最高文化机构的重视，就在第二年，他便登上了中央电视台的春节联欢晚会。另一个建议就是关于北京奥运会。在那时，国家已经开始思考在这次奥运会的开幕式上应该如何展示中国的形象和文艺成就，而以董秀成为代表的中国驻德国大使馆则从海外经验方面给出明确建议：郎朗是世界级钢琴演奏家，在这场面向全球观众的盛会上应该有他出现。

巨流

那你能不能快一点？

2014 年 4 月，我对郎朗的第一次采访被安排在了首都机场的朗豪酒店里。为赶早班飞机方便，从巴西世界杯演出回来，郎朗一直住在这个离首都机场最近的酒店。那天下午，有三个采访等着郎朗。

比约定采访时间晚了一个小时左右，郎朗迟到了。当我们走进会议室时，他和他的宣传同事已经坐好，会议桌上最靠里的座位空了出来。

郎朗一身黑色闪亮衬衫，头发被亚光发蜡塑造过。见到我，他张开手，露出招牌式笑容，把我招呼到了那个位子上。当我坐下，他才说这是老板坐的。这让我愣了一下，意识到这句话可能是他特别准备好的，这个座位也是特别安排的。

"他希望让你很舒服。"郎朗 13 年的朋友谢迪说。这种舒服有时是以一种主动表示出低姿态和夸张的方式。

谢迪记得，之前索尼唱片中国区总裁徐毅邀请郎朗去参观索尼北京。郎朗讲了一个笑话：一个指挥家在沙漠中快要渴死了，祈求上帝给自己一滴水。但当他拿到水后，他没有喝下去，而是习惯性地整理了一下他的发型。郎朗想说的是即便快渴死了，指挥家仍非常在意自己的形象。

"全场当时就爆笑。"谢迪回忆。很多人觉得古典音乐家台下很拘谨内向，但郎朗第一次见面就用夸张的肢体语言主动表演了一个故事，

郎朗、郎国任
自由之路

他们有些意外。

郎朗和郎国任不满足于古典音乐这一狭窄领域,他们把郎朗和钢琴跨界到了 NBA、奥运会、偶像团体。这些热门舞台奋力为郎朗制造大众知名度,但有时这些举动也是吃力不讨好的。在很长一段时间里,对于郎国任父子为了成功不顾一切的争议也往往来自于此。

郎朗对跨界至今保持亲力亲为的热情和习惯。为了让每次跨界都令人印象深刻,他事必躬亲,不过即便如此,他的每次跨界并不都是那么经得起推敲。

2014 年 7 月,我在北京的五棵松体育馆又见到了郎朗。那是耐克品牌一场名为"打出名堂"的记者招待会,郎朗和 NBA 球星勒布朗是名人嘉宾。当公关把创意交给郎朗时,郎朗表示出了不满,他认为整个合作和互动太简单了,他要求直接去勒布朗的休息室亲自交流自己对活动的想法,而不是通过第三方。很少有名人愿意这样。

记者招待会马上就要开始,当我看到准备入场的郎朗时,他明显很兴奋。"我要求勒布朗一会儿在钢琴上扣篮。"郎朗对我说。

扣篮的创意当然来自郎朗,这个听起来匪夷所思的创意实际上非常粗暴:郎朗正常弹了一段之后,他会示意在一旁等待其旨意的勒布朗,勒布朗就会把双手狠狠地砸在钢琴上,发出巨大的声响,这样一共来了四次。郎朗很得意地告诉我,勒布朗在此之前从来没有弹过钢琴,郎朗称之为在钢琴上"扣篮"。

巨流

创意来源是郎朗与勒布朗的名字中都有一个"朗"字,因此,郎朗想到了"双朗合琴",他的公关郑重其事地告诉我。

对古典钢琴家而言,每掌握一首新曲都是对双手的巨大摧毁。因为一首新曲要重塑双手的某一部分新的肌肉,手的肌肉在这时极其容易受伤,这无疑是一个非常恐怖的过程。"就是拉伤,但拉伤很疼,一会儿这个指头拉伤,一会儿那个指头拉伤,就经常小毛病不断。"他记得每次学新曲时,都会有巨大的心理压力。"哎哟,我手很疼,就特别担心,然后我也是头一次到这个地方。"郎朗说。在这种长期过度消耗、高负荷的生活中,郎朗经常被噩梦缠绕,梦里重复的画面经常是他的手突然莫名其妙受伤了。

在这种痛苦的训练下,郎朗拥有惊人的曲目量。徐尧认为,一个演奏家掌握二三十个协奏曲是及格,四十个算优秀。但郎朗"手边能弹的协奏曲应该有四五十个这样子,他稍微练练能弹六十多个","确实真的是人间极品了",徐尧说。而郎朗掌握的六十多首曲目相当于要对手部肌肉重新撕裂塑形六十多次。

据徐尧统计,一般演奏家一年有五六十场音乐会,但郎朗是一百五十场左右。"他非常非常夸张,就是一个晚上在路上飞,到这儿就弹一晚上,然后再飞。"徐尧说。在这种高度亢奋的状态下,很长一段时间,郎朗在古典演出界都以演出密集而著名。

他经常在一个城市弹完一场独奏音乐会后,在没有任何休息的状态下,第二天立即去另一个城市。"我就是那么弹的,弹完了以后就拉

郎朗、郎国任
自由之路

伤了；然后，第二天我又闹肚子了。去另外一个城市都没法演，我整个人就发烧了，躺在那个舞台后面，他们还以为我得了禽流感（笑），差点儿没给我隔离了。"郎朗说。在这种时候，他的应对方法就是："你知道这种事情经常会发生，你没办法，这就是有时候该着你，没办法，你还得继续，明天太阳还得继续升起。"

这种驱动力或许和他的一种证明欲密切相关。郎朗表示，如今掌握了那么多协奏曲，大多是为了和乐团合作以及向评论家证明自己的演奏是全面的。这个过程往往这么发生：如果这次演奏有哪个乐评人说郎朗也许只能弹奏这类曲子，他一定就练习另一类去把他们征服。

刘元举是中国著名传记作家，也是郎国任父子的老乡。在郎朗童年时期，他便和他们一家成了朋友。也是在那时，作为一个作家，刘元举敏锐地察觉到了这对父子会是很好的创作题材。2001年，他为他们创作了父子俩人生中的第一本传记《爸爸的心就这么高》。

和刘元举认识的时候，中国文工团里有很多有文艺理想的人，能演奏被誉为乐器之王的钢琴是他们之中很多人的梦想和追求。因为封闭，在"文革"时期，他们很难接触到这种乐器；到了改革开放时期，有了孩子之后的他们纷纷把自己未完成的期望寄予到下一代身上，因此在中国，很多学习钢琴的年轻人都是像郎朗这样的文工团后代。

一条走廊让这里失去了私密性。"大走廊里几乎家家都有一台黑漆光亮的钢琴。那些日子，大走廊里天天传递着谁家孩子弹琴弹得怎么

巨流

样的情报。""一家只要响起钢琴,另外两家都可以清晰听到。"在《爸爸的心就这么高》中,刘元举曾经这么描述过郎朗居住的筒子楼。而在这样一个把自己未竟的野心灌注到子女身上,让他们延续父辈们未完竞争的育儿环境里,郎国任无疑是其中最为突出的那一个。

"领袖"是郎国任给自己的封号,也是他最大的人生追求。"全是领头的。"作为一个喜欢赢的人,当总结起自己的一生时,他这么说。

作为一个自我认同颇高者,郎国任得意的事情很多,他相信自己的人生无比成功,但某种程度上,这种沾沾自喜只是出于一种强势性格、强硬手段而非真正的能力。就像"文革"时没有被学校毛泽东思想宣传队选中的他,如何组织几个同学背诵毛主席语录,再去市政府找市长,要求成立红卫兵宣传总部,用音乐表达毛泽东思想,最终成功。当时他只是个四年级的小学生,"就是你敢这么干"。

经过一番对命运的抗争之后,在婚后,郎国任由于自身能力的局限,把狂热从对事业的伟大追求转到了球赛、伟人和高谈阔论中,渴望在对这些事物的谈论和评价中延续那种伟大的错觉。他只能把自己的自信和才华运用在抢房、开着摩托到处巡逻炫耀这些小事上。

郎国任或许应该感谢上天,在自己的人生看似已到顶点的时刻,为他送来了一个天才的儿子。

那是1985年,墨西哥世界杯资格赛期间,在家中无所事事的郎国任连着看了5天足球,他的妻子非常生气。在连着5天无休无眠沉迷

郎朗、郎国任
自由之路

足球、跟同楼的侃大山吹牛、不干任何家务导致妻子回娘家的大吵中，郎国任忽然听到有人对自己大喊："你的儿子在弹钢琴！"郎朗那一年3岁，在他出生的前一年，他的父亲就为他准备好了琴。3岁本是还可以不必学习钢琴的年纪，但让所有人震惊的是，郎朗的钢琴天赋是无师自通的。郎国任在浑浑噩噩中一下子清醒了过来：他意识到一份命运大礼从天而降。在此之后，郎国任把他对人生的全部期待和渴望都压在了这个儿子身上。

1986年左右的沈阳，这对父子对于钢琴的执着给郎朗的启蒙老师朱雅芬留下极深印象。作为资深老师，在上钢琴课时，朱雅芬并不希望家长在一旁旁听。"有的是埋头记笔记，都没听到我说的什么；有的是呢，一个录像机一架，他自己就在那儿玩手机了。"朱雅芬说。在她看来，这些是对教学的干扰。

但郎国任和其他家长不同，他有二胡基础，强烈渴望在钢琴上也搞明白。"不记笔记，也不录音，也不录像，他就静心地听。"朱雅芬回忆。更让她欣赏的是，听了以后他会去琢磨，如果没听懂，他非要问老师，问懂了才回家。这些对于他的儿子扎实学好这门艺术都极有益。

朱雅芬所在的沈阳音乐学院离这对父子的住处很远，父亲用摩托车带儿子回家需半个小时。在80年代，那段路程给朱雅芬留下极清晰的记忆。"在摩托车上他俩就聊天，今天朱老师说的什么意思啊，他说什么意思，到最后，俩人对对对，是那么个意思，认识一致了，回去弹的效果才好。"朱雅芬回忆。

巨流

这位父亲对儿子的学习事业投入了极大热情和专注，但让朱雅芬感到厌烦的是，他也表现出了迫切、速成、第一下就想把人震住的做事习惯。

当时和郎朗同时学琴的有几个孩子，郎国任不断催促朱雅芬让自己的儿子进度快一些。渐渐地，朱雅芬觉得很反感，她发现郎国任有极强的竞争欲，两个人之间的对话常常是：你觉得我们家郎朗怎样？不错啊。那你能不能快一点？

在那时，朱雅芬就反复地和他说，你要慢一点，不要快，要打好基础。

朱雅芬记得那时郎朗每次去上钢琴课和她说的总是：我今天又比某某早起了半个多小时。今天好险呀，我差点让某某抢先了，我听到他掀琴盖的声音了！

原沈阳军区空军大院共有三个孩子跟着朱雅芬学琴，回忆起那场竞赛，刘元举在书中写道："（郎朗）每天练琴时，高喊着那两个孩子的名字，以激励自己的斗志，特别是到了困倦的时候，他就会站起来，挥着拳头高喊：某某我要超过你！……等弹一会儿，就疲倦了，他就会再喊另一个孩子的名字，这就是郎朗每天弹琴的兴奋剂和强心剂。"

郎国任这么做是对郎朗某种占有欲和好胜心的强化。郎国任按照自己的欲望理解郎朗，塑造了郎朗。和其他家长不一样，从郎朗一出生，郎国任对孩子的理解就是极端的。在他看来，小孩是充满占有欲的："小孩想事都想着自己。"郎国任对郎朗从不试图限制或者改

郎朗、郎国任
自由之路

正这种自私，而是要充分地引导和强化。对自私和占有欲强化的结果便是，一种强烈的竞争意识被更深和更彻底地植入到了郎朗的精神世界里。

里兹是郎朗自传《千里之行》的合作者，这本书是郎朗在西方的第一本传记。在采访中，郎朗详细为里兹讲述了自己的童年、父子关系以及钢琴之路。在接受 BBC 郎朗纪录片的采访时，里兹对着镜头如此评价郎国任和郎朗：他的爸爸把他制造成了一个竞争机器。

在郎朗出生的 80 年代，学习和演奏古典乐在当时的中国还是一件很酷的事。郎朗第一次感受到音乐的力量是在 4 岁时。那一年，在启蒙老师朱雅芬家的电视上，一个老苏联卫星电视台里，他看到了钢琴大师霍洛维茨的演奏。彼时，钢琴艺术在苏联远没有今日寥落。当看到在霍洛维茨弹奏时"不同年龄的小孩、老头、老太太都在那儿擦眼泪"，郎朗第一次有了一种直观的感觉：音乐是有力量的。"那场音乐会让我看清了什么是钢琴大师。"郎朗说。在此之前，他觉得自己做的事情"就是弹个小曲儿玩一玩"。

这成了郎朗学习钢琴的原因，在钢琴道路上不断放弃他的家乡、童年，只为了和 80 年代的霍洛维茨一样，能够在人身上产生震撼力和影响力。

在美国，郎朗就读的是世界顶尖艺术学院柯蒂斯音乐学院。作为一个从发展中国家来到西方世界的人，郎朗没有意识到在世界范围内钢琴早已在大众流行文化的冲击下变成了和严肃文学一样小众和精

巨流

英趣味的东西。在一次采访中，当郎朗被问到未来想成为什么样的钢琴家时，他说自己想当一个 famous pianist（著名钢琴家）。他终于来到了美国，觉得能够通过钢琴获得自小就渴望的大众影响力，享受 super star（巨星）的光芒和掌声。然而，他的老师和同学残酷地纠正了他。郎朗回忆道："他说你应该想当一个伟大的音乐家，这才是我们应该做的事情。当时我就觉得这太可笑了，他说什么呢？"

仅仅到美国一年后，郎朗就明白了为什么他们会这么告诉他，因为当时美国古典音乐听众已经变成了老年人。"1996年、1997年就这样。"回忆起自己在美国看到的古典音乐听众，郎朗说。但他之所以能够反潮流而在精英领域获得大众知名度，某种程度上正是因为来自发展中国家的他和他的欧美同学对这件事的认识截然不同。在欧美，学钢琴的人已经大多变成抱着某种甘心不被观众认识只为了自己兴趣爱好的人，绝对不会是那些兴致勃勃要去征服时代的弄潮儿和幻想家。但对于一个放弃了正常学校生活，从三岁起就辛苦学习钢琴，把他的童年、希望、未来全部寄予在了这件事情上的人而言，这是不可接受的。

正是这种不可接受，在保守的古典音乐圈，郎朗立刻变成了那个从不清高和在乎面子的异类。作为一个想达到 famous 级别、从发展中国家来的钢琴家，郎朗不会允许他和他的钢琴仅仅出现在小众精英的音乐厅中，他愿意在那些不符合古典音乐演奏标准的场合里弹奏能震撼他人情绪的曲子，只为在这个过程中达到影响力层面的满足。当踏上演奏家的道路，郎朗所关心的就不可能只是古典音乐领域的事情，他把目光更多放在那些更具大众影响力、更能制造明星的流

郎朗、郎国任
自由之路

行文化上。在他的同学看来，这些都是不值一提和肤浅的，但郎朗丝毫不为所动，他成名的欲望太强烈了。很快，他认识了一位政客，在这位政客的帮助下，郎朗获得了去NBA演奏的机会，得以在NBA比赛中场弹奏钢琴。当听到国内的朋友说起竟然在NBA电视转播中看到自己时，郎朗说自己感到无比满足，这让他终于确定了自己学习钢琴是有意义的。

郎朗刚回国时，《北京晨报》曾经报道了这样一条新闻：《郎朗大会堂里办独奏，大屏幕将展现手指每个细节》。在推广郎朗时，国外经纪公司最有效的举措之一是为他的演奏现场左右各增加一块屏幕，当郎朗弹奏那些高难曲目时，观众将在大屏幕实时看到钢琴家高速运动的手指。这种直接把自己手指和技法作为卖点进行展示、忽略深入艺术感受的营销方式对于很多演奏家而言或许是无法接受的，但郎朗可以。这也让很多一时无法忍受枯燥古典乐的人，能在郎朗的演出中找到让他们集中注意力且消除无聊的东西。那种自童年就经历残酷训练的、在键盘上超高速运动的手指，本身就是一种视觉奇观，盯着它们看时再配上令人兴奋的战马式乐曲又怎么会令人无聊呢？这成了听郎朗音乐会绝对不一样的感受。

当评价起郎朗这些看似和古典音乐圈格格不入的欲望和作为时，与他合作过多次的柏林爱乐的前首席指挥西蒙拉特认为，这虽源自郎朗的本性，但更多的是来自他后天被塑造出的欲望。"他是天生的炫技者，他热衷于把观众带进他的演奏中。有时他会分心，有时他的表演过犹不及，但这是他的本能。而之所以他能成为超级巨星，首先，是极好的营销。其次，他喜欢，他想要，而且他也愿意和观众

巨流

交流。你要知道，做一个超级巨星——这是他自己的选择——他满怀热情，想尽可能地扩展自己的影响力。"

高点体验

就读中央音乐学院附小时，郎朗的同学殷翔对这个男孩当时流露出的特质印象格外深刻。

中央音乐学院附小以苛刻和精英化著称，旨在从少年时期就对中国的音乐人才进行选拔。来这里的都是孤注一掷打算毕生投身音乐事业的人，如果在这条路上失败，那么即便回归常规高考，他们也会因为错失太多文化课而毫无优势。这所学校有大量演奏练习，很多演奏练习都有老师参与，这些老师同时也在中央音乐学院具有话语权，因此，能不能得到他们的肯定将直接决定学生们的梦想：能否在未来进入中国最高音乐学府——中央音乐学院。那时这些十几岁的孩子经常要给老师们演奏，因为事关重大，回忆起这些演奏练习候场时的心理，殷翔至今难忘。她用一种轻微带着发泄的口吻对我说："我们都紧张得快晕过去了。"那时，和大部分孩子一样，她只有十几岁，在日日都是打仗的紧张状态里度过着自己的残酷青春。

但殷翔记得，郎朗与其他同学截然不同。在为老师演奏时，他表现出的不是紧张，而是一种不可遏制的兴奋。在郎朗看来，这个时刻似乎不是一次关乎命运的检验，而是自己可以好好表现的机会。"他是属于那种我要好好表现，或者终于到了我可以爆发的时候了。你都觉得这个人好激动啊！"回忆起那时郎朗的状态，殷翔说。

郎朗、郎国任

自由之路

90年代,郎朗就读柯蒂斯音乐学院时,学院院长、著名钢琴教育家格拉夫曼对这个男孩的父亲印象极深。和他见过的一些"'二战'后的日本人""'文革'后富裕起来的中国人"一样,郎国任总随身带一台照相机。"每次见乐团,我都会介绍,这是我的学生郎朗,然后郎朗父亲就开始给这些人拍照。"格拉夫曼说。

拍照是因为害怕错过任何"关键场"。柯蒂斯音乐学院是全球顶级音乐殿堂,读到第二年,郎朗有了和纽约最好的经纪人之一、哥伦比亚公司大老板见面的机会。在郎国任的评价体系里,这个"已经80多岁"的人在经纪人里是"老大",更让他兴奋的是,见面时"他的病刚好,病的时候神志不清,什么都不知道……以为他不行了,过不来了,就是说基本抢救不过来的时候,他又过来了,又正常了"。他反反复复强调。

面对这种机会,和儿子在一起的郎国任一见到这位经纪人就掏出相机开始拍摄。

拍摄往往是快速开始、突然出现、不打招呼和吓人一跳的。因为在他心里都"太重要了","你想那时候我录完之后多珍贵啊!"郎国任说自己从不会征求任何人的同意。

面对眼前突如其来却总在上演的一切,格拉夫曼显然已经习以为常却一筹莫展。为什么不阻止?"我们几乎不能交流,因为他一点儿英语都不懂。"电话里,这位教育大师无奈地回答。

巨流

"他瞅着我也没办法。"为此,郎国任深感得意。

郎国任之所以会毫不顾忌他人的任何不满而坚持做这样一件事情,是因为他相信自己有一种能够看到"高点"的能力。他无法准确描述出"高点"或者"尖端"会是什么,但他确信自己能在体育比赛、宗教甚至是电视节目中看到这种别人看不到的东西。"每个人看的东西不一样,你有的尖端的东西他都能看到,有人是看不到的。"郎国任强调。

当发现郎朗的钢琴天赋后,郎国任对这种看不见、无法形容的"高点"的追求和执着从那一刻起就全部投入到了对儿子的要求中。从郎朗3岁学钢琴开始,出现这种无法说清的"高点"就是他对儿子在演奏上的要求。

在郎朗小时候,郎国任有意训练了他随时随地进入兴奋的能力。为让郎朗随时抵达他所相信和理解的"高点"状态,在这个男孩睡觉时,郎国任都会毫无防备地突然把他叫醒,让还在迷迷糊糊中的郎朗立刻开始弹某个曲子,迅速进入亢奋。"就总练这种东西。"郎朗回忆。

某种意义上,这正是郎朗同学殷翔所看到的郎朗不能抑制自己兴奋的原因。在这种训练下,兴奋对于郎朗而言已经不单纯是一种精神力量,而是一种内化在生理习惯里的应激反射。郎国任的这种训练导致郎朗在长大之后极其容易兴奋,郎朗把这种状态称作"naturally high(自然嗨)"。既包括"我弹首曲子马上就嗨了",还包括"聊会

郎朗、郎国任

自由之路

几天我就嗨了","只要一聊球,我马上'噗'——眼睛就亮了"。

古典音乐和现代音乐是处于不同时代很难融合的两种演奏形态。比起电吉他、贝斯这种消费文化下诞生的现代演奏乐器,作为古典乐器的代表,和它的其他同类一样,钢琴无法插电,这导致它必须只能通过乐器材料本身发出的声音向听众传递情感,这也是古典音乐厅极其强调音效环境的原因。它要求人们在一种屏住呼吸的状态下认真聆听,无法像现代流行音乐演唱会场馆一样做得太过巨大,一旦场馆太大,古典乐器就无法完成它的传播效果,牺牲自己的表现力,令演奏者极其吃力。同时,因为达不到自己认可的艺术水准,很多演奏者也鄙视这种行为。

作为在古典音乐领域少有的能把这两个世界的壁垒打破的演奏者,郎朗绝不仅仅只是出于兴趣而已,在某种方面,他也具备一种特殊的能力,而除了天赋,这一能力同样来自他父亲郎国任后天的规训。

正是这种极权"高点"下形成的"自然嗨"让郎朗极其迷恋操纵那些大起大伏的古典曲目。这也是能在那些巨大场馆里调动出他的震撼力的关键。正如郎国任在余隆音乐会上所说,在长期刺激下,郎朗已经有了一种类似应激性动作一样的生理反应,随后,在这种生理反应下调动出他的兴奋,这样他就可以依靠这种兴奋和忘我把自己驱动到疯狂状态,再用这种状态把全体观众带动起来跟着他一起兴奋。这种"自然嗨"为郎朗在跨界上打开了可能,某些时刻,配合他大起大伏的音乐趣味,这种"自然嗨"带来的兴奋常常会让郎朗的钢琴演奏表现出和重金属、摇滚一样震撼的演出效果,让他多

巨流

次登上格莱美颁奖典礼，和那些现代音乐一样让全场观众疯狂。

某种程度上，因为完全放弃了理性、极端放纵疯狂，这种"高点"催生出的美是"法西斯式"的。而对于创作者而言，这种美的代价极其巨大，在通往高度兴奋和极度美丽的过程中，它对人的摧残和伤害必然极大。

郎朗跨界的灵感来自郎国任的一次感性和他对"高点"不管不顾的追求。在美国时，有一次，郎国任在家里打开电视，电视里那时正在播放关颖珊的滑冰表演。当看到关颖珊作为滑冰运动员优美的肢体在冰上动人地舞动时，郎国任立刻被这种美打动了，他的"高点"再一次在这种唯美中发作。"太美了……那种精神，那种艺术享受，简直是到了顶点。"郎国任赞叹着。一如既往，郎国任很快考虑怎么能把这种"高点"体验在他的儿子、战士、著名钢琴明星郎朗身上实现。

关颖珊花样滑冰的背景音乐是难度极高的《拉赫玛尼诺夫第三协奏曲》，即便在音乐厅演奏，钢琴家也需要强大的体能和控制力才能驾驭。郎国任以看不见的"高点"要求郎朗的演奏，按照他把"高点"奉为一切，不管不顾相信这种体验、追逐这种体验的人生信仰，"高点"永远是神圣的。出于郎国任对"高点"的至高信仰，这些困难都不是他会考虑的东西。在"高点"驱动的兴奋下，他立刻找到郎朗当时的公司环球音乐提出自己的想法，环球音乐同意了。这个想法就是：当关颖珊再次表演时，不再用背景音乐，而是让郎朗直接到冰上演奏这首曲子。

郎朗、郎国任
自由之路

郎国任的自命不凡和为"高点"献出一切的行为给他的儿子带来的是一场巨大灾难：因为钢琴是铁质的，当放到冰上时会非常冰凉，通过钢琴，寒冷又会传导到郎朗的身体上，这导致弹奏过程中郎朗的手和脚全是冰冷的。因为挑战太大，之前从没有人这么做过。回忆起怎么坚持下来的，郎朗的回答是只能硬撑。"就是我希望有解决的办法，但有时候真没有解决方法……就只能硬着头皮往下。"郎朗回忆。郎朗的跨界为他带来了巨大声望，而这一次尝试正是他跨界思路的起点。

跨界为郎朗带来巨大声望，但作为一种非常规操作，因为要调动那些远比音乐厅更大的场合，需要耗费更大的力气，也必然给郎朗带来巨大的伤害。

郎朗为赵卫和观众在 2003 年的奥运文化节上带来了震撼、难忘的演奏。但当赵卫去台下感谢郎朗时，这个男孩和他说了让他至今难忘的话：北京百年礼堂并不是演奏用的，他的手指已经快弹麻木了，"估计要很长时间来恢复"。郎朗告诉赵卫，因为在那种糟糕的场地把观众震撼，他要非常用力地弹才可以。

除了事业上损害之外，更让郎朗恐惧的是，当离开舞台，郎朗从小被他的父亲在自己生理反应中植入的"自然嗨"常常像魔鬼一样随时出现在他人生的任何一个地方。即便离开舞台回到生活中，郎朗发现他仍会控制不住这种兴奋，"亢奋的时候像只狗似的停不下来，刹不住闸，就是高兴"。

巨流

2005 年,受世界顶级指挥大师祖宾·梅塔邀请,郎朗前往以色列演奏。郎朗一到当地就去了一个朋友家。"巨嗨,嗨歌、嗨舞。"回忆起为迎接他的到来他们兴奋的狂欢时,郎朗说,"吃各种好吃的,一直在海边跳舞,特高兴,各种人。"一个巨大音响放到海边,朋友带来更多的朋友,在这种忘我狂欢中,他们持续疯狂了五六个小时。

从海滩回到酒店,郎朗发现自己什么都听不到了,"只听见一声'嗞'","我还以为在做梦"。回忆起当时的情形,郎朗一脸震惊,在北京金融街丽思卡尔顿酒店二楼中餐厅,他把头探向前方。

他让自己强行睡下,但到了第二天,情况依然没有转变,在音乐厅,当弹勃拉姆斯《第一协奏曲》时,他发现自己仍然什么都听不见,"全听的是'嗞',全是这声"。

更可怕的,郎朗就连喝橘汁都无法自控。音乐会的 after party(余兴聚会)大多在夜里 11 点左右,演奏了几个小时,演奏家的身体完全消耗,空无一物。因为无法停止自己的兴奋,在这时,不能喝酒的郎朗就会无法自控地"狂喝"一种他喜欢的鲜榨橘汁饮料。"喝橘汁我都喝得很嗨你知道吗?"回忆起不断喝橘汁失控的快感,郎朗瞪大了眼睛。

橘汁刺激空空的胃分泌大量胃酸,其结果是,他的胃受到毁灭性损害。郎朗先是在 2006 年夏天发现自己在睡觉前总是反胃,随后停不下来地咳嗽,接着有一点劳累就会喘。回到北京后,在家人的陪伴下,郎朗做了胃镜等几项检查。因为要知道咳嗽的原因,郎朗要背

郎朗、郎国任
自由之路

两个小包,其中一个的管子插到胃里,一个插到肠子里,以检测他的肠胃状况。"我就像一个伤病员一样,在家一待,特老实,不能激动,也不能弹琴,因为咳得很厉害。"

迟到的毕业典礼

和大起大伏、会忽然没有来由亢奋的演奏方式一样,在长期只有赢和征服观众这一单线目标下,从 3 岁起就被郎国任塑造出的那个事事要赢和唯我独尊的郎朗,在某种意义上,即便到了而立之年,也依然无法摆脱某种简单直白的行为模式,这让他在很多为人处世上都是孩童式的、直来直去的。

郎朗从来都是那个会在人群之中突然兴高采烈、自顾自开始说话的人。2014 年的拍摄现场,在工作人员和陌生人的包围下,郎朗突然眼睛亮了起来,开始兀自讲出一段前言不搭后语的话。他的这一反应,让第一次和他合作的人不知道如何是好,但郎朗的员工却非常习以为常,他们保持沉默、毫不在意地继续去做他们自己手里的事。因为他们知道,在很多时候,就像个小孩子一样,郎朗的行为就是没有层次、缺乏因果联系和突然冒出的。

郎国任以简单化和功利主义的方式培养了自己的儿子,这种培养方式也导致了郎朗对于所要之物的绝对执着,对自己想要但得不到的东西绝对不会妥协,以及对没有给他想要的东西的人的绝对仇恨和对立。

巨流

郎朗要求他人对自己完全的爱,但这恰恰是郎国任无法做到的,也是他和郎国任的分歧所在。

作为一个一心只自我感动、追求"高点"的人,郎国任对其他任何客观现实选择视而不见,或者认为只要具备"高点",其他都不是问题,可以忽略。在这种对"高点"的坚持中,当别人问到会不会对郎朗的身体造成影响时,他暴露出了他惯常的自我催眠和自我说服:为了坚持他的"高点",他把郎朗和自己习惯性想象成强壮的、刀枪不入的。"我以前,我踢足球到什么程度呢,我一天踢三场球。你想那得什么体力啊?"他自问。同时,他和郎朗甚至是从来不会生病的。"我和郎朗,我俩轻易不会发烧的,都这样。"郎国任笃定地说。

2014年,当发现自己老喘不上气来,郎国任也丝毫没有在意。

"就得这样挺着,要不然上不来气,就窝着一点都不行。"为展示他当时的呼吸姿势,他身子挺直,头高高仰到极限,将脖子押平,和下巴几乎处于同一水平直线,整个身体僵硬笔直。"一个鸡蛋这么大,一个鹅蛋这么大。"郎国任指着自己的脖子。那一年,他脖子上长了两个瘤,瘤已经压住了他的气管。

按照这种强人逻辑,郎国任自然不会承认他被瘤子压倒,说起这两个瘤子,他说:"当时我知道有个瘤,没在意,没在意。"语气轻描淡写。

强人靠事业给自己安慰,为人生寻找意义,把自认为伟大的事业放在首位。"我对我自己是没有那么在意的,我觉得郎朗的事业还是最

郎朗、郎国任
自由之路

重要的，别耽误，所以一直是这样，我觉得这玩意儿长就长吧。"直到需要陪郎朗频繁出国演出，郎国任才认为不做手术不行了，这才把这个问题解决。

郎国任可以把寄予自己"高点"的事业当作一切，完全凌驾于自己的身体和他人感情之上，这恰恰成了他和郎朗的真正分歧所在。把成功看作是唯一的和人生最值得追求的目标时，郎国任认为这对于所有人来说都是理所当然的。他笃信这一点，他或许不会想到，郎朗和他并不一样。或许在这个过程中，除了事业成功，郎朗也感受到了其他他喜欢的东西，但这个东西被郎国任简单粗暴地毁灭了。按照郎朗的性格，他绝不会轻易原谅被迫放弃。在他足够强大或时机来临时，他会不顾一切奋力争取。

告别同学、告别正常人生、告别自己的故乡，在郎朗的钢琴之路上有过多次告别，但对他而言，其中最残忍的一次告别不是其他，而是和自己的母亲。

9岁那年，郎朗被迫去中央音乐学院附小学习时，他的母亲是被要求留下来赚钱养家的人。两人的分离是在郎国任强硬坚持下进行的，因为母子情深，郎朗和他的母亲周秀兰都试图由母亲代替郎国任去北京陪儿子，但这被郎国任明确拒绝了。"这不可能，我们需要你挣工资，好供我和郎朗在北京生活。"在郎朗的自传《千里之行》里，郎国任这么对周秀兰说。

在北京，郎朗过着压力巨大的生活。周秀兰至今记得，每次去看望

巨流

郎朗,和他分开时,儿子都会一下子扑过来,紧紧地拉住她的外套。在丈夫的压力下,她只能狠心地一点一点掰开他的小手……让她悲哀至极的是,刚下了一层楼,身后就传来了郎朗的琴声,郎国任已经在逼儿子继续弹琴了,他把钢琴作为一种机械记忆,强行中止了郎朗本该有的情感。

2003年看过郎朗演出之后,董秀成和郎朗一家一直保持联系。在和郎朗的相处中,董秀成发现这个男孩有一种特质:他对情感的需求非常大,有一种把包括工作关系在内的各种关系都转化为亲情的下意识需要。

董秀成记得郎朗在那时一下飞机就会和他打电话报到。"他说我先到饭店休息一会儿,完了我去找你们吃饭。后来呢,他到饭店可能是时差的关系睡不着,他就会说,叔叔,跟阿姨说一声,我还是先去你们那儿吧!他说我又想阿姨做的饭了……而且有一点儿像孩子撒娇的那种,把我们当作长辈……所以像这种都是孩子说的话,我们当长辈的一听就觉得特别可爱。他不把我们当成外人,就是有什么话都可以跟我们讲……所以郎朗到了柏林,到哪儿他都觉得他有一个叔叔和阿姨在那儿,不像到其他地方那么陌生,觉得是到家似的。"

因为体验过情感缺失的痛苦,郎朗长大后总是格外需要亲情、重视感情。"我做事的方式,有一些想法跟我爸还是挺像,但是就是从性格上来讲,我肯定是像我妈比较多。"在评价起自己本身的性格时,郎朗认为他和自己的母亲比较像。在他看来,他的母亲是爱说话的,注重人和人的关系和情感的,他的父亲则完全不是,在郎朗的描述

郎朗、郎国任
自由之路

中,郎国任不关注他人,更多是活在自己的世界和认识里。

玛格丽特记得,当自己去看郎朗演出时,如果是郎朗的父亲负责后台,他的习惯是通常会直接给玛格丽特三张 VIP 票,再亲自把她带进去。在玛格丽特看来,他这么做是为了显示他能搞定这件事,出于一种满足的自我炫耀。

郎国任只在乎自己面子而完全不在乎儿子身体和情绪的行为常常让郎朗非常痛苦,比如郎国任为了显示自己的权力而对郎朗的后台控制极为放松,就给郎朗带来了巨大的烦躁。"我爸就是你看这挺好,你看这挺可爱,你让他进来吧,我给你照张相吧,完了一进来,喝点水儿吧……然后大家就全来后台了,然后就把我后台所有的水喝完了,等我去的时候,我水呢?没了!他来捣乱来了,你知道吗?所以我每次都说,你走走走!别在我后台待着!"

在郎国任一心只追求"高点"的欲望和意志里,郎朗是郎国任武侠小说里战无不胜的英雄。郎国任将儿子和自己看作是一体的,通过和他的融合幻想自己赢得一场又一场的战役。在对这种强大幻觉的痴迷下,郎国任相信他和郎朗从来没有任何问题,一切影响这种"高点"体验的现实都将会被他看作是不可能出现的,即便脖子上已经长了瘤子,郎国任还坚持相信:"我和郎朗,我俩轻易不会发烧的,都这样。"某种意义上,郎国任眼里只有成功和他自己的面子,无论对他自己,还是他的儿子真实的情感和身体需求,他都视而不见。通过自我催眠欺骗自己,那些正常人会出现的肉身问题不会存在于他们身上,他们是不一样的。

巨流

郎国任把郎朗当作工具和没有情感的人对待，这却是郎朗完全接受不了的。这种把事业看作一切，完全忽略和否定郎朗对情感的需要和人性化一面的做法，构成了郎朗对郎国任的不满和不认可。当我问郎朗，他的父亲说他从不感冒时，郎朗表示出了明显的不屑："那是他没有看见！"

郎朗和郎国任矛盾的爆发正是在2006年。那一次，因为喝橘汁过量导致郎朗的胃出现问题。

长久压抑的情感、担忧和不满在周秀兰看到背着两个小包，两根管子从身体里插进去的儿子那刻一下子爆发了。郎朗记得那一次，"（我妈）给我爸骂得，一顿骂啊，骂得简直就是从屋里骂出去了，你说得有多大的音量，看我那样确实挺可怜的"。自此之后，周秀兰坚决要求亲自带儿子，拒绝郎国任再参与儿子的事务。

在那时，因为儿子已被中国观众熟知，回到中国后也一帆风顺，郎国任暂时没有了他在事业上的目标。在他看来，他已经帮助郎朗征服了全世界，他的儿子此后再无敌人，因此，当看到妻子如此坚决，他也就决定暂时放手了。

某种意义上，这也是一种现实，郎朗的演奏在那时已经足够独立，这让郎国任再也没有可以留在儿子身边的理由。"就是他可以了，我可以不在现场，他自己演奏都没问题，不用我给他提啥了，成熟了。"郎国任说。

郎朗、郎国任
自由之路

对比父亲和母亲的工作风格，郎朗认为父亲是"只要你把钢琴弹完了，你爱怎么样怎么样，他都不管你"；他的母亲却截然不同，当他和朋友聚会，她会给他们准备水果和糕点，然后一个人离开让出客厅。但如果聊到很晚，她会从卧室出来当着朋友的面直接让他们走，"有些人可能是谈些事儿的，我妈直接就说今天不谈了，直接就全晾那儿了"。如果前一天开过 party（派对），郎朗的母亲会坚决不同意第二天继续。"我妈直接就说不行，今天不行，我不欢迎，我说为什么呀，我说不挺好吗大家聊聊。她说成天聊什么呀，就那点事儿呗，我都背下来了，你那点破事儿。"郎朗说。

郎朗一开始不能习惯母亲，刚刚由母亲陪伴时，他认为自己被束缚了。但渐渐地，他发现母亲吸引他的地方，第一她是足够强大的，第二她是真的疼爱自己，而不是仅仅靠他让自己在事业上过瘾。

郎朗很佩服他的母亲敢于说不。"有些事情不行，绝对不行，她直接一下子就砍掉。"郎朗说。而这与他的父亲截然相反，他的父亲为了面子或者害怕拒绝别人而把压力都施加在了他的亲人，也就是他的儿子身上。同时，和大部分中国父母一样，郎国任会采取恐吓或者威胁的方式。

在郎朗看来，这种必须为了父亲面子去证明自己的状态让他有时不能沉下来去享受音乐，而是"把它变成一种竞赛"，想着"我这场音乐会弹不好，我明天吃不上饭了"。

长期处在这种恐惧中，也导致当发现自己有价值时，郎朗会疯狂地

巨流

去证明这种价值。

在和母亲相处过一段时间后,他发现,其实比起自己和父亲,母亲才是更强大的那个人。郎朗配合那些赞助商参加活动时,"我妈就在身旁看时间,10分钟,非常好,直接告诉工作人员10分钟",10分钟后,她会跟工作人员说,把郎朗叫过来,"马上甩头就走"。比起郎国任拉不下面子,郎朗的母亲是敢于说实话的那个,她会非常直接地告诉对方,我们已经全都结束了。

而关于后台管理,玛格丽特记得,郎朗的母亲从来都有一个清晰明确的名单,她完全按照名单办事,会仔细地查看对方的名字是不是在名单上再决定谁能进入。而不会把这件事和自我联系在一起,不会觉得如果不让谁进,就是她没有搞定这件事,没有面子。

比起父亲对面子的恐惧,郎朗母亲的举动让郎朗感受到了一种他认可的强大。他接受了母亲对少弹音乐会的要求,把更多的时间用于休息和锻炼身体,也重拾了很多久违的乐趣。在不为外物、他人所累的心态里,郎朗尝试到了放松的喜悦。当时正好是夏天,谈起现在的生活,郎朗忍不住面带幸福:"你说夏天多好啊,我这10天什么也没干,成天就是在那个温泉里,每天就是泡温泉。"前段时间他去了青岛,当评价起摘摘果子、吃点烧烤,找一些平时见不着的朋友聊一聊的生活时,他感慨:"特舒服你知道吧,这感觉,哎哟,真好!"这是他之前从没感受过的。

见面中,郎朗时常会流露出一些小孩子的举动,比如他会像小孩一

郎朗、郎国任
自由之路

样在心里把那些对他好的人进行排名，然后自顾自地说："到目前为止，我还是最喜欢她。"她指的是他的小学班主任冯宁。冯宁是曾经给过他三年童年伙伴生活的人，郎朗理所应当地把她放入到了自己那个小小排行榜第一的位置。同时，他对他现在得到的，有一种强烈的保护欲，像保护一个心爱的玩具一样，恐惧失去它。郎朗的朋友谢迪觉得郎朗一旦和你有了感情成了朋友，他就会以一种强迫症式的方式害怕突然失去你。他至今难忘和郎朗相聚，每一次分手时郎朗的紧张：如果时间已经很晚，郎朗一定会嘱咐他，他在什么什么地方看到过一场车祸，非常让人不忍，让谢迪一定要小心，保护自己。

正是这种容易绝对化的情感认知方式让他非常容易走入非黑即白的爱恨和是非判断里。他的喜欢和厌弃都是绝对化的，没有中间地带的，当他厌弃谁时，他会立刻180度把让他失望的人完全否定，而不能平衡和公正地处理自己的情绪。同时，他也总在期待更好的，不断去追求那个更符合他期待的人。

在采访中，郎朗唯一一次不愉快就是在谈到父亲指导时期的一个工作人员时。那位工作人员曾经代表郎朗团队接受了BBC的采访，而在今天，他已经被看作是父亲时代的旧日权力。谈到这个人，郎朗明显十分排斥，他早已开始有意拒绝郎国任的靠近，他一再表示，他现在已经是一个能够独立处置自己事业的人，那些已经是过去。过去那些是他明确想要忘记和超越的，他试图和父亲指导的阶段清晰划分界限。

巨流

当提到父亲时，郎朗直接的表态是，他爱干什么就干什么，只要他开心就行，明显是想快速遗忘，不愿意付出自己注意力的状态。

在确认了母亲是那个更爱自己的人后，郎朗和母亲立刻变得无比亲近。与母亲的待遇截然相反，郎国任现在成为他非常反感和迫不及待想要抛开的人。郎朗的启蒙老师朱雅芬意识到郎朗对父亲产生了非黑即白二元对立的爱恨，和他对待事业和输赢容易极端化和绝对化的倾向一样，他在试图把父亲异化成另一种完全没办法沟通和不必理会的角色。在帮助郎朗管理他在深圳的音乐学校时，她也常常提醒郎朗不要完全否定他的父亲，他的父亲对于他的事业是关系重大的人。但对于一个从小就接受了一套非黑即白的系统且从中汲取力量的人来说，这种认识世界的方式或许已经很难立刻改变。太早进入成年世界的郎朗希望被人喜爱、回到童年，在那样一个没有战争、功利和利益关系的纯粹世界里，像个孩子一样获得那种无条件的照顾和宠溺。当想到这是成名之后的他再也无法获得的，他就会感到巨大的挫败感、无助和失落。他的父亲是一手摧毁他的童年的人，因为童年只有一次，无法再补偿。作为一个从小就不能接受有遗憾，凡事都要最好的人，当想到这一点，他就会越发不能立刻原谅他的父亲，从而确认自己和父亲分道扬镳的选择是正确的。郎国任至今或许很难意识到，他制造出了一个所向披靡，为了成功不顾一切的机器，而这个机器最终要消灭或者用非黑即白手段对付的人是他自己。现在，他自己正被儿子放在了那个非黑即白的地带，但作为郎朗认定的敌人，这些都与郎国任无关。

曾经的音乐系学生问过著名作曲大师勃拉姆斯：我们该做什么？这

郎朗、郎国任
自由之路

位德国作曲大师给出的建议是：你每天都应该比前一天少练一个小时的琴，再多看一个小时的书。

很多把练琴看作至高纪律的古典音乐演奏者也许会对这个答案非常不解，但西蒙拉特则在采访中认为这是一个绝佳的回答和建议，这也正是他想对郎朗说的话。

"他身边有无处不在的机器，制造摇滚巨星的机器、宣传团队……这些人和音乐家格格不入，这是一种新的生存方式，也是一个难题，至于这套机器是不是必要的，天知道。"在西蒙拉特看来，郎朗需要思考。"我希望他不断进步，成为我们这个时代最伟大的音乐家。他需要思考，我希望他有足够的时间和空间。我们大家都希望他能平衡好，不要遇到什么危机才想起来反思。去读一些书，超越他现在所拥有的善变的生活。"在电话里，西蒙拉特说。他认为郎朗只有远离了那个功利的造星机器和只有胜负的狭隘极端想法，才能获得真正的艺术感悟。这或许正是郎朗开始更多地和母亲交流之后真正超越的和得到的。他也开始享受这种状态——不必因为紧张和害怕说"不"而增加很多工作，不必考虑他人而是完全以自己的感受为主获得的轻松心态和灵魂自由。

经历过童年的激进之后，郎朗明显在走向更深刻也更深层的艺术世界。当他不再处于只有胜负的紧张生活之后，他才真正地拥有了他自己，从而让自己的指尖流出更动人、也更与功利心无关的音乐作品。

郎朗超越了他的狭隘，他的更多部分都在随着事业的发展而变得丰

巨流

富和有层次，但目前，这种超越明显并不包括对自己的父亲。坐在那个空空荡荡的客厅里，郎国任唯一停下兴奋的时刻就是在问到他2006年到底发生了什么导致被换下。"当时我头有点儿晕。"他以极为简略和匆忙的语气把这一话题飞快地带过了。

而现在，当回忆起童年，郎朗还是会表露出一种遗憾和试图去再次体会的行为，只不过，这种行为在很多时候显得刻意且无奈。比如他会让他的小学同学在和他见面之前，在家乡寻找一种叫"pia-ji"的玩具。这个玩具在80年代的中国男孩之间非常流行，除了淘宝上以"80后美好回忆"为卖点的卖家那里，已经很难在现实中遇到。很显然，郎朗想通过与这种玩具的再次相伴为自己唤起和保留一些什么，那些对一个人而言是真正宝贵的，对他来说却是始终遗憾的。

许欣欣正是负责给郎朗寻找这些童年东西的一位女性。其原因之一在于，对郎朗而言，她是少有的在年少时和他度过一段虽然短暂但极美好岁月的人。她是郎朗的小学同学，在朗豪酒店除了记者和工作人员，她和两个人一起在行政楼层等待郎朗。一个从广州到北京出差，一个从新加坡回北京，许欣欣是三人中唯一的女孩。平时她住在沈阳，当知道他们都来了北京，她决定也过来，这样他们可以在这里小聚。上火车前，许欣欣问了一下郎朗在不在，即使郎朗没有时间参加这个聚会，她想他们至少可以和郎朗一起吃个饭。当发现郎朗对于那段岁月的渴望后，他们便经常主动创造机会和这位老同学相见。

郎朗和这三位小学同学相识是在第一次因为钢琴而感到强烈失落时。

郎朗、郎国任

自由之路

那时,他刚刚从前一所小学退学。在一个把钢琴视为一切、唯有弹奏好钢琴才能获得赞扬的成长环境中,郎朗在这所小学第一次遇到一群连钢琴是什么都不知道的小朋友。他认为他们是不正常和不可思议的。"你想一个小孩一天练6个小时的时候,你突然把他放到集体里面,他会觉得有点跟不上,有点缓慢。因为我小时候印象里跟我在一起的小孩都会乐器。"郎朗回忆。当这些同学把他的调音器认作是温度计时,郎朗郁闷极了,这让他一下子变得非常自闭,无法和其他人相处。三个月后,他和父亲决定退学。在那一刻,一向以自我为中心的他第一次隐约感觉到自己似乎才是人群中的异类,是那个不一样的人。

郎朗正是在这个不被接纳的时候来到许欣欣的班级。这个班级的班主任叫冯宁。在当时,冯宁接触到国外一种叫"八项多元智能"的教学理论,这套理论认为不应该通过应试教育定义孩子的一切,每个孩子都有不同方面的智力优势。

这位个性颇为突出的女性在当时不顾学校的压力,按照自己对教育的理解办了一个特长班,不以考试成绩为唯一标准,每个学生都要有一个特长。那时办这样一个班级压力巨大,"也受到同行的指责",冯宁把能做成归结为一种自己不在乎舆论的坚定性格。她坚信自己寻找教育规律,是为了满足孩子内心的要求。

作为一个长期和钢琴为伴的小孩,郎朗的所有自信都源于钢琴,一旦离开了钢琴,他完全不懂如何和人进行日常沟通,他的父亲也丝毫不在意培养他社会化的一面。冯宁正是那个真正带着这个男孩走

巨流

入一个更广阔世界的人。

"我以前不太好意思说话,她就经常让我在班级所有同学面前念诗,然后我还是害怕,总是有点儿放不开,然后她说那这样吧,要不你放段儿你喜欢听的音乐。"郎朗回忆。

就这样,当录音机里播放出贝多芬的奏鸣曲,音乐让他在朗诵时忘记听众。"她这么一弄,我就放下心来了……我觉得大家可能听音乐就不听我了,心理上就没有这个问题了。"郎朗说,"她能让我非常自然地表达自己想做的事、想说的事。"这让郎朗非常振奋和感动。

冯宁还为每一个孩子提供了在课堂上表现自己的机会。每天课前5分钟,他们一定要站在大家面前演讲,不管讲得好不好,其他人要给他掌声鼓励。

更重要的是,冯宁让孩子们勇于对自己与他人坦诚表达感受。"我们班的孩子就比别的班的孩子愿意表达情感,"冯宁说,"就是因为我本身就愿意表达情感。比如说我今天高兴了,我就会告诉他们我为什么高兴。我今天很难过,我难过,我为什么难过,让他们知道老师也是一个正常的人,有七情六欲的人。我也会发火,比如说有时候批评他们,或者发完火以后,我也会向他们检讨说,今天不应该怎么怎么样,他们会原谅你。"

"我们班的这个老师会把每一个同学的优点都发挥出来。不是死读书那种。"回忆这个班级的教学氛围,郎朗当时的同学许欣欣说。

郎朗、郎国任
自由之路

为了让郎朗自信,冯宁让郎朗当班上的文艺委员。为了让他和同学们打成一片,他每天给同学们起歌。当时看电影要走很远的路,冯宁还会让郎朗在走路的过程中起歌。"他嗓门特别大,也响亮,他来起歌,我们班级士气非常足,班级的氛围也非常好,所以大家也喜欢他,他一天天也变得开朗了,跟同学一起哈哈笑,下课玩游戏,然后上课发言。"

1993年,11岁的郎朗准备去参加"星海杯"钢琴比赛。冯宁特地召开班会,大抵是郎朗要去参加比赛了,我们全班同学要祝他拿第一,回来我们大家要给他开庆功会。

冯宁记得很清楚,当他回来那天,郎朗猛喊"冯老师我得奖了",全班同学开始沸腾,他们把他举了起来,给他开庆功会,给他糖,给他发花,甚至还有自己做的小奖品,当时气氛特别热烈。

"我想可能郎朗他想成为钢琴家,也是因为在这么小的时候,在他还不知道什么叫钢琴家的时候,当他获得这个奖项时,他知道有人崇拜他了。知道孩子们因为他得奖了,很崇拜他,很羡慕他的时候,他觉得做明星很好,或者是做钢琴家非常好,能让那么多人得到快乐,跟他一起快乐,然后跟大家一起分享快乐。我觉得那可能就是他想将来出名的最朴素的思想,可能这个就形成他练琴的动力了。"冯宁说。

许欣欣再见郎朗是2002年,那一年,这位老同学已经是冉冉升起的钢琴明星,回沈阳参加一个活动。郎朗告诉了他的小学班主任冯宁

巨流

他想见见他的同学们，冯宁找到了许欣欣。"因为我跟其他三个同学，还有老师中间一直都没见过，我说好好，然后就这么我就过去了。"郎朗看到她第一眼，"他就知道我是谁谁谁，这么多年一点都没变，就跟小时候的感觉是一样的，也是开玩笑啊，然后没感觉这么多年没见……也没有说他是大明星啊，有架子，没有，完全没有"。那次郎朗的父亲郎国任也非常感慨。"郎爸就说，一点儿没有陌生的感觉，好像又回到了以前。"

许欣欣的老师冯宁曾经要求许欣欣办一些同学聚会，"我老师打电话就跟我说联系同学这事时我都蒙了，你也知道现在这个搬那个搬，电话号码都不对，还有很多同学都在国外，我也联系到了，但是因为距离实在太远了，有的也回不来"。但在帮郎朗联系这些同学的过程中，有的人就和她提议，说看能不能张罗一次同学聚会，"这样的话大家就都能见到了"。从那时起，许欣欣决定促成这个同学聚会，"因为之前的时候，他回到沈阳，他是那么迫切地想见到同学们，要不然他也不会说，能不能找一些同学啊，想见见一些同学啊"。她觉得相互回忆起小时候是一件挺好的事情，"我就想，我能找着一个同学，我就能找到三个同学，找到三个同学我就能找到六个，我就是这种想法"。

"正好郎朗跟我说，问我上北京的事，然后我就去参加他的那个生日活动。"许欣欣回忆，"我就跟他说，如果我要是组织同学聚会的话，你会来吗？他一点儿都没犹豫，然后他就答应了下来，他来参加，当时我特别感动。"

郎朗、郎国任
自由之路

让她来组织这个聚会,她把这看成一种信任,既是郎朗对她的一种信任,也是其他同学对她的一种信任。因此,她没有告诉别人郎朗也会参加这个聚会。她希望来参加这个聚会的人都是因为他们同样有着一份非常美好的回忆,有同学之间的感情,而不是因为他们有一个名人同学郎朗。

许欣欣找到了很多他们童年共同吃过的零食,像是无花果、果丹皮、汽水糖,还有那种做成金牌形状的巧克力。她还在电话里特别提醒他们一件事情:带一张生活照来。当有人问为什么要带生活照时,"我就说我想制作同学录"。

许欣欣还是担心有人把这件事忘了,"然后我就买的那个拍立得,就是立刻能成像那个相机"。她想,要是有没带相片的同学,她就当时在饭店给他拍一张,然后贴在那个同学录上。

同学聚会一共去了20多个人,到了现场同学们才知道那个同学录是给郎朗的,许欣欣买了很多彩色的笔,"我记得我们小时候同学录上都是用好多颜色的笔写的"。那天,他们每一个人进去时,都要用这种笔再写一份同学录,"为什么要送他这个,是因为他没能跟我们参加六年级的毕业典礼,他缺少了这个,我希望在18年之后的今年,给他补一份小学毕业典礼"。

对于一个需要情感沟通的人来说,郎朗在童年和少年真正拥有这种人与人之间的友谊和同龄人陪伴的时间非常短暂。在冯宁的班级,他只读到三年级,这三年是郎朗童年少有在练琴之外能与外界相处

巨流

的时光，它结束得非常仓促。在许欣欣的印象中，那次分别几乎是没有印象的。当她把这个五颜六色的同学录送给郎朗时，她能感到他特别激动，"因为我说话的时候是站着的"，郎朗看到这个同学录，一下子也站了起来，给了她一个大大的拥抱。

郎朗

1979
- 09 中国音乐家协会正式加入国际音理会
- 10 柏林爱乐乐团在卡拉扬的率领下首次访华

1982
- 06 在辽宁省沈阳市出生

1983
- 02 中国中央电视台第一届春节联欢晚会直播

1984
- 07 许海峰夺得第二十三届奥运会第一枚金牌，实现中国奥运史上金牌"零"的突破

1986
- 01 中国"北京音乐厅"开幕首演
- 06 帕瓦罗蒂与意大利热那亚歌剧院在北京首演
- 12 中国青年交响乐团一行90人首次出访西欧，并因此获得文化部嘉奖

1987
- 5岁，参加东三省少年儿童钢琴比赛，获得第一名

1989
- 7岁，参加首届沈阳少儿钢琴比赛，获得第一名

1991
- 中国音协试行业余考级制度，为全国业余乐手评定演奏水平
- 被父亲郎国任带去北京，以第一名的成绩考取中央音乐学院附小钢琴科

1992
- 邓小平南方谈话
- 03 法国钢琴家理查德·克莱德曼首次访华演出，反响热烈而持久

1993
- 02 《中国教育改革和发展纲要》发布，指出"中小学要从'应试教育'转向全面提高国民素质的轨道"
- 11 参加第五届"星海杯"全国少年儿童钢琴比赛，获得专业二组第一名

1994
- 自费参加德国埃特林根第四届国际青少年钢琴比赛，获得甲组冠军、杰出艺术成就奖

1995
- 05 全国开始实行每周五天工作制
- 09 公派参加第二届柴可夫斯基国际青年音乐家比赛并获得金奖，回国后在北京音乐厅举行个人独奏音乐会

1996
- 09 — 中国国家交响乐团成立，郎朗应邀参加首场演出并担任钢琴独奏，国家领导人作为贵宾出席
- ○ — 钢琴特长不再作为高考艺术加分项
- ○ — 外国交响乐团来华演出达到高潮，这一年被称为中国的"国际交响音乐年"

1997
- 03 — 以第一名的成绩考取美国费城柯蒂斯音乐学院，同年与IMG（国际管理集团）演出经纪公司签约
- 07 — 香港回归

1998
- 08 — 上海大剧院正式开业
- 10 — 第一届北京国际音乐节开启

1999
- 08 — 参加美国芝加哥拉维尼亚音乐节，临时作为替补演奏，获得媒体高度评价
- 12 — 澳门回归

2000
- ○ — 中国广播交响乐团重组，中国爱乐乐团诞生

2001
- 06 — 与费城交响乐团合作在北京人民大会堂演出
- 07 — 北京赢得2008年奥运会的主办权
- 12 — 中国正式加入世界贸易组织（WTO）

2002
- 02 — 中国短道速滑选手杨扬在美国盐湖城冬奥会获得女子500米金牌，为中国代表团实现冬奥会金牌"零"的突破
- 08 — 获得德国伯恩斯坦艺术成就大奖
- 12 — 上海赢得2010年世博会主办权

2003
- ○ — 在世界各地与很多享有盛誉的乐团和指挥家合作演出
- 03 — 世界卫生组织（WHO）发布SARS全球警报
- 06 — 三峡大坝开始蓄水
- 10 — 中国首次成功发射载人宇宙飞船"神舟五号"

2004
- 05 — 被委任为联合国儿童基金会国际亲善大使
- 07 — 中国在北极的第一个科学考察站——黄河站建成
- ○ — 文化部颁布31号令即《社会艺术水平考级管理办法》，对艺术考级进行了政策规范
- 08 — 中国田径选手刘翔在雅典奥运会男子110米栏项目中打破奥运会纪录，追平了威尔士的科林·杰克逊在1993年创造并保持的世界纪录，为中国夺得了第一块男子田径奥运会金牌
- 10 — 成为2004年度德国留声机音乐先生
- 11 — 美国宾夕法尼亚州州长授予郎朗"2004年度音乐先生"称号
- ○ — 签约名表品牌劳力士、汽车品牌奥迪，成为其形象代言人
- 12 — 中国第一条跨海铁路粤海铁路客运正式开通

2005

- 06 在维也纳金色大厅进行首演
- 07 上海东方艺术中心正式运营
- 10 应时任美国总统乔治·布什的邀请在白宫举行个人专场独奏会，是第一位到白宫演出的中国钢琴演奏者
- 世界海拔最高的青藏铁路全线贯通
- 11 在德国总统府举行的钢琴专场演奏会上，为前去访问的时任国家主席胡锦涛演奏

2006

- 05 厦门和深圳市先后将钢琴教育列入"十一五规划"
- 三峡大坝全线建成
- 06 德国世界杯
- 郎朗作为中国使者在慕尼黑奥林匹克体育场参加德国世界杯开幕演出
- 08 推出个人钢琴演奏专辑《黄河之子》，这张全球发行的纯中国音乐专辑收录了《黄河协奏曲》等，获得一致好评

2007

- 04 中国成功发射第一颗北斗导航卫星（M1）
- 全国铁路进第6次提速，铁路客运速度达到200km/h
- 06 在"庆祝香港回归祖国十周年"晚会上演奏《黄河钢琴协奏曲》
- 07 受查尔斯王子的邀请，演奏《女王钢琴协奏曲》
- 09 国家大剧院建成，定位为"公益性事业单位"；武汉琴台大剧院举行落成庆典及首场演出
- 10 中国自行研制的"嫦娥一号"探月飞船成功发射升空
- 12 受邀在诺贝尔奖颁奖仪式上演奏

2008

- 02 出席格莱美奖颁奖典礼并表演
- 05 应俄罗斯政府的邀请参加了"第二次世界大战欧洲战场胜利63周年庆典暨俄罗斯总统换届庆典"的演出
- 自传《郎朗，千里之行：我的故事》出版
- 汶川地震
- 06 为欧洲杯足球赛演奏，后被德国国家电视台邀请成为该台的文化大使，并在北京奥运期间作为主播宣传北京和奥运会
- 08 北京奥运会举行，中国共夺得51块奥运金牌，居金牌榜榜首，为历史之最
- 在2008年夏季奥林匹克运动会开幕式担任表演者
- 2008CCTV钢琴、小提琴大赛启动,郎朗参加启动仪式演出
- 09 全球金融危机爆发
- 10 成立郎朗国际音乐基金会，以帮助更多人学习音乐

2009

- 01 浙江省政府批准建立省级准公益性事业单位浙江省交响乐团
- 02 贵阳交响乐团成立，是全国唯一一家由政府大力扶持，企业投资的董事会制交响乐团
- 04 杭州市委、市政府、杭州爱乐筹委会和杭州文广集团支持成立杭州爱乐乐团
- 09 西安音乐厅开放投用
- 10 中华人民共和国成立60周年
- 10月1日，参加在天安门广场举行的首都各界庆祝中华人民共和国成立60周年联欢晚会，并演奏了《今天是你的生日》
- 12 出席诺贝尔奖颁奖仪式并演奏
- 受邀担任柏林爱乐乐团在柏林爱乐大厅举办的新年音乐会的独奏

2010

- 01 受波兰政府邀请在华沙纪念肖邦200周年诞辰的"肖邦年"开幕音乐会上独奏
- 02 国家统计局数据显示2010年全国城镇居民家庭平均每百户钢琴拥有量为2.62架
- 04 2010年上海世界博览会在上海世博文化中心开幕
- 在开幕式演奏并担任上海世博会形象大使
- 06 受邀在白宫为时任美国总统奥巴马演奏
- 获得国际门德尔松大奖，成为首位获得该奖项的中国人
- 08 在全国青联十一届全委会上当选为全国青联副主席

2011

- 01 《快乐大本营》跨年特别节目嘉宾；受邀出席白宫为时任中国国家主席胡锦涛举办的国宴并演奏《我的祖国》
- 02 中国国内生产总值首次超越日本，成为全球第二大经济体
- 05 获颁英国皇家音乐学院荣誉音乐博士学位，是第一位获此学位的中国人
- 11 在广州亚运会开幕式演奏
- 12 国家大剧院上线古典音乐频道，多个层面传播古典音乐

2012

- 05 获颁曼哈顿音乐学院荣誉博士学位，是学院历史上第一位亚裔获得者
- 06 受邀在英国女王伊丽莎白二世登基60周年庆典音乐会上演奏；在德国柏林举行30岁生日音乐会
- 07 应国际奥组委之邀担任伦敦奥运会的火炬手；获颁德国联邦十字勋章
- 10 莫言获得诺贝尔文学奖，是中国本土作家首次获得诺贝尔奖

2013

- 02 参加央视春节联欢晚会
- 07 受邀参加法国国庆古典音乐会
- 10 出席"全英古典音乐奖颁奖典礼"，获得年度国际艺术家大奖
- 被联合国委任为关注全球教育和平大使
- 12 文化部财务司发表调查研究显示"1998年以来，全国新建、改扩建剧场266个"

2014

- 01 李娜夺得澳网女单冠军，成为澳网历史上第一个获得女单冠军的中国人
- 出席第56届格莱美奖颁奖盛典，并与Metallica（金属乐队）合作；
- 参加央视春节联欢晚会
- 02 客串湖南卫视周播剧《爱的妇产科》
- 07 应邀在巴西里约热内卢举行音乐会为世界杯决赛助兴
- 获运动品牌Nike（耐克）邀请与NBA球星LeBron James（勒布朗·詹姆斯）互动
- 09 出席仁川亚运会开幕式，与"鸟叔"朴载相合作
- 12 上市公司珠江钢琴宣布设立文化教育产业并购基金，重点方向之一为钢琴培训教育

2015

- 01 参加湖南卫视《天天向上》并担纲嘉宾主持
- 02 参加央视春节联欢晚会
- 04 参加米兰世博会开幕式文艺演出
- 07 受邀参加美国独立日国庆演出；参加法国国庆庆典音乐会
- 08 参加新加坡建国50周年国庆演出
- 09 纽约茱莉亚学院宣布计划建立天津分院，这是该学院在纽约之外的首个新校区，也是首个在中国提供受美国认证的表演艺术硕士学位的教育机构
- 10 屠呦呦获得2015年诺贝尔生理学或医学奖
- 第18届北京国际音乐节，乐视音乐进行了4屏全终端1080P超高清直播，这是国内视频平台第一次对古典音乐现场进行直播，为音乐节增加了100万观众
- 12 受邀出席在北京召开的上海合作组织招待会

2016

- 中国音乐产业总规模达3253.22亿元，音乐教育培训总产值占到757亿元，其中艺考音乐培训产值57亿元，社会音乐考级培训总值约为700亿元
- 01 珠江钢琴并购德国百年钢琴名企Schimmel（舒密尔），收购意向价款约2398.6万欧元（约1.71亿元人民币）
- 参加埃及"中埃文化年"演出；在香港红磡体育馆举行音乐会；参加东方卫视音乐真人秀《中国之星》总决赛录制
- 02 出席电影《卧虎藏龙：青冥宝剑》全球首映礼并现场演奏电影原声配乐
- 03 参与《我是歌手》（第四季）录制
- 06 出席第27届金曲奖颁奖典礼，与萧敬腾合作；担任里约奥运会第75棒火炬手，在巴西伊瓜苏进行火炬传递
- 09 参加浙江卫视《中国新歌声》录制；推出首张个人跨界专辑《纽约狂想曲》，专辑中的10首歌曲分别改编自地下丝绒乐队、老鹰乐队、Jay-Z（肖恩·科里·卡特）等歌手的作品，涵盖了古典、爵士、百老汇、摇滚、嘻哈等风格
- 10 在中国驻纽约总领事馆为潘基文举行独奏音乐会

2017

- 01 参加湖南卫视小年夜春晚，与李玟合作；参加辽宁卫视春节联欢晚会
- 02 与 Universal Music Group（环球音乐集团）签署长期录音合约
- 08 获得亚洲新歌榜年度盛典音乐视频杰出贡献奖
- 09 参与《快乐大本营》录制，与陈学冬合作
- 获得亚洲影响力盛典最具影响力文化使者奖
- 12 参与《吐槽大会》录制，担任主咖
- 腾讯视频音乐全网独播"2017 荷兰 RCO 圣诞音乐会"上线两日内播放量破千万，首周播放量 2000 万

2018

- 01 获得微博之夜年度实力古典音乐人奖
- 02 参加辽宁卫视春节联欢晚会，与郭冬临合作
- 04 参加 CCTV-1 人文艺术类节目《信·中国》，朗读冼星海的信件
- 05 参加浙江卫视真人秀《熟悉的味道》第三季
- 09 推出个人钢琴演奏专辑 Piano Magic（《魔幻钢琴》）

2019

- 02 参加央视春晚，与周华健、任贤齐共同演绎《朋友》
- 获得法国胜利大奖，成为首位中国获奖者
- 全球同步发布个人钢琴演奏专辑《钢琴书》，不到 10 天就登上中、美、德、日、法、英古典音乐榜榜首，进入 iTunes 全球流行音乐榜前 10 名，成为 2019 年以来最高首周点击量的古典音乐唱片
- 04 德国《留声机》杂志以 China & Classic music（中国与古典音乐）为题制作封面故事，封面人物是中国指挥家余隆
- 10 中华人民共和国成立 70 周年大庆
- 国庆日当晚，千人交响乐团在天安门广场亮相，来自中央和地方 16 支交响乐团共 1028 人参与演奏，由指挥家余隆、张国勇、俞峰、黄屹轮流执棒
- 与妻子吉娜·爱丽丝共同参与综艺《幸福三重奏 2》
- 11 国家大剧院举办"2019 世界交响乐北京论坛"，来自全球 14 个国家和地区近 200 名乐团、艺术院校等艺术机构的代表相聚北京，后联合发布《"2019 世界交响乐北京论坛"北京共识》
- 据中国音乐协会统计，幼儿园学琴比例达 60% 以上，小学达到 30%，中国琴童总数达 3000 万，并以每年 10% 的速度增长

2020

- 01 央视春晚与高昱宸演奏钢琴协奏曲《黄河》第三乐章节选
- 在第 62 届格莱美奖颁奖典礼与卡米拉·卡贝洛、本·普拉特、辛迪·劳帕等艺人合作表演

郭培

郭培
春晚大裙子制作者

由于工艺繁复，制作时间漫长，在时尚圈，人们习惯称郭培为中国的"高级定制设计师"。在西方，拥有严谨制作流程的高级定制通常由一对一的专属设计师为客户进行量身剪裁与多次试装，寸尺寸金的面料与 90% 的纯手工制作令其价格不菲。

郭培当然懂得中国，她的客人都是在中国拥有较高知名度的女性，然而，真正令她闻名的却是那些国家级的大型活动：她为北京奥运会设计了颁奖服，为章子怡设计了去希腊取圣火所穿的旗袍，甚至纽约时代广场 LED 屏上范冰冰向美国人民展示的那套青花瓷礼服也出自郭培之手；更令人津津乐道的是，每年春晚有 90% 的衣服出自她的工作室"玫瑰坊"。

当谈起自己的衣服时，郭培喜欢强调其工艺与不计成本的一面。北京奥运会的闭幕式上，郭培为与多明戈演唱《爱的火焰》的宋祖英设计了一套银白色礼服。这套礼服由十几个工人 24 小时轮班，花了上万小时制作完成。除了中国传统刺绣，他们主要的工作是将 20 万颗施华洛世奇水晶镶在裙子上面，这也使当时施华洛世奇香港公司的同类水晶被订购一空。

成衣时代的逆行者

郭培出生在北京。她的母亲是幼儿园老师，在很小的时候得了眼结核，结婚时，她的视力只有 0.1，只能看见非常微弱的光，她从来不知道自己的女儿长什么样。在郭培的印象中，母亲是一个自尊心极强的人。在幼儿园里，她每年都是先进工作者，直到退休，她才让同事知道自己其实是一个几乎双目失明的人。

小学五年级时，郭培在家门口的商店里看到了一件镶嵌了很多条金线的黑色衣服。在犹豫很久之后，月工资只有 40 多元的母亲还是为女儿买下了那件 50 多元的衣服。"当每天穿着那件衣服放学时，我可美了，我就知道我在太阳底下会闪闪发光，我的心情就非常好。"郭培说，"其实一件衣服会影响一个孩子的成长，我觉得我今天追求奢华的设计风格，喜欢这些漂亮的、发光的东西，跟我小的时候得到了那件衣服有着很大的关系。"

1986 年，郭培从北京第二轻工业学校服装设计专业毕业，她是全中国服装设计专业的第一届毕业生。那时候，并没有多少中国人能真正了解设计师是什么。"如果你告诉别人你学服装设计，他们会理所应当地认为你学的是裁缝。"郭培说，"所以在一个市井生活里，当人们知道了自己有邻居是裁缝，他们会很开心，然后千方百计地希望你为他们做衣服。"郭培的母亲不希望别人以一个裁缝去理解自己女儿的价值，为了维护女儿的尊严，她拒绝了这些邻居，同时她也拒绝郭培为自己做衣服。她告诉郭培，如果你不为你的母亲做，你也就不必为任何人做。郭培说自己至今没有为母亲做过一件衣服。

巨流

事实上，比起培养具有艺术水准的设计师人才，设立服装设计专业对于当时的中国而言另有更实际的考虑。

当时，中国的纺织工业部与轻工业部都有服装部门，但两者侧重不同。轻工业部更多管理的是一些小作坊，它的服装部门是裁缝店一类的小型手工店铺；纺织工业部则跟工业化大纺织生产联系在了一起，它的服装部门是大规模流水线式的成衣制造。

20世纪80年代中期，为了解决中国人穿衣服的问题，政府决定将轻工业部的服装部门归到纺织工业部，大力发展纺织业与成衣制造。这个时候，纺织与牛奶、体育一样成为举国体制思路下的一个产业——郭培的服装设计专业就是这个服装工业化浪潮的产物。

与大部分同学一样，毕业之后，郭培去了一家成衣公司工作，在一个缺少版权保护的行业，很多设计专业的毕业生所做的事情只是不断抄袭外国设计师的版式，再将它们复制到中国的纺织生产线上。

很快，郭培成为当时中国很重要的一位设计师。在一家叫作天马成衣公司工作的三年里，她设计的款式卖到了36万件。也因为销量，1996年，她被评为"中国十大设计师"之一。在20世纪90年代，郭培轻松地拿到了30万到50万元的年薪。

然而这给郭培带来了痛苦。当在街上看到有人穿着自己设计的衣服时，她觉得这些衣服都太丑了。"有时候在我自己的货场，我会故意绕着走，我不想看到自己的设计。"

郭培
春晚大裙子制作者

尽管诞生在一个大规模生产成衣的年代，郭培却是一个彻底的浪漫主义者。

毕业创作时，她第一次产生了要做一条大裙子的念头。但在当时，对于怎么把裙摆撑起来，怎么把裙子做大，上了四年服装专业课的郭培一无所知。"我去问老师，但我的老师也不知道如何去做这种衣服，他让我去人艺看一看话剧演出服是怎么做出来的。"

在人艺，郭培从一个欧洲贵族题材话剧的中世纪宫廷服装里找到了大裙子的技巧："它的裙撑由一厘米宽的竹条制成，竹制裙撑外面包裹着棉布做的另一层裙撑，更外面才是真正的裙子。"郭培至今记得那条裙子在过门的时候如何被轻盈地挤扁，又如何一下子优雅地展开。那一年，在全班 26 人中，她缝制出了一条最大的裙子。

1997 年，郭培带着攒下的 60 万元离开成衣公司，创立了玫瑰坊时装有限责任公司。当中国沉浸在大规模成衣生产运动中时，因为性格的驱使，她走向了一条完全相反的创作道路。

当时，由于工艺复杂，无法工业化批量生产，很多中国民间工艺受到了极大冷落。因为无人问津，它们变得非常低廉。这时，郭培到中国各个刺绣工厂大量搜集这些被时代冷落的技艺，又付给这些工人五六倍的工钱，将他们的工艺收录到自己的公司档案里。这其中有一种工艺非常惊人，它可以将一束蚕丝分成十几缕，再用这些蚕丝编出一只栩栩如生的翠鸟。

巨流

很长一段时间，郭培都与这些精美的东西相伴。她对自己的客人非常友善，人们很喜欢她身上的亲和力。公司成立不久，她拥有了第一个女儿。"剖宫产手术之后，我根本无法待在家里。"郭培笑着说。到了第七天，趁着家人不注意，她偷偷离开家，坐上一辆公交车回到公司继续工作。

成为春晚设计师

郭培对庞大有一种狂热的爱。在玫瑰坊的客人中，她与一位市值百亿的民营园林企业女老板格外投缘。郭培渴望把每一件裙子都做成皇后的礼服，这位园林女老板则要把每一个园林都做成"圆明园"，她们发誓要做传世精品。但事实上，女老板的园林大部分都在焦作、安阳这种三线城市。

在玫瑰坊成立9年之后，郭培举办了第一场真正意义上的高级时装秀，取名"轮回"。

做这场高级时装秀前，她无意间走进巴黎的军事博物馆，当看到拿破仑的一件战袍时，她有了一种热血沸腾的感觉。"并不是衣服表面有多绚丽，而是它有一种打动我内心的美，于是我努力记住衣服上的每一个细节。"从此，去欧洲中世纪博物馆收集创作素材，成为郭培旅行的重要部分。

"轮回"的压轴礼服叫作"大金"，工时为50 000个小时。因为工艺复杂，缝制过厚，工人做的时候，针已经扎不进去了，每扎一针手

郭培

春晚大裙子制作者

都会被扎破，流血。缝纫工具做不到的时候就用钳子与镊子去拔，一根针缝不了几下就会断掉。"大金"的裙摆有 5 米。三年之后，郭培推出"童梦奇缘"系列，裙摆拖了 10 米。从那时起，她自认为是中国最会做大裙子的人："我能很好地控制它们的轮廓和造型。"郭培说，当时鲜有中国设计师可以做出这么大的一条裙子。

在中国，女民歌手是大国盛世的重要讴歌者，她们也是对华服需求量最大的一群人，很多女民歌手常常要花很多时间从世界各地寻找演出服。很快，郭培这种追求极致、迷恋庞大的审美趣味，与中国民歌的表演舞台结合在了一起。

郭培的丈夫是一个台湾商人，他的家族一直在意大利做面料生意。当时大陆的好面料只有棉与丝绸。郭培的丈夫带着她去了他在欧洲的工厂，在那里，郭培见识到了从未见过的昂贵布料。两个人认识不久之后，郭培把他介绍给了准备拍摄《大明宫词》的李少红，很大程度上，那些国内无法找到的布料成就了《大明宫词》当时的独特美学。而在意大利一个叫作"蝴蝶"的百年纱线厂，郭培来到了他们拥有 50 年历史的库房，"50 多年前的东西都在里头，那里有一个 60 多岁的老太太，她在那里已经工作了 40 年"。老太太在那一天里给郭培做了 7 种纱线，"你可以提出任何一种想法，机器可以给你做出梭、抽、捻等不同效果"。这让一个来自发展中国家的设计师非常兴奋。"然后你就知道怎么纱线了，你对面料产生了本质的认识。"求婚时，她的丈夫很诙谐地问，你要钻戒还是要 10 万匹布料？郭培选择了后者。婚后，他给了妻子 6 万米各种布料任她支配。

巨流

歌手张也是郭培第一个重要的客人。当时，国内能选择的布料非常少，张也为此非常苦恼。当听说郭培的工作室里有很多稀有布料时，张也找到了她。

交流过程中，张也和郭培发现彼此很像。"我们都会喜欢一些精致的、很讲究的东西。"张也说，她决定让郭培为自己制作衣服。1998年，郭培为张也做了一件黄与绿搭配的撞色礼服，张也穿着这件衣服上了那一年的春节联欢晚会，演唱了《走进新时代》。

与其他名人不同，张也是一个非常热爱分享的人，很快，她把郭培介绍给了民歌圈的歌手。

张也说："那个时候如果谁说我的衣服好看，我就特别热情地告诉她这是郭培做的。我喜欢穿她绣得很漂亮的棉袍，一看到外国人，我还会有意识地把礼服的价格抬高。因为在国外，只要是带一点儿绣的东西，价格都高得惊人。"

郭培与张也的结合也对民歌手服装改良起到了重要作用。在张也的建议下，她们一起创造了一种上半身为旗袍、下半身为欧式大裙子，中西结合的舞台服装。这个过程中，郭培的耐心与细致令张也赞叹不已。为做好这样一件裙子，郭培与她一起花费了三年时间。三年之后，张也穿着这件衣服登上了奥运会闭幕式的舞台。

一年一度的春晚会给参与者带来巨大的心理压力，他们又把压力转化成为对服装毫无理性的苛刻，每年过节都成了玫瑰坊最紧张的时候。

郭培
春晚大裙子制作者

所有主持人中，郭培与董卿接触最多。董卿十分在乎自己的形象，每次彩排之后，她都会去机房的小样中看自己的服装，看完之后，她一定会在当天夜里或者第二天赶到玫瑰坊修改，有时候只是为了什么地方差一颗钻，哪朵花应该移一个位置，哪儿的叶子再多一小片。央视的其他女主持很少有人这么做。

有一年春晚，郭培为董卿做了一件旗袍，袖口上面镶着很小的钻。大年三十当天，郭培接到她的电话，电话里，董卿希望郭培把袖口的两颗小钻换一下位置，它们是一颗蓝钻与一颗粉钻，直径分别是 0.6 厘米与 0.4 厘米，与此同时，那件旗袍上已经镶满了大大小小 130 多颗钻石，观众根本不可能注意到换与不换的差别。"这对画面没有任何影响，但董卿必须要看着那颗蓝钻，否则她会非常别扭。"

郭培是中国较早一批掌握了大裙子制作方法的设计师，她也很早就开拓了春晚的礼服市场，在很长时间里，几乎没有其他设计师能够与郭培抗衡，多次负责郭培时装秀的导演张舰告诉我。

无形之中，郭培垄断了春晚的华服制作，从那个时候起，她也为自己庞大的衣服与梦找到了一个合适的展示舞台。

到了 2009 年春晚，已经有数十位歌星及主持人的服装由郭培制作，包括宋祖英、张也、周涛、董卿、朱迅、汤灿、祖海、黄圣依、陈思思、孙悦、王莹等等。那一年，宋祖英有一件由洁白变幻为鲜花绽放的著名礼服就是出自郭培之手。

巨流

洋溢歌颂气质的春晚舞台需要一种繁复、精致、美轮美奂的华服，除此之外，郭培的高级定制也为春晚很好地解决了另一个现实问题。

在中国，女民歌手需要很强的高音能力，但由于高音对肺活量要求很高，导致她们的身形往往比普通人宽大。而做一件衣服前，郭培会为每一个客人测量三四十个尺寸，一般的裁缝只会量五六个尺寸。当民歌手们穿上这些经过充分计算，再用坚硬材料制作的塑身衣时，她们身材的缺点被很好地掩饰了。郭培的衣服有一种美化作用，令她们在舞台上看起来都是纤瘦而优雅的，但也因为被衣服勒得过紧，穿上高级定制之后，女歌手不可能再唱出高音。

在以前，为了追求一种充满纪律感的美，女性民歌手高音与苗条不可兼得的问题可以通过假唱解决。但后来，当春晚导演组要求所有人必须真唱时，这些礼服的廓形都被放宽了十几厘米，你会发现她们忽然比以前胖了很多。

说服中国富人的方式

在一个遍地便宜货、粗制滥造、时装文化落后的国家，当郭培要设计那些与市面上的成衣截然不同的精美服装时，她首先面临的两个现实问题是：如何为自己精美的华服定价，以及如何说服富人去购买这些昂贵的衣服。

一开始，郭培和其他中国设计师的想法非常接近，她骄傲于自己的设计与品位，认为自己是一个艺术家。但当郭培把一条裤子的设计

郭培
春晚大裙子制作者

费定为1万元时，她很快发现根本没有人愿意为此埋单，到后来，她只能打一个很低的折扣把它卖出去了。

"在中国，人们根本没有为设计付钱的习惯。"郭培说，当意识到了这一点，她决定不再收取任何设计费。

她很快发现对于一个仍处于世界劳动链条底端的初级发展阶段国家，没有人愿意为"设计"这种更高级但相对无形的劳动埋单，哪怕是有消费能力的富人。更多的时候，他们把设计师看作一个裁缝。在这种观念下，中国的消费者只愿意为两样非常现实的东西掏钱：材料成本与工人的劳动时间。

郭培的客户邬女士比较了她与其他设计师的区别：认识郭培之前，她有过一次非常不愉快的经历，当时，她去一个中国设计师那里做衣服，衣服还没有做，设计师首先提出让她支付20万元的设计费，这让她非常生气。"但郭培不同，她的设计是免费的。"邬女士说。

在邬女士的描述中，让郭培设计衣服更像是一种轻快而令人愉悦的社交。她会先问你一般会去什么样的场合，从事什么样的生意，然后不费吹灰之力地画出很多草图。按照这种速度，郭培称自己一天可以设计3套，一年可以设计1000多套。

"我一直说我的设计就是服务，不值什么钱，我不会收费。因为在我成长的那个年代，设计就是不值钱，思想创意都不值钱。"郭培说，"当客人最初不认可你的时候，他们很难接受，你一定要做成实物以

巨流

后再收钱。所以我帮一个客人设计完,如果她不做的话,我会把图纸送给她,只要她不用我的工人。"

当更深刻地洞悉了中国人的消费心理,郭培开始加强玫瑰坊的手工劳动,也更大胆地使用昂贵布料。

郭培与欧洲顶级面料供应商保持合作,此前,他们找不到进入中国的渠道,因为很少有设计师敢用这么昂贵的面料。

2012 年,她在日本找到了一种纤细程度只有发丝五分之一的纱,由于这种材料在服装设计上非常不实用,面料厂基本卖不出去。当你把一小块这种纱放在手上,因为非常轻盈,它会不断向上飘,郭培将它命名为"雾纱"。她用这些纱为客人做了一件礼服的裙摆,只要客人一走动,你就能看到裙摆之下有一团如梦似幻的东西缓缓飘浮。

当大部分中国设计师仍把工作室放在都市中心的时候,郭培则在北京北六环外的园区租下了一个 2000 多平方米的四层厂楼。厂楼的一层是她的接待室大厅,在大厅中央是三个昂贵的欧洲中世纪座椅,一架镶着金色凤凰的楼梯沿着凤凰的翎羽盘旋上升十几米,目光的上方则是一个拉斯维加斯风格的巨大吊灯,走进去像是进入了一个皇家歌剧院的殿堂。

在厂楼二层有三个巨大的私人房间,这里是中央电视台主持人、歌手、明星、商界杰出人物试衣的地方。到了三四层,所有奢华的场景变成了一个有 150 名工人的明亮干净的工作室,他们负责服装的

郭培
春晚大裙子制作者

设计、剪裁与缝纫。此外,还有一个独立的鞋和首饰的工作室,这里是工厂的一部分。到了中午12点,整座楼里突然响起了学校下课铃声一样的电铃声。在二楼的侧门处,制作服装的工人鱼贯而出,午饭的时间到了。

河北保定高速公路旁的40亩土地上,郭培还拥有一个1万平方米的工厂,那里有300多名绣工,她们按照北京图案组发来的图案,在布料上完成工艺复杂的刺绣。郭培从附近的村子里找到了这些空闲在家的农妇,教给她们刺绣的手艺。最近,为了应对劳动力价格的上涨,郭培将在保定工厂附近建一座刺绣学校,从零开始把更多周围农村空闲的农妇培养成自己的绣工。除了为春晚与国家盛事制作礼服的玫瑰坊之外,很少有中国的设计工作室可以或者需要支配如此多的工人。

在玫瑰坊,几乎每个扣子都要手工制作,一个工人最快一天也只能做出十几颗,因为这些扣子要用四米多长的线缠绕。而在郭培设计的一件珍珠嫁衣上缝有几十万颗珍珠,这些珍珠最小的直径为零点一几毫米,穿起孔来非常困难,成功一颗会碎掉五颗,需由100多个工人分三班倒连夜赶制。

与那些沉浸于自我满足的设计师不同,郭培的长处在于懂得如何调动工人,也懂得如何向富人们与媒体解释他们的劳动。

有一次,一个工人要在一米上万元的布料上用非常精美的纱绣制花朵,因为纱过于纤细,几乎透明,把它缝到布纤维里难度非常大,

巨流

工人每天只能绣很小的一块。郭培的老公对此很难理解，他问郭培："如果你要把一块布全部绣满，你为何还要用这么贵的布？"郭培有自己的想法，她说："当我告诉工人，你知道吗，这块布上万一米。亲爱的，你要特别认真地绣。绣工一听，她会说，千万不要把这个面料绣坏了，就一针一针特别认真对待。如果你用了一百块一米的丝绸，她就会边聊天边绣。我用一万块钱一米的代价换回了她高度认真的工作态度。"

更像工艺师的服装设计师

这种不重视设计，将作品的成功更多建立在工人高强度手工劳动上的创作令郭培更像是一个手工艺大师而不是时装设计师。

1994年，郭培开始在北京电视台生活频道《时尚装苑》节目做一个叫"旧衣改造"的版块。

很多北京人对这个节目都印象深刻。节目的初衷是让编导与设计师接触，帮助普通人将一件过时的衣服进行二次改造。当时，编导邱悦找了很多服装学院的人、开店的人以及设计师，其中，最接近节目想法的一个人简单地把她的裤腿剪短，然后拿双面胶贴上，将一条长裤变成一个七分裤。"但这完完全全达不到电视节目的要求。"邱悦说，"你知道，两个镜头就完了的东西，不可能做成一个专题。"

经一个开服装店的朋友的介绍，邱悦认识了郭培。当时郭培已经离开了天马，自己成立了玫瑰坊，潜心沉浸在研究大裙子的制作上，

郭培
春晚大裙子制作者

对自己的服装没有任何宣传，也没做过一场时装秀。有一次，邱悦在郭培的房间看到一件款式非常简单的上衣。这个屋子里有一个玻璃瓶子，里面装满了绢花花瓣与珠子，邱悦建议，能不能把花瓣撒在衬衫上，然后把它们缝到上面，结果效果非常好。

"而在90年代，装修风格也正在从重装修转向重装饰，大家对基础的东西开始忽略，整个形势都往不断点缀、装饰的方面发展。所以那时候我就本能地想说，我们这个节目可以做些东西，不断往衣服上缝。"

这种装饰方法成了"旧衣改造"里一个重要的元素，这个节目一直做了100期，她们在不同的衣服上缝过花布、日本曲别针甚至白色塑料袋。

随后，不断在衣服上"做加法"的思路也大量出现在了郭培的时装上。在郭培工作室里，有两个部门非常重要：一个是图案组，一个是刺绣组。

图案组里有郭培从世界各地搜集来的画册，它们往往是中国皇袍上的龙与凤图集、青花瓷花纹集、欧洲中世纪的王室服饰，甚至欧洲战争博物馆剑柄上雕刻的一支花朵。在工作流程上，往往是图案组把这些图案绘制出来，再由刺绣组的300多名绣工完成刺绣，然后把这些图案缝在衣服上。比起设计版型的变化，郭培更热爱在这些版型的基础上嵌入各种各样高贵的图案，她甚至想过把一套古董家具缝在衣服上。很快，她发现这是一件不可能的事情。

巨流

针对春晚上的主持人和民歌手，郭培会设计两种完全不同的服装。"在春晚上，主持人在台上一站就要四五个小时甚至更久，如果坐下，腰部会有褶皱，所以她们是不能坐下休息的。衣服要非常合身，这样能展现得很完美。作为设计师，不能再给她们压力，她们所有的服装都没有重力，上台下台要非常舒适。"郭培说，"但歌手不同，民歌手们毕竟在春晚上只唱一支歌，总共下来也就三分钟到四分钟，对她们来讲穿着整个服装从准备到节目下来也就十几分钟的时间，她们是能够承受的。"

实际上，春晚主持人衣服的形态与观念都更类似于现代西方成衣设计，而民歌手的服装则更接近舞台的表演服。对郭培而言，尽管民歌手的服装所耗费的时间更长，但设计民歌手的服装远比主持人礼服容易。从很多层面上讲，一类更侧重于创意、设计与剪裁，另一类则更侧重考究的工艺与密集劳动。

对于一个时装文化落后的国家，比起西方设计师，设计是很多中国设计师的缺陷。在中国，很多拥有声名的设计师依靠的是某种工艺，或者某种全世界只有中国才有的材料。

接受采访时，郭培喜欢谈论绣法的繁复、密集的劳动与材料的昂贵，而不是设计与版式。从很多方面来看，她都是一个强调工艺而不是设计的服装设计师。比起设计师，郭培更像是一个很好保护并发展了民间技艺的工艺美术大师。很多人曾提出质疑，郭培为董卿主持2009年央视元宵晚会所制作的礼服在设计上抄袭了MOSCHINO（莫斯奇诺）的创意，但从工艺师而不是设计师的角度上理解郭培创

郭培
春晚大裙子制作者

作的话,这并不是一件让人意外的事。

拥有宗教情绪的时装

由于劳动时间过长,工艺极其复杂,郭培的衣服非常沉重,令模特们痛苦不堪。

Lady Gaga(嘎嘎小姐)的造型师 Nicola Formichetti(尼古拉·福尔米凯蒂)曾经向郭培借过一些衣服。当四五件华服被装在一个坚固的银白色钢箱里运到拉斯维加斯时,他们发现一件 36 斤由水晶珠装饰的女装美得让人无法挑剔。"但是穿着这件衣服根本无法移动,"Formichetti 对《纽约时报》旗下的 *T Magazine*(《T 杂志》)说,"所以 Lady Gaga 在舞台上表演从没有穿过郭培的衣服。"

在 2009 年"一千零二夜"的时装秀上,郭培渴望塑造一位皇后,在她看来,全世界最美的女人只有皇后,她要为那样一个女人做一件最美的衣服。

她从美国找来了 78 岁的名模卡门,让她在这场秀上演绎一件类似欧洲中世纪女皇穿的白色礼服。

这件礼服全部用刺绣完成,为了追求美轮美奂的效果,刺绣层层叠加形成了浮雕一般的图案,让衣服的质地像一块厚重的毯子。最后,两个厚达几十厘米的袖子垂到半空之中再从衣服两侧的肩部穿过,重重地拖到了地上,绵延十几米。在郭培看来,"皇后一定承载着很

巨流

多,所以那件衣服很重,两个袖子很沉。我用它们代表承载着一切"。

第一次来北京的卡门非常想看一看天安门,但为了在走秀时能够保持足够的体力,她只是好奇地让司机带自己到了天安门广场,并没有下车。走秀的过程中,两个男模一直为卡门撑着袖子,他们几乎并肩架着卡门走完全程。

时装秀谢幕,作为设计师,郭培会从舞台的出口最后走出。在她身后有一个十几米高的架子,每个模特站在一个个小格子里完成落幕,给所有的观众呈现衣服在那里的最后一刻。

由于搭建仓促,这些架子就跟工地上的脚手架一样。台阶并不是专用台阶,而是工人干活的铁梯。78岁的卡门骨质已经非常疏松,她的助手说,为了保护自己的膝盖,卡门10年没有上下过楼梯。郭培犹豫要不要让卡门上去。

考虑很久,郭培在后台找到卡门,秀场的导演用一个激光笔对着天空指了一下:在那里,有一个离地面8米高的台子。郭培一字一顿地对卡门说:"我希望您能站在那里,完成谢幕。"接下来的十几秒钟的时间里,两个人一句话都没有说,沉默望着彼此。

同样也是在这场秀上,另一位模特身着一件近200斤的金色礼服,穿着35厘米的高跟鞋,艰难走了15分钟后,全场的灯忽然全部熄灭。工作人员在一阵照相机的闪光灯里,扶住快要虚脱的模特离开T台。

郭培
春晚大裙子制作者

前一天凌晨，因为恐惧，这个模特曾打电话给郭培说自己想要放弃。郭培告诉她，对于一个模特来说，这是一生难得的一次机会，也是需要跨越的一道坎，需要有在陡峭的悬崖纵身跳下的勇气。

与国际上大部分木质或者水泥的时装T台有所不同，郭培的秀台完全由晶莹剔透的玻璃铸成。

一方面，她希望那些光辉夺目的衣服在灯光的照射下映在玻璃上面，带来夺目的视觉效果；但另一个更现实的考虑则是，郭培衣服的重量大多在100斤以上，又常常拖地十几米，它们会与木头或者水泥等传统T台材料产生巨大摩擦，导致模特根本无法拖动，这些衣服只有在摩擦力很小的玻璃上才能顺利滑行。而为了确保模特在光滑的玻璃上不会摔倒，她们30多厘米高的鞋子底部被附上了一层薄薄的橡胶。

伴着辉煌的音乐，模特们从一扇9米高的琉璃龙门里走出，由于身着100多斤的衣服，她们需要花3分钟时间才能从60米秀台的一头迈向另一头。

模特王敏已经为郭培走了四场秀。在一场秀中，她演绎了一件绣满蝴蝶的大裙子，但这条裙子太重了，她穿上高跟鞋的腿根本无法将它带动。因此，在走秀时，王敏先用一侧的胯部顶住裙子，将裙子一寸寸地推向前方，随后，她再将自己的腿向前挪动，如同一只身负重伤的动物。

这种震撼、沉重、艰难、密集的劳动和异常直接的美，也令郭培的

巨流

服装获得了一种极端情绪化的力量。

在郭培的秀上，当模特穿着一件衣服迈着艰难的步伐缓缓登场时，常常就会有女性开始情不自禁地流泪。秀结束时，她们会激动地冲到T台前冲着出来谢幕的郭培拼命鼓掌。第一次看郭培的秀时，《时尚芭莎》的主编苏芒当场热泪盈眶，结束后，她跑到后台抱住郭培不停地哭。

随后，苏芒把章子怡带到了玫瑰坊，那一年，章子怡要在春晚上表演一个叫《天女散花》的节目，她需要一条大裙子。当时春晚已彩排了五次，时间非常紧张。郭培为章子怡设计了一件粉红色的蓬蓬裙，加了一些花瓣和水片，这个礼服因为非常巨大令全国观众印象深刻，成为当年春晚的亮点。最后一次彩排结束时，章子怡非常高兴，她没有马上回家，而是穿着礼服带摄影师来到郭培的工作室，她对郭培说："郭培姐，我和你拍张合影吧，以后你用得着这些照片。"

而当获得了一种宗教式的力量，郭培也顺利找到了说服中国富人接受这种昂贵服装的定价方法。

在一个深受中国特色实用主义经济学影响、处于全球劳动链底端的国家，人们只愿意为材料与人工买单，而只有材质昂贵、蕴含密集劳动量的产品才能给予他们安全感与购买冲动。

郭培和自己的丈夫把布料按照6、8、10、12等这些号码进行编号，

郭培
春晚大裙子制作者

分别代表 600 元一米、800 元一米、1000 元一米、1200 元一米……以此类推，他们会根据客人身材的尺寸收取材料费。

而当郭培发现自己的一件衣服往往需要很多工人累计几千几万个小时才能完成时，她用一种非常巧妙的说法解释了这样一种前现代的生产方式：一次时装秀结束后，她指着一件耗费 50 000 小时的衣服对媒体说，做这么一件衣服相当于一个工人不眠不休 6 年，她将这个过程称为"生命的转移"。

从此，郭培华服的价格标签上只剩下两个非常现实具体又令人惊讶的数字：布料价值与工人制作这件衣服所花费的工时，而后者大部分在几千小时以上。

在郭培的工作室里，一个非常好的绣工一个月的工资大约在 3000 元到 4000 元。由于大部分名人往往在晚会或者晚宴开始的几天前才会来定制礼服，而这些礼服又耗时漫长，对于他们而言，通宵达旦地工作是一件很平常的事。

昂贵的材料与密集的劳动让郭培的衣服在富人之中拥有了价格不菲的理由，零设计费则让她显得很实在且亲和力十足。据一本时尚杂志的资深工作人员透露，在玫瑰坊，需要先交 100 万元的预存款成为会员，才有可能让郭培为你定制衣服。

巨流

只有中国才能出现的创作

18世纪，高级定制在欧洲日渐兴盛，它们的客户大多是英法贵族；随后，经济实力攀升的美俄与日本财团女性也一度加入购买队伍；现在，高级定制的主要市场是中东王族。

劳动力涨价，很多巴黎高级定制如今已不堪重负，两年时间，原来的14家只剩4家。如果现在欧洲找到同样技术的工人，做出与郭培类似的衣服，要付出难以想象的成本，因此，丝毫没有负担地制作高级定制成了一件只有在中国才能发生的事。15—16世纪，在高级定制的巅峰时期，英国女王伊丽莎白一世个人拥有超过1000件各式定制礼服。但现在，很多中国客人则从玫瑰坊获得了世界上其他地方的富人无法想象的高级定制数量，其中一位春晚歌手已经无法回忆起自己在郭培那里做过多少衣服。"有三四百件。"她说。

现在，这些衣服大部分都闲置在郭培的仓库里。在这个时代，郭培让自己的衣服与《1亿颗瓜子》以及乔布斯的苹果成了同一类东西——它们分别是如今世界上最顶级的艺术品、最精美的电子产品以及极其奢华、铺张与精美令西方品牌难以望其项背的豪华礼服，他们对创作毫无节制的要求与自由都建立在廉价的劳动力基础上。

《1亿颗瓜子》完全建立在景德镇工人精湛的技艺与便宜的价格上。这些瓜子在英国的泰特艺术馆展出时，由于上面沾满了大量工厂里有毒的铅，很快禁止游客碰触。而当苹果决定推出一个新的产品时，它会把中国所有的代工厂买断长达几个月，这令它的对手根本无法

郭培

春晚大裙子制作者

在同一时间推出新品。它的成功在于控制了全球所有拥有技术的廉价工人资源。

作为创作者,郭培与《1亿颗瓜子》变得重要与成功的很大一个原因,是因为他们都将一种独有的民族资源开发到了极致,令自己的创作变成了一件此时此刻只有中国艺术家在中国才能做到的事,其体量与蕴含的劳动让世界上任何其他地方的创作者都无从效仿。这也让她的影响力远远超出了其他只停留在自我满足、不断抱怨,并把自己更多看作是艺术家的中国设计师。

而某种角度上,这种思路的形成除了郭培自身对某种宏大、遥远情结的迷恋之外,更与郭培和春晚等国家盛事的结合有着重大的联系。也正是国家盛事对于庞大和繁复的迷恋,促使她不断地增加人工,不断采用更为昂贵、稀少以及闪亮的材料,从而完成华服一次次在体量上的超越,以满足歌者攀比式不断提高的要求与安全感。

在中国顶尖阶层中获得成功之后,郭培很快让自己的创作成了一种数字游戏。在4次个人时装秀上,她设计的裙摆以5米、10米、15米的长度不断增长,100多米的T台两侧墨绿色丝绒布上镶嵌了数以百计的手工沙发泡钉以及水晶扣,还有100多名熟练工连续工作4个月才能完成的一件重达200斤的手工金线刺绣礼服。从那时起,存在于她性格之中对宏大、遥远事物那种充满浪漫情怀的热爱——被一种大国崛起的情绪充分地需要和吸纳了。

"我不会让一件我不满意的衣服离开我的工作室,"已经获得成功的

巨流

郭培坐在试衣间的一个白色沙发上说,"有时候客户都很满意了,我仍会要求工人重做。只有你的要求不断高于他们,不断给他们惊喜,你才能活下去。"

郭培

1967 03　在北京出生

1979 03　法国设计师皮尔·卡丹携12位外籍服装模特抵京,后在北京民族文化宫举办了一场时装秀,是第一位来到中国的国际级服装大师

1980
- 01　国家首次决定对轻纺工业实行"六个优先"的原则,以确保其加快发展
- 　　央视译制引进美国科幻连续剧《大西洋底来的人》,主人公佩戴的"麦克镜"(也称蛤蟆镜)风行一时
- 09　上海时装公司组成了新中国历史上第一支"服装表演队"

1983
- 02　中国中央电视台第一届春节联欢晚会直播
- 11　17日,《中国青年报》刊登文章《污染必须清除,生活要美化》,提出"青年们穿得漂亮一点、吃得丰富一点、玩得愉快一点,不应受到非议","近几年来,人们特别是青年衣服的花样、款式多起来了,这是好事"
- 12　1日,实行了30年的布票正式取消

1984
- 07　许海峰夺得第二十三届奥运会第一枚金牌,实现中国奥运史上金牌"零"的突破
- 12　长影出品的电影《街上流行红裙子》上映,引发了红裙子热

1985
- 05　"Yves Saint Laurent(伊夫·圣罗兰)25周年作品回顾展"在中国美术馆开幕
- 07　皮尔·卡丹邀请宋怀桂带领12名中国著名模特到巴黎表演,引起轰动,许多欧洲媒体大幅刊登了中国模特手举五星红旗乘敞篷汽车经过凯旋门的照片
- 08　中国服装工业总公司、中国服装研究设计中心和《中国服装》杂志社联合举办首届全国服装设计"金剪奖"大赛

1986
- 　　从北京二轻工业学校服装设计专业毕业,进入天马服装服饰有限公司任首席设计师
- 11　国务院办公厅发文,服装行业被划归到纺织工业部

1987 09　由上海服装研究所选派的设计师陈珊华与8位中国模特参加了巴黎国际时装节,这是中国服装设计师第一次登上国际舞台

1989 11　首届新丝路中国模特大赛举办

1991
意大利品牌 Zegna（杰尼亚）在北京王府饭店开设了中国大陆第一家专卖店，这是国际奢侈品牌在中国大陆的第一家直营店

1992
邓小平南方谈话

Louis Vuitton（路易威登，简称 LV）在北京王府饭店开设中国第一家专卖店

1993
- 03 首届中国国际服装服饰博览会（CHIC）开幕
- 04 国家撤销了纺织工业部，设立中国纺织总会

1994
《福布斯》与香港《资本家》杂志合作，首次公布中国内地亿万富豪榜

上海美美百货开业，是中国大陆第一家经营国际顶级时装品牌的百货商场，Ralph Lauren（拉夫劳伦）、Versace（范思哲）等品牌也在锦江饭店附近开了专营店

1995
- 03 上海市推出了上海国际服装文化节
- 05 获首届"中国十佳设计师"提名，并被日本《朝日新闻》评为"中国五佳设计师"之一

1996
作为首席设计师加入了米兰诺时装有限公司

首次成功举办了个人时装发布会"走进1997"，获得广泛好评

被上海时装节邀请参加"国际学术研讨会"，发表论文并在中国纺织大学举办个人发布会

- 10 ELLE 英国版介绍了郭培的作品，此后郭培即荣登中国十佳设计师之榜

杉杉发布了一则以百万年薪招聘首席设计师的广告

1997
- 05 创立北京玫瑰坊时装有限责任公司
- 07 香港回归
- 09 应邀参加"97上海国际服装文化"著名时装设计师汇展
- 12 第一届中国时装周（当时官方名称为"中国服装设计博览会"）在北京拉开帷幕

1998
《福布斯》杂志开始独立发布中国富豪榜

- 01 张也身着郭培设计的礼服，在春晚演唱《走进新时代》，郭培由此开始成为春晚的御用服装设计师
- 03 中国纺织总会改组为国家纺织工业局
- 04 与百福来时装公司合作参加国际服装服饰博览会，获最佳设计、最佳工艺等五项金奖、一项银奖

1999
- 12 澳门回归

2001
- 02 国家纺织工业局撤销，中国纺织工业协会成立
- 07 北京赢得 2008 年奥运会的主办权
- 08 申奥代表团全体女成员服装为郭培设计
- 10 亚太经济合作组织（APEC）领导人非正式会议首次在中国举办。各国领导人穿着中式对襟唐装在上海集体亮相，引发唐装流行
- 12 中国正式加入世界贸易组织（WTO）

2002
- 01 玫瑰坊高级定制总部在北京王府井天伦王朝酒店开业
     世界顶级时装设计大师伊夫·圣罗兰宣布退出时装界
- 02 中国短道速滑选手杨扬在美国盐湖城冬奥会获得女子 500 米金牌，实现中国代表团冬奥会金牌"零"的突破
- 12 上海赢得 2010 年世博会主办权

2003
- 05 淘宝网诞生
- 10 中国首次成功发射载人宇宙飞船"神舟五号"

2004
- 06 《外商投资商业领域管理办法》正式实施，外资品牌不再受开设连锁专卖店的限制；奢侈品牌纷纷抛弃贸易公司、托管公司，开始自主扩张
- 08 中国田径选手刘翔在雅典奥运会男子 110 米栏项目中打破奥运纪录，追平了英国威尔士的科林·杰克逊在 1993 年创造并保持的世界纪录，为中国夺得了第一块男子田径奥运会金牌

2005
- 08 国际顶极私人物品展在上海举行，展出包括豪华房车、顶级跑车、游艇、私人飞机、时装、珠宝等全球最顶级、最奢侈、最昂贵的商品，3 天成交额达 2 亿元
- 09 杜鹃成为首位登上 Vogue 巴黎版封面的亚洲面孔，并为 LV、YSL（圣罗兰）等国际一线品牌拍摄广告
- 10 世界海拔最高的青藏铁路全线贯通

2006
- 05 三峡大坝全线建成
- 11 凭借第一场高级定制秀"轮回"系列获中国国际时装周最佳礼服设计奖
     世界奢侈品市场占有率调查显示，中国占到 12%，仅次于日本、美国

2007
- 04 中国成功发射第一颗北斗导航卫星（M1）
- 全国铁路进行第 6 次大提速，铁路客运速度达到 200km/h
- 10 中国自行研制的"嫦娥一号"探月飞船成功发射升空
- 11 发布"童梦奇缘"系列，再次获得中国国际时装周最佳礼服设计奖
- 12 获得由全国妇联宣传部和《GOOD 好主妇》杂志颁发的年度影响生活方式的华人女性奖

2008

- 02 章子怡在春晚演唱《天女散花》，身着礼服由郭培"童梦奇缘"系列修改设计而成
- 刘雯开始走上国际时装周的T台
- 03 北京奥运会圣火在希腊成功点燃
- 圣火采集仪式上，章子怡穿着郭培设计的礼服
- 05 汶川地震
- 08 北京奥运会举行，中国共夺得51块奥运金牌，居金牌榜榜首，为历史之最
- 历时一年的设计修订，11万个小时的制作工时，郭培设计的"宝蓝色""国槐绿""玉脂白"3个系列共285套礼服，在奥运会的302场和残奥会的472场颁奖仪式上亮相774次，获得了北京奥运会颁奖礼仪服饰一等奖；闭幕式中宋祖英的演出礼服也出自郭培之手
- 09 全球金融危机爆发

2009

- 01 宋祖英身穿郭培设计的演出服在春晚表演《本草纲目》（与周杰伦合作）和《送你一朵东方茉莉》
- 10 中华人民共和国成立60周年
- 胡润《2009富豪消费价格指数》报告显示，中国大陆的高端奢侈品消费群体中，资产在千万之上的有82.5万人，身价上亿的则有5.1万人

2010

- 01 铁道部宣布中国高速铁路运营总里程跃居世界第一位
- 04 雅诗兰黛宣布由刘雯担任其品牌新一任模特，她成为首个亚洲雅诗兰黛面孔
- 向来挑剔的奢侈品牌LV在上海淮海路和浦东陆家嘴金融区开设了旗舰店
- 2010年上海世界博览会在上海世博文化中心开幕
- 昆曲《怜香伴》戏服设计发布，向大众展现了先锋时尚与传统艺术相融之美

2011

- 02 中国国内生产总值首次超越日本，成为全球第二大经济体
- 06 美国《快公司》在其6月刊中评选郭培为全球"100位2011年最具创意的商界人士"之一
- 根据世界奢侈品协会官方报告，中国奢侈品市场年消费总额已经达到126亿美元，占全球份额的28%；贝恩公司报告显示，2011年中国奢侈品市场的增长率为30%；中国成为最大的奢侈品消费国家

2012

- 01 李玉刚身着郭培作品在春晚表演
- 05 历时三年筹备的"中国新娘"系列作品发布
- 11 "郭培·囍 中国新娘高级定制会馆"在上海外滩22号开业
- 根据胡润报告，中国总财富超过千万人民币的人士首破百万，达到102万，较上年增长6.3%；此外还诞生了63 500名资产高达亿元的超级富豪，较上年增长5.8%；贝恩公司报告显示，中国奢侈品市场增长率降至7%

2013

- 01 中国中东部出现大范围雾霾天气,PM2.5频临"爆表"
- 03 彭丽媛随国家主席习近平出访俄罗斯,身着本土设计师设计的服装,引起全球时尚界瞩目
- 11 北京和张家口宣布联合申办2022年冬奥会

财富品质研究院《2013中国奢侈品报告》显示,中国奢侈品消费者整体出现了定制化需求,有21%的资产在5000万元以上的人群表示定制是其购买奢侈品的最直接促进因素,相比2011年增长了7%

贝恩公司报告显示,中国奢侈品市场增长率降至2%

2014

- 02 国务院发布《关于推进文化创意和设计服务与相关产业融合发展的若干意见》

《福布斯》中文版联合复华资产发布的《2015中国高净值人群寿险市场白皮书》显示,截至2014年底,中国私人可投资资产1000万元以上的高净值人群规模已经达到91万人,总计可投资资产达29.6万亿元;2014年中国的GDP总量为63.6万亿元

2015

- 04 首届上海高级定制周在"上海高级定制中心"外滩22号举办
- 05 郭培作品在纽约大都会博物馆"镜花水月"特展中展出。蕾哈娜身穿郭培设计的黄色皮毛镶边绸缎礼服出席慈善晚宴Met Gala(大都会艺术博物馆慈善晚宴),成为Twitter上的热议话题
- 07 在巴黎装饰艺术博物馆举办首场个展,同年成为"高级定制和时尚联合会"(Fédération de la Haute Couture et de la Mode)的首位中国嘉宾会员
- 10 黄晓明与Angelababy(杨颖)婚礼,Angelababy身着郭培定制中式嫁衣

2016

- 01 作为法国高级时装公会特邀嘉宾,在巴黎高级定制时装周发布新作品"庭院"
- 02 在广州东方宾馆举行的"新中国之夜"服装艺术年度盛典上完整呈现巴黎高定首秀"庭院"

获全国"三八红旗手"称号

玫瑰坊巴黎GUO PEI Paris开业

- 03 吴奇隆与刘诗诗婚礼,刘诗诗身着郭培定制中式嫁衣
- 04 入选《时代周刊》公布的2016年度"全球最具影响力人物"
- 07 陈晓与陈妍希婚礼,陈妍希身着郭培定制中式嫁衣

2017

- 08 "GUO PEI高级定制中心"北京国贸旗舰店开幕

内地奢侈品市场实现20%的增速,中国成为全球唯一一个奢侈品市场份额增长的地区

2018

- 02 复星国际及其子公司宣布收购法国高级定制时装品牌Jeanne Lanvin SAS(朗雯)

郭培、劳伦斯·许、Grace Chen(陈野槐)、兰玉、鎏朝、马艳丽、张志峰、马樱、王培沂、熊英10位中国高级定制大师发起中国高级定制委员会

第12届金鹰电视艺术节颁奖晚会上,迪丽热巴身着Guo Pei 2018春夏高级定制礼服摘得"金鹰女神"的桂冠

2019

10 — 中华人民共和国成立 70 周年大庆

伦敦苏富比"点石成金"拍卖会上,郭培设计的黄金嫁衣以 37.5 万英镑（约 341 万人民币）的价格私洽交易成功

11 — Valentino（华伦天奴）高级定制时装秀北京系列在颐和园安缦酒店举行,这是其首次在中国发布高定系列

迪士尼商店推出与郭培合作的联名款"花木兰"系列服饰 — 04

2020

苏芒

苏芒
发展就是硬道理

第十一届芭莎慈善夜开始的前一天下午,出版人苏芒来到国贸三期二楼的宴会厅。作为创始人,她将在慈善夜上第一个发言,被要求提前来这里排练。

扶梯上到二楼,一辆辉腾汽车被摆在红毯起点,这个位置意味着任何来参加慈善夜的明星都必须经过这辆汽车才能入场,他们需要在这里与它合影。这是辉腾第二次赞助芭莎慈善夜。当被问起原因时,苏芒将其归结为慈善夜为明星与品牌制造出的亲密关系:"前一年李亚鹏和王菲在一起的最后一张照片就是在这辆车的前面拍的。"两人离婚后,这张照片在网上大规模传播,所有人在那一刻都看到了他们背后的辉腾汽车。

当苏芒走进国贸三期的宴会厅时,眼前的一切正从无到有被搭建起来。在大厅前方,一个巨大的书形舞台将被作为投影背板播放画面。整个空间被幽蓝的光晕渲染,工作人员为此已经工作了两个通宵。苏芒兴奋地全场奔跑,不断地喊:"这个太震撼了!这怎么可能啊?建一个城市啊!你们老板做事不惜一切代价,我们要干死了!"热情洋溢,动辄兴奋,眼睛闪闪发亮,拥抱着她的工作人员。

专注的"法力"

芭莎明星慈善夜以名人众多闻名,这些关系大多来自苏芒个人。前一年是这个慈善夜创办的第十年,那个夜晚,苏芒决定挑战全新极限——邀请 100 个明星与 100 个模特。

"我那些明星可不是假的。"苏芒提醒,他们不但有周杰伦、成龙、章子怡这类娱乐明星,甚至还有马云、张近东等商界人士。

为了吸引王菲,苏芒在那一年特别把自己的善款捐赠给了嫣然天使基金会,华谊、李连杰、成龙等同样拥有名流资源的基金会也得到了拨款,这些都保证了芭莎慈善夜的明星质量。

第十一届慈善夜苏芒筹划了 9 个月。对于任何一个追求卓越的人而言,邀请 100 个明星都让人心生畏惧。当苏芒正苦于如何筹办第十一届芭莎慈善夜时,她的朋友王潮歌邀请她去国家大剧院看了一场自己最新执导的《印象国乐》。

王潮歌是一个擅长用那些宏大景观渲染情感的女性导演,《印象国乐》则来自她对中国民乐演奏者在现代遭到冷落的不平。

这场演出中,王潮歌没有只是让演员们演奏乐曲,也让他们开口讲述自己的命运。当观众途经售票口、剧院大厅、长廊、电梯与咖啡厅时,所到之处皆能看到民乐艺术家的表演:管乐演奏家与他的妻子;笛子演奏家以音乐向对方告白;二胡演奏家诉说自己从小学二

巨流

胡,如何因二胡而安身立命的经历;琵琶演奏家携学生依次登台表演……他们以感性个人化的方式,讲述着演奏家与音乐之间的真实故事。

和以往的演唱会与音乐会不一样,王潮歌在《印象国乐》中通过情感、场景的变化,把各个演奏环节串成了一个舞台剧,给了演奏者以身份、生命,配合音乐,通过他们的故事与遭遇产生一种情感力量。

苏芒出生在济南的一个古筝世家,不到5岁时,便被逼迫天天弹奏这种乐器。"就跟家长逼弹钢琴一样,它培养了我很大的耐力,但我一直很不喜欢。"苏芒说。

苏芒15岁那年,因母亲担心偏科严重的女儿考不上大学,让她比同龄人更早尝试高考。"想考一类大学分数又少的就是音乐学院,否则我不可能来到北京。"

比起枯燥的乐器,苏芒更喜欢浪漫主义文学。在大学时,她开始写爱情小说与诗歌,一种"年轻人一听就明白"的爱。

这种对民乐者命运的渲染令苏芒回忆起了自己作为古筝演奏者的遭遇。"他那个指挥就说您很忙,穿过长安街一定堵了很久。你可以去歌厅,你可以去夜总会,你可以去看电影,你可以去跟朋友吃饭,为什么来看一场国乐呢?其中一个人说我吹笛子已经30年了,另一个人说我和我的师父说我下辈子还要吹笛子。"这种迫切的呼吁一下子让苏芒"热泪盈眶"。

苏芒
发展就是硬道理

当晚的朋友圈里,苏芒用一段长长的现代诗式的语言分享了自己的感受:

> 今晚,在国家大剧院,听王潮歌和中央民族乐团创作的《印象国乐》,从5岁开始学古筝,那似水流年,翻涌而来……我从出生便长在音乐里的前20年……已如隔世之远,箜篌、筝箫、琵琶的琴弦……流泪听琴声,不堪少年!它是那笛箫绵长的悠叹,筝阮圆浑的悠颤,紧紧的琵琶密密麻麻,我那民乐里的少年……我放弃了你,你却永远在我心里,从没有离去。

相信共鸣并擅长利用这种情感力量符合苏芒一贯与世界相处与激励他人的方式。苏芒常常把自己做杂志的动力归结为第一次去美国培训时与当时 Cosmopolitan 主编见面的场景。当对方看着她的眼睛告诉她"做杂志是要帮助人的",苏芒从中获得了力量。"这句话真的深深刻在我的心里。"苏芒说。也是从那时起,苏芒对她所从事的事业开始保持惊人持久的勤奋。

《智族GQ》的主编王锋曾经是《时尚先生》的主编,《时尚先生》是时尚集团的另一本杂志。当谈到和苏芒的交往时,他回忆起的是苏芒说自己常常会一个人在家,夜里看庄子和那些古代诗词,读到泪流满面。

李冰清曾经是《时尚芭莎》驻上海的编辑。"她只是看到我写的一些稿子,并没有说一定要我,"李冰清回忆,"但当另一本杂志突然也

巨流

说要我时,她就变得很紧张。她当时正在度假,就让编辑部主任一个个电话打过来,问我为什么不来《时尚芭莎》。"第一次接到苏芒的电话时,苏芒用她的方式激励了李冰清,她认真地说:"从此之后,这本杂志南边的大门就由你来掌管。"此前她们甚至还没有见过彼此。

"她永远都觉得人有多大胆、地有多大产,这是她的一个特色,"李冰清说,"但作为一个新人,你会因此特别有斗志。"

"我觉得如果我不在亢奋状态中,我就不是在最好的状态里。我相信在你的手是握着拳头的时候,你的底气是顶出来的时候,你有爆发力的时候,你有激情的时候,你的灵感也好,你去说服别人的能力也好,你甚至能调动你自己所有的组织能力,调动一切的能力,高度专注,那个效果特别好。"苏芒说。

有一段时间,因为太专注,苏芒在采访中表示自己已经具备了一定"法力"。有一年在三亚搞活动时,忽然暴雨倾盆,苏芒的员工打电话劝她使用第二套方案。苏芒说,不用第二套方案,没有第二套方案,雨必须停。"然后就真的是趴在地上开始祈祷,用全部的专注力,然后雨就停了。"苏芒专注地看着我。

还有一次是在慈善夜十周年,那天暴雨橙色警报,到了四点多忽然下起大雨。苏芒想,这不行,因为外面全是大电视,几百万元的音响。"别笑话我,"苏芒说,"真的是水泥地,我'啪'就跪下了,必须要停,一定停,停下来,我在做慈善,十周年,我在做慈善,在

苏芒
发展就是硬道理

做慈善,一直在那里,差不多有二十分钟,等我站起来出去的时候雨就停下来了。"最后很多明星走的时候对苏芒讲,来的人都是怀着善念来的,都是很重要的人,巨大的善意聚在一起雨就没下来。这让苏芒非常受鼓舞。

在为《印象国乐》哭泣之后,苏芒在一周后的一天忽然意识到了这里有她期待慈善夜达到的情感力量,她应该邀请王潮歌来执导芭莎慈善夜。

就这样,王潮歌把第十一届芭莎慈善夜的舞台变成了一本翻开的书。整场慈善夜将被分为春夏秋冬四个季节展开,就像一场戏剧一样,苏芒、李冰冰、成龙、沈南鹏等戏剧中的角色将作为这场舞台剧里的演员登场,以声情并茂的诗朗诵诵念着自己的慈善经历以及与《时尚芭莎》的故事。

而穿着红色礼服的苏芒则要从一个十米左右的舞台上在一群山区少数民族少女的搀扶下第一个走向观众,舞台在这时开始呈现出冬天风雪交加的氛围。

"你们已足够有名,也已经足够成功,为什么现在还牵挂着一些素不相识的人,去帮助一些贫困的人呢?我想那是因为我们大家心里都有一颗慈善的中国心。"苏芒表情真诚热烈,大眼睛中闪着兴奋的光亮,雪白的牙齿被精心打理过。

来之前,苏芒在《时尚芭莎》12月刊拍摄现场绘声绘色地为章子

巨流

怡描述过这个场景，随后，她朗诵了这段台词。坐在化妆间镜子前面，章子怡皱着眉头听完后请求苏芒。"我能指导你一下吗？"她说，"你能不能不要把所有的调都往上扬？你不能一直往上，要有抑扬顿挫。"

戏剧与亢奋

全世界的奢侈品界都是极富戏剧感的，苏芒和她的《时尚芭莎》尤其是这样。

2013 年 10 月 15 日，苏芒生日的前一天，由于生日当天她要飞往巴黎参加曾梵志的画展，时尚圈的品牌方和她的下属决定在这一天为她献上生日礼物。当苏芒来时，这间白色的、充满香氛气味的办公室里已经堆满那些有 Dior（迪奥）等品牌名字的鲜花。

苏芒作为一名时尚杂志的主编，无数刚来到中国的公关公司想要拜见她，如何让她抽出时间约见自己则需要运气。其中一个公关公司拜见前先快递来了一个 LOEWE（罗意威）的手提包，当拎出这个包时，苏芒像一个被讨好的儿童一样开心地告诉助理，这个可以接见，这个可以接见！其他不可以接见。

当得知徐克正在她的编辑部楼下拍摄，苏芒从办公室的花海中拿起一盒玫瑰前去探望。

"真是碗大的玫瑰。"苏芒在电梯间里看着她的编辑说。

苏芒
发展就是硬道理

拍摄徐克的房间堆满了各种各样的甜品和糕点，苏芒把鲜花递给了这位导演。

"您这一部 3D 真的更细致了，我代表我们办公室送您一束花，真的很美丽很美丽！"苏芒说。

"碗大的玫瑰。"她的编辑在一旁补充。

"我很少收到花，尤其是玫瑰花。"徐克有些尴尬。

"我们也这么想的。希望您一切顺利！"

"那我先来试一下，免得到时候进不去。"徐克指了指那些衣服。

"是是是！您在那边休息休息，这束很美的。我们照个相可以吗？谢谢，谢谢！祝您成功！"苏芒说完走出了化妆间。

在经过摄影棚大厅时，苏芒看到地上铺满样衣，它们把一个十几平方米的地板全部占满。"好大的卡司，"苏芒赞叹，"你们的杂志咋跟我们比啊？"苏芒自言自语着。

"你经常会和别人说祝您成功吗？"我问她。

"没有啊，刚才实在忘了该说什么了。"她很直接地看着我。

巨流

如同世界上所有依靠独特性格闻名的时尚杂志女主编一样,苏芒同样擅长制造戏剧效果,并让人们对她产生向往,乐于讨论她。她在其中时而轻浮、拜金,时而充满幽默感、感染力与一种让人喜欢的少女般的可爱。

在时尚圈关于苏芒的传闻中,有一则是在《时尚芭莎》刚刚创刊时,有个美术编辑因为加班过久,他的女朋友要和他分手。苏芒听到这个消息之后,亲自把他的女朋友叫到自己办公室不断表示自己的歉意,随后,打开一柜子的化妆品跟她说:"真对不起,真对不起,你想要什么随便拿。"苏芒喜欢强调《时尚芭莎》是她和编辑们共同的梦,那些物质就是最好的证明。当有编辑进入她的办公室时,她常常指着那些化妆品与奢侈品做出保证,这些都是你们的,我为你们而工作。

不过,与安娜·温图尔因品位优渥而导致的冷漠与疏离不同,苏芒的戏剧感来自她的兴奋和乐观,擅长与下属缔造一种共同的事业,以及一种迫切为事物赋予意义并让你感受到其真诚的能力。就像每一个正在崛起的发展中国家的人民一样。

《时尚芭莎》在 2001 年创刊,在那一年,苏芒带领她的团队在一个非常狭小的办公室里进行着辛苦的创刊工作。当时,《ELLE 世界时装之苑》《时尚 COSMO》已经进入中国很多年,作为后来者,他们必须更加努力。《时尚芭莎》的执行主编沙小荔至今记得在网络还不够发达时,他们如何只能通过邮寄光盘获得美国总部的帮助。在那一年开年会时,苏芒和他们一起幻想了这本杂志十年后的样子。"因

苏芒
发展就是硬道理

为我们当时做得很辛苦，当时忘了谁想到了一个小品，就是说我们有一个梦想，编辑都在国外度假，滑雪，在海边晒太阳，然后苏芒去看秀，卡尔·拉格斐都打来电话，说要请她吃饭。"沙小荔回忆，对于那个小品，时尚集团总裁刘江记忆最清楚的则是他们在表演时把广告客户都变成了自己送上门来。"100万算什么，500万再谈吧。"刘江笑着说。

"可以说，我们当时的梦都实现了。"苏芒说。在今天，*Harpper's BAZAAR*（《时尚芭莎》）在中国早已超出了仅仅作为一本女性时装杂志的范围。除了母刊《时尚芭莎》中国版之外，苏芒还创办了《芭莎男士》等其他三本杂志。这些新类型在 BAZAAR 的国际体系里前所未有，这极大改变了既有规则。中国的芭莎成了版权输出方，在《芭莎艺术》创刊的三年后，全球出现了八个版本。

2008年8月，大量品牌因北京奥运会加大广告投放力度。在那个月，《时尚芭莎》的广告收入达到了历史新高——2700万元，全体员工非常振奋。

当时的芭莎办公室中央有一个小小的圆形茶几，那是这个空间里所有人的视觉中心。一个下午，苏芒拿着那本九百多页的杂志，伴着高跟鞋敲击地面的声音来到了这个茶几前。她把书重重地摔在上面，巨大的声响引得所有人侧目，人们都扭过头等着看她下一步要做什么。

她的身后站着一位已工作近十年的资深员工，两个人就像精心排练

巨流

过一样，当苏芒把手从后面伸向他时，他从钱包里拿出一张一百元人民币，递给了她。苏芒随意翻到了杂志的一页，拿着这张人民币在上面比画了四下，恰好拼出了大约一张纸的面积，然后说："我想印钞机也不过这个水平吧！"她指的是这本杂志的单位面积的价格比纸币还要昂贵。

刘江喜欢这么形容苏芒，"单纯、认真，对时尚热爱，她觉得没有什么不可以改变，特别愿意追求新事物"。刘江关于苏芒最清晰的回忆是在《时尚芭莎》刚创刊时，下班时飘起小雪，"她会跳着走路"。当公司的厨师邀请大家包饺子的时候，"她的热情马上就会被点燃，又弄馅，又擀皮。她有品位，对好东西充满渴望"。

1993年，《中国旅游报》的记者刘江和他的同事吴泓辞职创办《时尚》。刘江在那时希望把这本杂志做成康泰纳仕的 VOGUE，"那个杂志最好，广告最多"。

大学毕业之后，不喜欢弹古筝的苏芒一心想要从事文学工作。不过，没有一家出版社或报社愿意雇用她，为了留在北京，她只得去了武警文工团。

就这样，当有人打电话告诉苏芒有一个草创的杂志时，苏芒成了最初加入《时尚》的七个人之一。

在一开始，苏芒并未如她所愿负责内容，而是被安排去拉广告。不过，苏芒没有感到灰心，她不认为这是丢人的。"我觉得我很自豪，

苏芒
发展就是硬道理

就好像一个穷人家的孩子要养家糊口那种自豪感，就觉得自己可以承担。"苏芒说。

作为一个销售，苏芒的表现很快让刘江惊讶。"她去国贸，当时有一个品牌的老板在外面，说赶不回来。苏芒就问，她今天会不会回来。对方告诉她会回来。她就在那儿等，一直等了六个小时。"刘江回忆。很快，刘江发现，"我们需要一个房地产的广告，她一去就谈成了。我们需要一个餐厅的广告，她一去就谈成了。我们需要一个信用卡的广告，她也谈成了"。

苏芒第一次真正对"发展"的重要性有深刻认识是在27岁那年，她在那时面临了自己的第一次职场危机。

那一年，她有了孩子，同时，集团承诺将她提升为《时尚COSMO》的主编，她将要离开销售的位置，负责梦寐以求的内容。

"我星期天生孩子，星期五才休息。"苏芒回忆。不过，当她休完三个半月的产假再回来时，发现自己的办公桌已经没有了。

"她非常厉害，回来以后没发胖，又特别充满活力地投入工作。"刘江回忆。和中国改革开放初期的所有行业一样，时尚杂志社当时正飞速发展，不允许有丝毫懈怠。"那个时期我们压力非常大，不能允许有断，我临时让别人做了她做的事，她很失落。我很直接地告诉她，我没辙，从客户上来讲，丢一个都不成，丢一个都可能会亏损，多一个可能就是有微利。"

巨流

苏芒一开始很不理解,觉得所有人在刁难她,觉得自己被抛弃了。"后来我理解老板没有经历过员工生孩子,他不能相信员工生孩子之后会很快进入状态。当时唯一一个想法就是绝不能输。"苏芒说。

为了赢,为了有精力做更多的事情,苏芒从那时开始有意训练自己的专注能力。她从一个她曾采访过的外企高管那里学来一个方法,把人生看作抽屉。

"你有很多的抽屉,你要善于把不同的事放在很多抽屉里,当你拉开这个抽屉之前,就把别的抽屉先关上。当时刚生完第一个小孩,没有一个母亲不会牵挂那么小的孩子。交给一个陌生的阿姨,这不可能的。当我离开家,扭下钥匙的时候,我就不断地告诉自己,我没有小孩,我没有小孩。从我下了班要回去的时候,我在打开门之前,我在把钥匙插进去的时候,我会说我没有工作,要非常强悍地去训练自己,非常不容易。"苏芒说。

《时尚芭莎》创刊的最初三年对于苏芒而言是最艰难的一段时间,她当时担任三个工作,主编、广告总监、出版人,这三个工作应该是三个人来做。"老板让我找广告总监,但我找不到比我更好的,这种情况之下我就想多做一点,一个杂志开始还是很重要的,就这样一做做了三年。"

在《时尚芭莎》刚刚创刊时,苏芒有四年的时间一直失眠。"别人会不断地质疑你,各种问题,让你日思夜想也找不到解决办法,你睡不着。"

苏芒
发展就是硬道理

那段时间,她的床头一直放着一个本子,在失眠的漫长夜里,苏芒不开灯,在黑暗中想到什么就写出来,直到疲惫不堪睡着为止。

"她甚至晚上做梦都是梦到工作,而且工作可以和白天接起来。"徐宁说,"比如说睡觉之前这个工作做到这一步,做梦的过程中,就在梦里继续往前推进,早上起来再往下走。她就像一个很勇猛的猛兽吧,但她不会伤害别人,她眼中没有任何人,就是朝自己的目标去抓动物。"

有一段时间,苏芒想要提高《时尚芭莎》的报道水准。一个新闻类从业人员提醒她对图片投入过高而对文字投入不足,并建议苏芒,你能找最贵的摄影师,也应该去找刘瑜这种最好的作者。苏芒一下子变得非常振奋,她不断感谢对方,称赞他是一个非常好的人。这种表现让对方十分意外:"很多中国人当听到别人建议自己什么时,他们都会想很久,但苏芒不会,她会立刻表现出她的兴奋。"苏芒拒绝困惑或停滞不前。

《时尚芭莎》成功之后,苏芒又开始了她激进的扩张,她要再做一本《芭莎男士》。在芭莎全球一百多年的历史中,从来没有出现过一本男性时尚杂志。

"当时没有一个人同意,"苏芒说,"不同意?那我不要钱也不要人,赚了钱是公司的,赚不到5000万我什么都不要,先骗着公司让我做。"

在中国,拿到刊号不是一件容易的事。苏芒无法立刻让《芭莎男士》

巨流

独立，她先是让这本杂志和《时尚芭莎》共用一个刊号。当《芭莎男士》拥有刊号之后，苏芒又立刻把《时尚芭莎》的刊号共享给了另一本准备独立的电影杂志。

"她的目标设定特别清楚，三年 5000 万。一个人这么热心地去做，自己没要求加工资，人员上也没加几个，等于不要一分钱投入，完全这么凭空做出来，何乐而不为？"刘江说，"她就这么一个一个复制了自己的芭莎系。"

当谈到苏芒身上那种令人印象深刻的亢奋时，刘江把它归结为在不断成功之中对自己选择方向的认可和信心的加持。"这种兴奋越来越强烈，"刘江说，"一个事情就这样成了，用这样的方法，再做一个事情又成了，对人的信心是一个增强。"

"我会越来越好的"

2013 年 9 月 10 日，苏芒的时间表上一共有 10 项工作，从九点半开始，她要在金融街与 Facebook 首席执行官对谈，参加国家会议中心的万达商会，在银泰为《芭莎艺术》校园行驻场，参加章子怡《非常完美》的首映。而当得知章子怡这次无法参加慈善夜时，苏芒又决定晚上去丽思卡尔顿请求成龙为慈善夜捧场。她在电话里兴奋地和她的同事说，见了大哥什么也不说，我们就喝酒，先把自己喝死再说！

那一天里，苏芒去的十个地方分别在北京东、西、北三个至少距离

苏芒
发展就是硬道理

一小时车程的地方，苏芒和她的司机必须严格计算好时间，从一个地方准时离开，再开车准时到达下一个地方。

临近黄昏，当苏芒又一次准时回到车里的时候，我和她的助理甚至情不自禁地为她鼓起掌来，赞扬她太棒了。苏芒显得很兴奋，但这却让人一下子觉得这一天忽然成了一个竞赛或者游戏，它绝不是现实生活。苏芒想要赢，这种赢让它变成了一场戏剧。

时尚集团是一个介于国企与民企之间的企业，它的期刊属于旅游局，广告公司则属于私人。两年前薪资调整之前，工资都是接近国企的标准。苏芒有着旺盛的斗志，但她是一个国有企业的职业经理人，她无法用高薪资去驱动她的员工和她一样努力。

这其中一个重要的方法便是动用奢侈品界的免费资源。时尚界充斥着大量全球范围内的品牌邀请。很长一段时间，时尚集团的员工需要去外地出差采访名人时，往往会先看看各种品牌在当地有没有活动，在使用品牌的酒店和机票参加活动的同时，完成他们的拍摄与报道工作。

"苏芒不会守住自己的资源，这跟其他杂志主编完全不一样。"苏芒的一个编辑说，"苏芒觉得我的资源也是你的资源，但是你要通过这个资源去拿更多的资源，带回给《芭莎》。你自己在其中拿了什么东西，她可以睁一只眼闭一只眼。"

与此同时，苏芒还会不断在卷首语和访谈节目中宣传这种工作是全

巨流

世界最好的：每天都穿着漂亮的衣服，与明星打交道，拿着品牌的免费机票去全世界住五星级酒店。"还有比这更好的工作吗？"苏芒反问。

苏芒喜欢把时尚理解为奥林匹克或者体育竞赛："它的指标是绝对的，只有一个标准，没有什么中等时尚、第二时尚，这里面没有任何逻辑，就是做到最好。"苏芒喜欢将自己的顽强追求与她所理解的"时尚精神"结合在一起。这种极致的精神就像她在那些欧洲奢侈品工坊里看到的，"一个印花要印 90 次，一张羊皮必须要经过无数次的鞣制才能产生这种无限的赞叹"。

更富激励性的还有苏芒营造出的一种亲人式的职场关系以及利益共同体。

"对苏芒来说，她确实没有公司化的机制，但是作为年轻人，你跟她工作久了，你可能会离不开她。因为她一直希望你变得更好，所以你离开后会害怕不在这条去往更好的路上，你害怕你已经被取消了资格。"徐宁说。

刚毕业的赵婷婷是苏芒的助理。在一次会议中，苏芒要求刚来到芭莎的赵婷婷能够全部记录下她所说的内容。"你知道她讲话非常快，"赵婷婷说，"第一遍有一半都没有记下来。"苏芒在这时教给赵婷婷了一个方法，她要求赵婷婷用左脑听，右脑指挥手去写。"一定要强制性地记。"苏芒说。"她是我的老板，我可能有那种紧张意识，真的激发了我的潜能，她讲完我就写完了。"

苏芒
发展就是硬道理

还有一次赵婷婷要写一篇编辑选记,她写完已经凌晨两点钟了,发给苏芒时,苏芒立刻回了一句"婷婷写得太好了,进步太大了"。"她还要求其他同事发微博说婷婷加油,一起鼓励我。"

2013年10月14日,苏芒要去参加一个青年励志类节目,当她看到采访提纲里面的几个问题时,已经坐在车上的她变得非常气愤,其中一个问题是:"听说你宁可吃泡面也要买名牌包?"

苏芒认为这些问题并不属实,它们缺乏最基本的调查。她让司机把车停在路边,在电话里,她要求编导修改脚本。"不确认问题让我上台,我会非常尴尬,观众会冷不丁提出这些问题,朴实、执着、勤奋在漂亮行业同样需要。"

随后,苏芒叮嘱自己另一个刚入职的助理要盯紧对方把修改好的提纲发给她看。

"这个时候要看到问题,解决问题,要勇敢有担当,"苏芒对她说,"你可以成为更棒的人,解决它,我用这个事情锻炼你,你明白了吗?我们是一体的,不要担心,你刚刚开始,你还小,我希望你成为更好的人。"

晚饭后,当助理告别时,苏芒在她推门走出包间的那一刻,又对她说:"加油婷婷,你今天表现非常优秀,真的进步了。""我会越来越好的。"助理认真地点头。

巨流

"苏芒注重各种细节,她每天都在想,这个活动应该是什么样,她想出一个新东西就要立刻实现,这是她这么多年能成功的原因。"徐宁说。2012年5月,《芭莎艺术》在香港举办了"艺术之夜",在这个夜晚,英国皇家艺术学院、邓文迪等知名人士、香港藏家都会到场。"这个活动在香港,比在内地操作难度大得多,同时它的规格又很高。工作人员已经非常辛苦。"徐宁说。

就在开幕的前几天,苏芒在同一个酒店里参加了另一个晚宴,与"艺术之夜"更符合国际礼仪的长桌不同,这个晚宴使用了圆桌,苏芒觉得非常完美,她立刻要求全部改方案,改成圆桌。

"市场部的人告诉她第一这要增加预算,第二圆桌本身就比方桌更昂贵。但老板的风格就是让你改就赶紧改。"当得知改成圆桌需要多增加60万元预算时,市场部的人不敢自己面对苏芒,他们叫上了徐宁。

苏芒听到之后一下子就崩溃了,她指责他们:"你们动不动脑子,我去哪儿找60万?第二就说你们什么事都让我想办法,能不能承担点儿责任?"同时哭得非常伤心。

"我认识她七年,第一次看到她这么哭,她以前都是因为感动,比如讲完某个话,或者慈善夜成功结束,但这一次我看到她真的是出自一种绝望和无助。

"当时别的人都走了,我就留下来坐在她面前,当时我也很难过,我不希望我做一个活动让她这么崩溃,因为事实上没有那么大的问题,

苏芒
发展就是硬道理

她就是这样，对每个细节太注重。她问我，刚才她是不是失态了。我说你确实失态了。她说你告诉我为什么会这样。我说老板如果做这一件事让你这么不开心，你为什么要去做呢？我其实想告诉她，她其实很累，很辛苦。

"以前也许没有人这么对她说过，她一下子就冷静了，不哭了。我当时感觉到她被触动。"

但很快，苏芒又回到了她原来的价值观中，在一次中层会上，苏芒跟所有人说徐宁批评了她。"但她不是说我做得不好，而是把这件事当作了一个工作态度，觉得我敢这么去说她，她觉得特别好，她希望每个人都这么做。"这件事被这么说出来之后，徐宁觉得已经不是他们当初所沟通的内容了。

"我觉得这个世界上真正能吸引她的，就是她要做得比别人好，包括这个晚宴。她当时的崩溃也是因为她可能已经在同一个地点参加过一个晚宴，她能看到我们的东西，她已经知道没别人好。"徐宁说。

社交奇观与最顶级的梦

"兰姐，我是芒芒。"苏芒在电话里说，"别生气，我发了短信给您，您没回，我等您不生气再打电话，您了解我的，那两个人我塞不进去。"在这年慈善夜，俏江南的老板张兰希望苏芒能把她的两个朋友安排在自己的旁边，苏芒发现张兰坐的主桌上已经没有足够的位置。"但我不会让他们离您太远，您自己好好的，我亲亲您，您知道我心

巨流

细如发，您和我是亲人一样的感情。"

当谈到苏芒与其他主编对待名人的不同态度时，李冰清讲了一个故事："现在很多杂志都说要推本土时装力量，但苏芒的做法和其他人都不一样。"邱昊是中国第一个获得羊毛标志大奖的设计师，当得知邱昊获奖之后，苏芒第一时间跑去上海表达祝贺，更关键的是，她会亲自带着陈鲁豫等明星朋友去他的店里买他的东西。"其他主编更多的会先看，看你发展到什么程度，其实她们的态度还是为什么你不先来找我。"

在名流面前，苏芒绝对主动。苏芒常常把男性名人、富豪称为"哥哥"或"很好很好的朋友"。"我们都是很多很多年很好很好的朋友。"她说。女性名人则被她称为"姐妹"，"冰冰是我的姐妹"——两个冰冰都是。而她们则会亲密地称苏芒为"芒芒"。

当谈到苏芒与当时很多时尚行业从业人员的不同时，参与了《时尚芭莎》创刊的执行主编沙小荔回忆："当时作为时装编辑，我们喜欢那些长得有特点的女孩，她们在片子中造型感和时尚感更强。"在那时，吕燕是中国最知名的模特，很大程度上因为她受到了法国人的认可，但苏芒明白，这种形象并不符合中国大众的审美。"苏芒要的就是漂亮。"沙小荔说。在一个一开始严重受到外国规则影响的小圈子里，苏芒更希望取得的是中国大众的认可，去迎合他们，再获取影响力。这让苏芒很快改变了全球 BAZAAR 的策略，作为一个时装杂志，她不再使用那些模特，而是使用在中国人眼中更具辨识度与作为浮华生活代表的娱乐明星。

苏芒
发展就是硬道理

拍摄时装片需要那些最新单品,但在《时尚芭莎》创刊的年代,时尚品牌并不会把非常好的单品放在内地,它们大多选在香港。这就导致在一开始大部分时尚杂志都只能拍摄香港艺人,那里有更全面的奢侈品货源。

但苏芒很快改变了这一切,她坚持让内地明星上时尚杂志的封面,这对中国时尚杂志而言是第一次。而在一个品牌资源与明星资源并没有充分交融的时代,苏芒无疑起到了重要的作用,她把明星介绍给品牌高层,促成他们的合作。在这个过程中,苏芒受到了明星们的拥戴。

这种主动姿态造就苏芒今天的社交奇观,苏芒号称自己是最早看好章子怡和曾梵志的时尚杂志女主编。在很早的时候,她便预感到了他们的成功,随后,她和他们成了亲密的朋友。

同时,苏芒还是第一个给邓文迪杂志封面与正面报道的时尚杂志女主编。在 2008 年,邓文迪正准备全面在中国推广社交网站 Myspace 时,她的办公室就租在苏芒的楼上。当邓文迪非常不满地控诉张朝阳的搜狐如何以猎奇和反讽的语言描写自己时,苏芒则亲自在杂志上撰文肯定了邓文迪的不凡。在那一年的慈善夜,邓文迪不但亲自参加,拍到了全场最贵的一幅艺术品——周春芽的《桃花》,还为苏芒带来了英国前首相布莱尔。

苏芒推崇成龙告诉自己的一句话。当成龙开始他的国际巨星之路时,他的一个师父告诉他,永远只能当一个好人,一个英雄,一个代表

巨流

正确价值观的人。当李连杰试图通过演绎阴暗角色在电影表演上获得突破时，成龙忠诚地把这句话贯穿到了他的电影角色中、为人处事里以及和政府的关系上。

苏芒的杂志以能搞定众多名人封面闻名，不过，她对名人报道的方法却也注定无法令她真正赢得尊重，那完全是奉承和安全的。2008年，当《芭莎男士》的主编认为也许李宁将会是点燃火炬的人时，苏芒决定邀请李宁登上8月刊的封面。但当时，李宁已经很久没有接受采访。为了说服李宁，苏芒想到一个办法，她先让她的编辑洋洋洒洒地写了一篇通篇赞美李宁的文章发给了李宁本人，告诉李宁他们将刊登这篇文章，一篇没有对李宁进行过任何采访和接触的文章，请李宁对所有采访与拍摄完全放心。

这种影响力与日积月累的名流资源终于在2008年得以爆发。在那一年，苏芒与她的市场部总监景璐每天等在奥组委门口，最终拿到了在奥运期间申办活动的资格。"其实这个资格并没什么了不起，但在奥运会举办之前，有一场演唱会发生了塌台事故，这使得主管单位把一切活动都禁止了。"苏芒回忆。

2008年，这场少有的在奥运期间举办的非官方活动星光熠熠。除了奥组委的官员、众多明星，奥运会更多为她带来的是邓文迪、布莱尔等国际级名人，使得芭莎慈善夜一时为整个中国所知。

随后的两年里，苏芒继续把她的活动与国家大事紧密结合在一起。2009年，她把慈善夜放在了中华人民共和国成立60周年期间长安

苏芒
发展就是硬道理

街一家顶级酒店里,2010 年则在上海世博园内。这三年成为"芭莎"这个品牌收获巨大知名度的三年。

"这是她能成功的一个很重要的原因,"芭莎的市场总监景璐说,"她想的不只是这能卖多少钱,更重要的是能产生多大影响力,她不是一个专门做杂志的杂志人,而更像一个政治家。"

除了杂志之外,苏芒的扩张还体现在实业上。当苏芒发现《时尚芭莎》的价值观能够真实影响中国富人阶层时,销售出身的她开始羡慕那些阿斯顿·马丁或者宾利的代理商,他们卖出去的是一个真正昂贵的商品,苏芒和她的名流圈也许能影响富人阶层的购买能力,也让他们向往,但她的商品只是一本 20 元的杂志。

因此,在《芭莎男士》之后,苏芒创造了《芭莎珠宝》,相比而言,这是一个更加类似产品册的东西。"就像男人愿意看汽车杂志一样,女人也应该对珠宝充满向往。"苏芒说。

而更有创造力的是,这本杂志的团队还创造了一个叫"百媛会"的组织。"她们选择了一百个有购买能力的女性加入这个组织,和苏芒共享她们的圈子。百媛会带着这些女性进行购买,实行严格的排名制度与人数控制。如果有人想进入,那么最后一位将被淘汰。"一位重庆时尚发布中心的负责人说,他们曾通过《时尚芭莎》邀请这些名媛来重庆做过活动。不过,这个组织也仅仅停留在概念层面,一个在《芭莎珠宝》工作过的人说,事实上,在《芭莎珠宝》成立的三年里,它只卖出过屈指可数的珠宝。除此之外,苏芒还做过两档

巨流

电视节目,这两档节目的名字同样极具苏芒本人特色,它们是——《芭莎绝对时尚》和《芭莎必须时尚》。

在欧美,时尚杂志的产生与时装设计师、专业模特、时装评论、灵感缪斯等时装工业的相关部分相伴产生,根植于时装工业,时尚杂志起到了设计师推荐、时装教育、购买指南,以及潮流判断等专业作用。

但如同所有在中国取得成就的企业家一样,苏芒在创刊初始便依靠一个在落后境遇渴望成功的人的欲望洞悉了中国。作为美好物质的载体,时尚杂志在这个国家的意义将与在欧美截然不同。

"刚创刊时,我更多地把《时尚芭莎》理解为一类视觉杂志,但苏芒不同,苏芒喜欢在精神与价值观的层面去解释它。"《时尚芭莎》的执行主编沙小荔回忆。

苏芒天然明白,在 20 世纪 90 年代初的中国,当国门再次打开时,时尚杂志远比时装产业的其他部分更早地登场了。在它们诞生时,中国甚至没有那些真正的设计师、模特以及规范的时装教育。相较于更复杂的设计师文化、模特与国民的时装品味而言,时装杂志无疑更容易出现。

在一个时装工业没有成形的时代,时尚杂志在一个发展中国家代表的更多的是一种对现代化的梦想或者欲望,一种关于浮华生活与奋斗的期待。苏芒忠实于自己的欲望,她更多以自己的欲望而不是以

苏芒
发展就是硬道理

时装去理解时尚杂志。因此，在《时尚芭莎》上，你能看到那些在国外时尚杂志上无法看到或者并不重要的气质与内容被刺眼地放大了，它们是励志故事、商界女性、金钱崇拜，甚至是国学或者平面电影。苏芒决定让更有影响力的明星而不是超模登上这本杂志的封面，比起时装本身，《时尚芭莎》更多在中国幻化成为一种价值观的产物。

虽然《时尚芭莎》是一本时装杂志，但苏芒首先强调的是这本杂志的文字而不是图片。"这是它成功的开始，它的文字是基于这本杂志价值观的体现。"

正如《纽约时报》所总结，《时尚芭莎》真正乐于讲述的是这些女性的"成功"，用苏芒的话说，"写的是她们的奋斗，而不只是她们的成就"。2008年7月，邓文迪接受了苏芒的访问并登上杂志封面，苏芒在文章最后写道："这就是我们认识的邓文迪，一个丝毫没有被财富惯坏的女人。"2012年7月刊，在李冰冰的封面故事中她写道："人生是竞赛，我想赢，我要赢，我要努力做冠军。"

"因为我一点儿都不虚伪。我觉得如果你想过美好的生活，但你不追求个人成功只想靠不正当的方式，我不愿意这样去号召，给你描述只要嫁了一个白马王子就可以过上幸福生活这样一个虚幻的东西。我认为你想过好生活不要寄希望于别人，唯一的办法就是获得成功，而且人只有短短的一生，别人能行你也能行，"苏芒这么解释她所支持的成功学，"如果这个时候你还有爱情那当然更好。"

巨流

在这个过程中,苏芒也渐渐确立了这本杂志拍摄明星的风格。"我们慢慢地开始为明星的包装建立起一些自己的特性,那就是这个人要有很强势的感觉,那个时候就是要很有劲、很强势,要很美。"沙小荔说。

刚到《时尚芭莎》时,李冰清的片子总是被毙,一个资深的编辑告诉她,很简单,你只要把人物的头、脖子和腰椎拍在一条直线上,这就过了。"她的框架是她觉得女人一定要端庄。端庄的标准是什么呢?大礼服、盘头、站姿或者坐姿要笔挺笔挺的,光要非常明亮,非常有富丽堂皇的感觉。"

而《时尚芭莎》第一次出现让苏芒真正满意的封面是 2004 年纪念刊的章子怡。"这组整体都很好,整个人的状态应该是美艳的,但绝不取悦于别人,没笑,不再靠过分的妆容,几乎是光靠人物状态。"那一次,苏芒先是仔细地跟摄影和化妆沟通,又跟章子怡本人沟通,就连"整个影棚里放的音乐也是有沟通的"。苏芒说:"我们那种感觉想象的是安娜·卡列尼娜。"

芭莎美学除了端庄之外还体现一种极端。苏芒喜欢强调"接地气",而不是一味按照西方的规则,中国时尚杂志圈常把这种极端归结为中国富人阶层的穿戴对苏芒的启发。"有一次,她的时装编辑看到一个温州富婆十个手指戴着十个戒指,她们认为中国富人喜欢这种表达,这很快得到了苏芒的认可,也被很好地执行了下去。"一个视觉编辑说。在《时尚芭莎》的美容片里,这种极致与物质更是被表现得淋漓尽致。同时负责珠宝与美容的美容总监董刚创造了一种把珠

苏芒
发展就是硬道理

宝镶嵌在模特的脸上，配合妆容效果的美容大片，它更多的是展示炫耀的美而不是实用性。

某种意义上，按照"中国特色"做事情的苏芒也从不在乎什么西方时装规则和专业性，这常常让她的编辑很是苦恼。

2013年10月9日，苏芒和她的团队在宋庄一处摄影棚里拍摄章子怡，时装编辑为这次封面选择了全部的"高级定制"。

苏芒让她的工作人员把这些衣服一件件拿到化妆间里，她把它们依次在章子怡面前打开，等待章子怡的意见。章子怡对其中的一件表示出了反对，她觉得那一件太隆重了。苏芒带着章子怡的意见来到了楼下，她要求时装编辑用一件成衣去换掉这一套"高级定制"。

"那个不行，高定和成衣不能出现在同一套片子里。"时装编辑抗议。"你看Dior给你的，那倒是高定，跟工作服似的，为什么Dior的高定做成那个样子呢？它叫它高定就是高定？谁也不能绑架了我们，不用拘泥这个。"苏芒有些生气了，"我要的是好看的封面，不是runway（走秀台），衣服好看最重要，效果最重要。"

"这很不professional（专业），"苏芒离开之后，时装编辑抱怨道，"这种做法就像把贫民窟的生活与上流社会混为一谈。"

在中国，《VOGUE服饰与美容》和《时尚芭莎》常常被看作是两本最顶级的女性时尚刊物，然而，在专业性上，中国版的VOGUE与

巨流

《时尚芭莎》截然不同。

除了每年的纪念刊会选择多人构图或者礼服外，中国版 VOGUE 的封面大多是一个模特穿着一个单一准确的设计站在一个单色背景中，凸显时装和设计本身。而《时尚芭莎》的封面则完全像是一个奢华的电影或者戏剧，几乎每期都是在日常生活中完全无法见到的盛装场面。

当 VOGUE 刚刚来到中国时，苏芒曾经在卷首语暗讽这是一个没有价值取向的产品，她认为时尚杂志应该是传递伟大精神的，代表最顶级的梦。她不明白，只会使用超模作为封面的杂志为什么要称自己是顶级的，那些超模根本不能代表时代精神或者中国梦。

不过，自 2012 年开始，全球的时尚杂志集团都在积极应对新媒体化，苏芒的观点或将被改变。康泰纳仕的大部分媒体已经将发行工作交给了亚马逊，而随着亚马逊开始涉足奢侈品电商，时尚杂志将变得更加专业、实际以及强调推荐作用：人们可以直接通过 iPad 上时尚杂志的介绍链接到电商上完成购买。在进入中国前八年时间里，伴随着时装业的完善，严格在时装专业规则之内做事的《VOGUE 服饰与美容》利用单纯的背景和明确的设计起到了教育初级市场什么是真正的设计的作用，在向实用化转型的过程中，这种被苏芒认为不够炫耀性的做法或许是更专业和更正确的。

发展就是硬道理

2012年，《时尚芭莎》的明星编辑唐宜青前往美国读书，第二年暑假回来的第二天，她去苏芒的办公室探望了她。苏芒问她的第一个问题就是你在那边学到了什么。唐宜青和苏芒描述了她在那边的见闻："我非常清楚地看到在美国的校园里所有人都拿着一个笔记本，没有人拿着杂志在看，他们从网络上获取时尚信息。"

"其实我离开杂志社的一个初衷就是我认为新媒体是接下来一个大的趋势和方向，美国的经历证实了我的判断。"

在一开始，苏芒的反应非常排斥。"她说现在新媒体有赢利的吗？等谁赢利了我赶快去做不就行了。我当时没有说话，我是回来和大家叙旧聊天，分享这么长时间的心得，之后我就回去休息了。"

半个月后，唐宜青突然接到苏芒的微信，让她回电话。"她特别直接地问了我两个问题，第一是你什么时候完全毕业回来，第二问我新媒体怎么做。我很吃惊，我的第一反应是说你不是不做新媒体吗？她说做啊，我没想明白我当然不做，如果我想明白了我当然做。"

见面之后，唐宜青按照她的思路告诉苏芒利用《时尚芭莎》现在的资源可能能做什么，未来能做什么。"她就一直在听，她就说特别好特别好。我也很震惊，因为我发现你跟她说的这个东西她不再抗拒了。芭莎整个就是一个奇迹发生的地方。"唐宜青说。她至今记得第一次去《时尚芭莎》面试时的情形："他们看到我的简历，就跟我说

巨流

我觉得你特别适合我们,我当时还没有提问题。"同时,看中唐宜青的还有《芭莎男士》。"见完之后中午就跟《芭莎男士》和《时尚芭莎》的人一起吃饭,他俩就在饭桌上抢我,他们说你来我这儿,你来我这儿,这个地方怎么这么奇特?"

让唐宜青做出决定是在见到苏芒之后。"她那天穿了一个大的 V 领裙子,半隐半透地看到她的胸,然后她就突然特别热情地伸出手来跟我握手说,从今以后我们就是一家人了,荣辱与共。我当时想我不是来面试的吗?"随后,苏芒开始和唐宜青讲述自己的理想,"讲我们的杂志是什么样的,她想做一个最好的杂志,如果我来做应该做某一个领域最好的编辑"。

"有一段时间我想要逃开这种东西。"唐宜青说。2012 年,唐宜青选择了留学。"但我在美国待了一年,我发现我逃不开那个东西,芭莎包括苏芒依然是非常大非常大的一个精神上的东西,我去掉不了这种气质。"

在与苏芒见过两次面之后,苏芒带着唐宜青见了时尚集团总裁刘江。"她就特别激动,坐在那儿跟刘总说我们要做一个什么什么事,她让刘总相信她,她做的东西从来没有赔过钱。"随后,刘总同意唐宜青和苏芒成立一个公司,专门做新媒体产品。唐宜青暂停了她的留学计划,回到《时尚芭莎》。"我真正决定留下来就是那天,之前我还没有下百分百的决心。"

"有时候我特别烦她,她原来特别爱周末半夜给你发一个关于事业的

苏芒
发展就是硬道理

奋斗的或者某一个创业的微信或者短信,就觉得很烦。因为那个时候你在休息或者你处在休假状态,那是你的老板发过来的,你会很紧张。"

不过,在做了老板之后,唐宜青越发地敬佩苏芒,她发现自己更能理解苏芒了。"我原来觉得她身上有些不可理喻的地方,但是我现在也会这样干,并且我开始做老板后会发现她身上承担的东西很多。她是一个很有担当的人,并且她会鼓励手下、保护手下、表扬手下,去激发别人的创造力,并不是拿威权。她没有上下级的概念,她跟你说这个事她觉得不对就是不对。她说事的时候会很强势,但是做人的时候她没有那么地强势,我们出去吃饭甚至都是她在夹菜。"

在一个新的时代,苏芒仍然相信她的果敢、直觉、执行力。

慈善夜到了,一个珠宝商人正在往苏芒的脖子上挂两串自己家的项链产品,他们希望这两条项链能够随着苏芒的照片一起在第二天登上各大媒体。第二天,时尚集团的另一本杂志编辑正在津津乐道地讨论苏芒身上那一天究竟有多少赞助商的产品。"她一共挂了两串项链和四个手镯。"其中一个女编辑说。

在那个晚上,《印象民乐》的导演王潮歌将苏芒和她一直以来的慈善夜伙伴融入了一出类似于舞台剧的场景中,他们将伴随音乐在这个舞台剧里扮演他们自己,情绪化地向在座的嘉宾诉说自己这十一年来的慈善故事。当听到她的两个在《时尚芭莎》做了十年以上的同事回忆艰难往事时,苏芒泣不成声。

巨流

当总结自己的成就时，苏芒说："我是一个非常努力的人，做事非常注重行动力和效率，最重要的是把一件事做成的能力，大大超越只停留在那里的想象与评估，要勇敢。"

2013年9月29日，一辆奔驰开往清华大学，苏芒和她的女儿坐在车的后座，她要陪她一起去看贾斯汀·比伯的演唱会，那是当时那个15岁小女孩喜欢的男歌手。

苏芒手里拿着装有演唱会门票的信封，当打开这个信封时，她的女儿兴奋地叫了起来。"妈妈，是第二排！"她说。

"真的吗？宝贝！太棒了！"苏芒说，"你到时候可以跑到台上，和比伯一起跳舞，妈妈在下面用手机给你拍照，传到YouTube上你就红了！"

"妈妈，这会毁了我和比伯的事业的！"

"你想出名吗？想出名就要付出，你踩着第一排的肩一下子就到舞台上了。"之前，这个女孩告诉过她的母亲长大想当演员。

"想出名也不能用这种方式。"女孩反驳。听到这句话时，苏芒沉默了。

即便危机重重，但在当年10月，《时尚芭莎》纪念刊的广告额也已经超过4000万元。因业绩优秀，在BAZAAR的全球表彰大会上，赫斯特集团国际杂志总裁兼CEO邓肯·爱德华要求苏芒第一个上台

苏芒
发展就是硬道理

发言。他希望她能为全球 BAZAAR 主编介绍自己的成功经验。

在传统媒体危机重重的时刻,苏芒用她一贯充满自信、热情与积极的态度把一句中国名言当作演讲主题分享给了女魔头们:发展就是硬道理。她告诉她们,这句话来自她的祖国,来自一个社会主义国家的领导人邓小平。

苏芒

1971 10 出生于济南

1979 03 法国设计师皮尔·卡丹携12位外籍服装模特抵京，后在北京民族文化宫举办了一场时装秀

1980
- 01 央视译制引进美国科幻连续剧《大西洋底来的人》，主人公佩戴的"麦克镜"（也称蛤蟆镜）风行一时
- — 中国轻工业出版社出版发行了杂志《现代服装》
- 02 由对外贸易部主管、对外贸易出版社出版发行的杂志《时装》创刊
- 09 上海时装公司组成了新中国历史上第一支"服装表演队"

1983
- 02 中国中央电视台第一届春节联欢晚会直播
- 05 上海的时装表演队前往中南海演出，获得时任国务院领导接见。表演队"在京46天、表演50场"，受到轻工业部"勇于改革，推陈出新"的表彰
- 11 17日，《中国青年报》刊登文章《污染必须清除，生活要美化》，提出"青年们穿得漂亮一点、吃得丰富一点、玩得愉快一点，不应受到非议"，"近几年来，人们特别是青年衣服的花样、款式多起来了，这是好事"
- 12 1日，实行了30年的布票正式取消

1984
- 07 许海峰夺得第二十三届奥运会第一枚金牌，实现中国奥运史上金牌"零"的突破
- 12 长影出品的电影《街上流行红裙子》上映，引发了红裙子热

1985
- 01 由纺织工业部、中国服装研究设计中心主办的杂志《中国服装》，上海科学技术出版社主办的杂志《上海服饰》创刊
- 05 "Yves Saint Laurent（伊夫·圣罗兰）25周年作品回顾展"在中国美术馆开幕
- 07 皮尔·卡丹邀请12名中国模特到巴黎表演，引起轰动

1986 09 入学中国音乐学院古筝专业

1988 10 法国桦榭媒体集团进入中国市场，与上海译文出版社合作创办中文版《ELLE世界时装之苑》，成为进入中国的第一本国际时尚杂志

1989 11 首届新丝路中国模特大赛举办

1990
- 09 第11届亚洲运动会在北京举行
- 10 中国第一家麦当劳餐厅在深圳开业

1991
- 06 从中国音乐学院毕业
- 意大利品牌 Zegna 在北京王府饭店开设了中国大陆第一家专卖店，是第一家国际奢侈品牌在中国大陆的直营店

1992
- 邓小平南方谈话
- 06 中共中央、国务院做出《关于加快发展第三产业的决定》
- LV 在北京王府饭店开设中国第一家专卖店

1993
- 03 首届中国国际服装服饰博览会（CHIC）开幕
- 08 刘江和吴泓创立《时尚》杂志，发行创刊号

1994
- 加入《时尚》杂志社
- 01 华谊兄弟电影公司成立
- 上海美美百货开业，是中国大陆第一家经营国际顶级时装品牌的百货商场，Ralph Lauren、Versace 等品牌也在锦江饭店附近开了专营店

1995
- 03 上海市推出上海国际服装文化节
- 05 全国开始实行每周五天工作制
- 09 轻工业出版社与日本 Ray 杂志合作版权，杂志《瑞丽服饰美容》创刊

1996
- 在《时尚》杂志做广告销售
- 08 《时尚》杂志在国际饭店举行了"时尚之夜"大型招待会，开启了时尚 party 的先例

1997
- 在《时尚》负责广告经营业务和部分编辑工作
- 07 香港回归
- 09 《时尚》杂志与 IDG（美国国际数据集团）正式合资成立北京时之尚广告有限责任公司
- 12 第一届中国时装周在北京拉开帷幕
- 赴美培训，见到了国际时尚杂志 Cosmopolitan 终身主编海伦·格莉·布朗

1998
- 04 《时尚》与赫斯特旗下刊物 Cosmopolitan 进行版权合作，出版《时尚 Cosmo》
- 08 《时尚》创刊五周年"时尚之夜"在长安俱乐部举行

1999
- 05 《时尚》与 Esquire 杂志版权合作推出《时尚先生》
- 12 澳门回归

2000

- 01 百度成立
- 02 国家旅游局将时尚杂志社升格为正司级单位
- 04 中国移动成立
- 06 "时尚"已注册20个相关域名
- 07 创办《时尚健康》杂志,成为时尚集团第一任执行出版人

2001

- 07 北京赢得2008年奥运会的主办权
- 10 亚太经济合作组织（APEC）领导人非正式会议首次在中国举办
- 与历史悠久的时尚杂志 Harper's BAZAAR 合作,创刊《时尚芭莎》杂志,开始担任该杂志执行出版人与主编
- 12 中国正式加入世界贸易组织（WTO）

2002

- 05 中国电信、中国网通正式成立
- 08 《时尚健康》《男士健康》专刊正式启动
- 12 上海赢得2010年世博会主办权

2003

- 03 世界卫生组织（WHO）发布SARS全球警报
- 05 淘宝网诞生
- 07 发起第一届"BAZAAR明星慈善夜",主题为"慈善,到底是谁需要谁?",为北京红十字会非典救助筹款16.5万元
- 10 中国首次成功发射载人宇宙飞船"神舟五号"

2004

- 01 《时装》杂志与法国著名时装杂志 L'Officiel 合作推出《L'Officiel 时装》
- 04 时尚杂志社与FHM合作《男人装》杂志上市
- 06 第二届"BAZAAR明星慈善夜"——"让慈善成为时尚",为中国妇女发展基金会"西部母亲健康快车"工程筹款68万元
- 《外商投资商业领域管理办法》正式实施,外资品牌不再受开设连锁专卖店的限制；奢侈品牌纷纷抛弃贸易公司、托管公司,开始自主扩张
- 12 《时尚芭莎》圣诞活动在上海举行,推出了新创刊杂志《芭莎男士》

2005

- 07 第三届"BAZAAR明星慈善夜"——"让慈善成为习惯",为北京市慈善协会贫困中学生助学项目筹款172万元
- 08 康泰纳仕集团旗下杂志 Vogue 登陆中国
- 09 杜鹃成为首位登上 Vogue 巴黎版封面的亚洲面孔,并为LV、YSL等国际一线品牌拍摄广告
- 10 世界海拔最高的青藏铁路全线贯通

2006

- 在时尚集团的安排下,前往长江商学院读 EMBA
- 05 三峡大坝全线建成
- 08 IDG 和时尚传媒集团成立"YOKA 时尚网"
- 09 第四届"BAZAAR 明星慈善夜"——"让慈善改变命运",为联合国儿童基金会"奥迪童梦圆"西部小学建设项目筹款 351.8 万元
- 时尚集团全体员工入驻时尚大厦
- 世界奢侈品市场占有率调查显示,中国占到 12%,仅次于日本、美国

2007

- 01 时尚集团与科特柯旗下《罗博报告》签订版权合作协议
- 04 中国成功发射第一颗北斗导航卫星(M1)
- 全国铁路进行第 6 次大提速,铁路客运速度达到 200km/h
- 05 《时尚芭莎》通过中华慈善总会向民政部提交"中华慈善日"倡议书
- 08 世界田径锦标赛上,刘翔获得 110 米栏冠军,成为集奥运会冠军、世锦赛冠军、世界纪录保持者于一身的第一人
- 09 第五届"BAZAAR 明星慈善夜"——"让慈善创造梦想",为中华慈善总会慈爱孤儿项目筹款 753.8 万元
- 10 中国自行研制的"嫦娥一号"探月飞船成功发射升空

2008

- 03 北京奥运会圣火在希腊成功点燃
- 参与录制的《鲁豫有约》播出,因秋裤相关言论引发争议
- 05 成为奥运火炬手,参与三亚站火炬传递
- 汶川地震
- 07 洪晃开始担任《世界都市 iLOOK》杂志主编,将焦点转向中国本土设计师
- 08 北京奥运会举行,中国共夺得 51 块奥运金牌,居金牌榜榜首,为历史之最
- 英国前首相托尼·布莱尔到访时尚大厦,并接受《芭莎男士》采访
- 第六届"BAZAAR 明星慈善夜"——"让慈善成为行动",为中国红十字会、李连杰壹基金的汶川地震灾后重建及慈善推广事业筹款 1252 万元
- 09 全球金融危机爆发

2009

- 02 创办《芭莎珠宝》杂志
- 06 与旅游卫视合作推出节目《BAZAAR 必须时尚》
- 07 国务院出台《文化产业振兴规划》
- 08 新浪推出"新浪微博"内测版
- 《时尚》创始人之一、《时尚》杂志社社长兼总编辑、时尚传媒集团总裁吴泓因病去世
- 09 邵忠创立的现代传播集团登陆香港联交所,成为中国内地首家登陆资本市场的民营传媒公司
- 第七届"BAZAAR 明星慈善夜"——"让慈善成为力量",为北京成龙慈善基金会用于贫困大病儿童的救治工作筹款 3100 万元
- 10 中华人民共和国成立 60 周年

2010

- 01 铁道部宣布中国高速铁路运营总里程跃居世界第一位
- 苹果推出 iPad
- 04 青海省玉树藏族自治州玉树县发生 7.1 级地震
- 《iWeekly 周末画报》iPhone 版本发布,成为第一个中文媒体应用程序,同年 11 月发布 iPad 版本
- 雅诗兰黛宣布由刘雯担任其品牌新一任模特,她成为首个雅诗兰黛亚洲面孔
- 向来挑剔的 LV 在上海淮海路和浦东陆家嘴金融区开设了旗舰店
- 第八届"BAZAAR 明星慈善夜"——"世博情中国心",为中华社会救助基金会用于西南旱灾、青海地震和贫困地区的环保公益项目筹款 1882.8 万元
- 2010 年上海世博会在上海世博文化中心开幕
- 美国 Vogue 杂志登陆 iPad 平台,首期发行量达 10 万份,后平均每期发行量达 80 万份
- 12 被任命为时尚集团出版副总裁

2011

- 01 《芭莎艺术》创刊
- 腾讯推出"微信"
- 02 《时尚芭莎》2010 年 10 月纪念刊封面在赫斯特全球主编大会上被评为全球最佳封面
- 中国国内生产总值首次超越日本,成为全球第二大经济体
- 09 第九届"BAZAAR 明星慈善夜"——"让慈善成为希望",为中华少年儿童慈善救助基金会回家的希望项目等筹款 3263 万元
- 出版书籍《时尚的江湖》
- 12 根据世界奢侈品协会官方报告,中国奢侈品市场年消费总额已经达到 126 亿美元,占全球份额的 28%,中国成为最大的奢侈品消费国家

2012

- 04 亚洲人气天团 EXO 出道
- 07 2012 年"BAZAAR 芭莎慈善夜"发布会举行,宣布成立"BAZAAR 芭莎明星慈善夜"组委会,成龙、李亚鹏、王中磊等人以组委会成员身份出席
- 09 第十届"BAZAAR 明星慈善夜"——"让慈善影响中国",为北京成龙慈善基金会贫困儿童大病救治项目等筹款 4673.5 万元
- 根据胡润报告,中国总财富超过千万人民币的人士首破百万,达到 102 万,较上年增长 6.3%
- 贝恩公司报告显示,中国奢侈品市场增长率降至 7%

2013

- 01 中国中东部出现大范围雾霾天气,PM2.5 濒临"爆表"
- 03 贝恩公司报告显示,中国奢侈品市场增长率降至 2%
- 04 获得由国家民政部颁发的中华慈善奖"最具爱心慈善楷模"奖
- 06 全国报刊广告刊登额为 470.13 亿元,同比下滑 2.54%;现代传播集团 2013 年上半年净利润同比下滑 78%
- 10 第十一届"BAZAAR 明星慈善夜"——"1+1 中国梦心启航",为中华思源工程扶贫基金会芭莎公益慈善基金"思源救护"项目筹款 5722.2 万元
- 11 北京和张家口宣布联合申办 2022 年冬奥会
- 12 获颁"CCTV 年度慈善人物"
- 北京芭莎星力文化传媒有限公司(即芭莎娱乐)成立

- 工信部向三大运营商正式发放 4G 牌照
- 北京各报刊亭营业额均再创新低，较 2012 年下滑超过 50%

2014

- 01 升任集团总裁，掌管传媒板块业务
- 南方报业传媒集团旗下《风尚周报》宣布停刊
- 08 香港潮流文化杂志 YES！停发印刷版
- 09 与浙江卫视《中国梦想秀》合作第十二届"BAZAAR 明星慈善夜"——"慈善因你而改变"，为中华思源扶贫基金会思源芭莎贫困县/乡卫生院救护车项目等筹款 5131 万元
- 11 《Oggi 今日风采》、赫斯特中国旗下《心理月刊 Psychologies》停刊
- 12 中国第一本时尚周刊《风尚志》停刊（后改为月刊复出）

2015

- 02 吴亦凡携徐静蕾登上《时尚芭莎》封面
- 鹿晗登上《ELLE 世界时装之苑》封面
- 《费加罗》中国版停刊
- 04 被任命为聚美优品独立董事
- 07 吴亦凡登上《Vogue 服饰与美容》封面
- 09 与浙江卫视《中国梦想秀》合作第十三届"BAZAAR 明星慈善夜"——"慈善无憾，为你而战"，为"为爱加速"思源芭莎贫困县救护车项目筹款 4170 万元
- 11 参加录制节目《燃烧吧少年！》
- 12 《瑞丽·时尚先锋》宣布将停发印刷版
- 《外滩画报》被证实即将停刊
- 根据梅花网《2015 年全国报刊广告投放报告》显示，时尚杂志遭遇最为严重的业绩下滑，2015 年平面硬广的总体投放量和估计刊例值分别同比下滑 37.0% 和 34.4% 左右

2016

- 07 《芭莎艺术》停刊
- 09 第十四届"BAZAAR 明星慈善夜"——"慈善争锋，为爱联盟"，为"为爱加速"思源芭莎贫困县救护车项目筹款 7526.1 万元

2017

- 01 赫斯特集团旗下《伊周 FEMINA》停刊
- 06 "时尚芭莎"和"时尚 COSMO"公众号成为第二季度时尚媒体榜单冠亚军
- 微信关闭 30 个违规公众账号，其中包括"芭莎娱乐"
- 09 第十五届"BAZAAR 明星慈善夜"——"慈善精神，为爱永存"，为"为爱加速"思源芭莎自治区救护车项目筹款 10279.4 万元
- 12 中国网民规模达到 7.72 亿
- 康泰纳仕中国旗下《悦己 SELF》宣布停刊，只保留微信公众号
- 中国内地奢侈品市场实现 20% 的增速，中国成为全球唯一一个奢侈品市场份额增长的地区

2018

- 03 — 辞去时尚集团总裁职务
- 05 — 从时尚集团离职
- 艾瑞与微博联合发布《2018中国网红经济发展洞察报告》称，截至2018年5月，国内时尚 KOL 粉丝总人数达到 5.88 亿人，同比增长 25%
- 安迪·沃霍尔创办的美国知名杂志 Interview 破产停刊
- 07 — 《时尚芭莎》电子刊正式发行，封面是网剧《镇魂》的两位主角朱一龙和白宇，首刊三日购买量突破 41 万，访问量突破 900 万
- 09 — 第十六届"BAZAAR 明星慈善夜"——"凝聚爱心，美育未来"，为"芭莎·课后一小时"公益项目筹款 3089.6 万元

2019

- 03 — 时尚集团创始人刘江突发疾病去世
- 苏芒出席刘江遗体告别仪式，现场痛哭并发文悼念
- 04 — 苏芒成立潮乐（天津）管理咨询有限公司
- 美国时尚杂志 V Magazine 推出了中文电子刊，首刊封面人物是易烊千玺
- 06 — Prada（普拉达）宣布蔡徐坤加入代言人阵容
- 07 — 《华尔街日报》同栩栩华生合作推出《出色 WSJ. MEN'S STYLE CHINA》杂志，首刊封面人物为运动员马龙
- 09 — 英国时尚杂志 DAZED 同 YOHO! 集团合作，发布《DAZED 青春》，首刊封面为中、英、韩三国青年：窦靖童、章宇、阿德娃·阿波阿（Adwoa Aboah）、刘亚仁
- 第十七届"BAZAAR 明星慈善夜"——"美育未来，慈善同行"，为"芭莎·课后一小时"公益项目筹款 2472 万元
- 10 — 中华人民共和国成立 70 周年大庆

2020

- 01 — 《时尚芭莎》不再延续每月两期纸刊的传统，将其中的一期转变为依托手机端购买阅读的电子刊 mini BAZAAR，一期售价 12 元，全年 12 期售价 78 元
- 03 — 成立长兴青芒商务信息咨询工作室

李冰冰、李雪

李冰冰、李雪
搏命姐妹

无论是尽职尽责的品牌代言,还是勤奋自虐的电影表演,李冰冰始终是中国娱乐圈里公认的"好人",而她的妹妹李雪则是这个"好人"背后真正的"强人"。

在中国式"好人"与"强人"的标签背后,李冰冰从未像其他一线女演员那样拥有过可以让她一夜成名的角色,她的成名路遇到的更多是付出、屈辱与伤害。

但在另一层面,这种性格的塑形也存在于两姐妹中国式的成长经历中。成绩决定一切的教育体制,塑造了受挫者的不安全感、恐惧以及对他人的过度在意,也成就了受宠者的自信、强大以及对规则游刃有余的深刻理解。这两种人格既截然不同又都指向了对于赢的渴望。

一个永远充满不安全感的人

约定日子的 11 点,李冰冰分秒不差地来到我所在杂志的拍摄现场。她穿着羽绒服,戴着大墨镜,小脸,素颜。也许因为时差问题,她显得疲惫而精神欠佳,简单打完招呼就钻进了化妆间。与李冰冰截然不同的是,她的妹妹李雪是一个精力丰沛、精神饱满的人。当她对你笑的时候,你很容易能从这位当年希望去《焦点访谈》或者《东方时空》工作的新闻专业学生身上看到美国奥普拉式女主播的感染力与气魄。

在片场,李雪不在意任何人的围观。"如果能拉上一个帘子更好,这样我一个人丢人就好了,如果不拉也没有任何问题。"李雪笑着对摄影师说。

当拍摄李冰冰时,摄影师让助手把片场围在了一个3米高的幕布后面,又在幕布的一角掀开了一个小小的口子,把原本放在工作台上的电脑屏幕搬到口子跟前,这样相机里的照片即时传到显示屏上,李冰冰希望随时能看到成片效果。

2012年9月,李冰冰在香港的杜莎夫人蜡像馆拥有了自己的第二座蜡像,也是第一位在上海和香港同时拥有蜡像的内地女艺人。这座蜡像以李冰冰参加奥斯卡红毯的造型设计,她身着2012年春夏Georges Chakra(乔治·沙克拉)一款不足一两重、轻薄如纸的高级定制礼服,佩戴Cindy Chao(赵心绮)四季系列红宝花手环。而赵心绮是唯一一位有作品被美国国家历史博物馆收藏的华人珠宝艺术家。这只手环共由3019颗总重超过70克拉的钻石及彩色钻石组成,耳环则由1004颗总重约12克拉的白钻组成。

在名利场,《雪花秘扇》常常被看作是李冰冰国际化的真正开始。在很多圈内人的说法里,邓文迪在《雪花秘扇》中的第一选择不是李冰冰而是章子怡。但在当时,因为章子怡拍摄《一代宗师》受伤,邓文迪的电影已经开机,如果不确定女主角,200多个工作人员必须一直等在横店。李冰冰在危难中答应了邓文迪,两人从此缔结了

巨流

坚固的信任。《雪花秘扇》为李冰冰带来了好运,随后,她又接下了《生化危机 5:惩罚》与 GUCCI(古驰)的代言。

当谈起自己今天获得的成功,李冰冰意外地将这一切归结为从小到大安全感的缺乏。

李冰冰 1973 年出生在东北五常的一个普通工人家庭。从小到大,因为学习成绩不好,与妹妹李雪相比,李冰冰一直要承担更多的家庭负担。

李冰冰非常羡慕自己的妹妹。"我妹妹从小一直是全年级第一名,家里所有的希望都寄托在她的身上。在我父母心中,我绝对不像她那样高大、伟岸、进步。"李冰冰说。

李雪比李冰冰小两岁,在两个女孩之中,李雪被认为更有可能考上大学。李冰冰则承担了大部分家务,比如每个周六周日,李冰冰都需要把家里的所有衣服洗好。这些经历增加了李冰冰丰富的生活技能。2002 年,她在电视剧《野丫头》中演的农村女孩需要表演一场搓苞米的戏,她表现得非常熟练,这让导演十分意外。

李冰冰在典型轻文重理的教育体制下成长。在这种体制下,一个孩子如果数学不好,那就会被判定什么都是不好的。假期对于李冰冰而言永远是恐怖与冰冷的,每个五一、十一都是她在家复习数学的时候,"越算不明白越让你算,各种奇怪的算法"。李冰冰觉得这是自己很多心态的来源。"老有一种不安全感,有一种担心,强迫自己

李冰冰、李雪
搏命姐妹

在能力范围内能多做的时候就一定要尽量多做。"

上小学的时候,有一次李冰冰的语文考了90多分,数学考了60多分。老师说,数学80分以下的站起来。"我特别悲摧地站起来,感觉大家的眼光都能把我鄙视死,我是全世界最笨的人。"然后老师说,语文90分以上的站起来,李冰冰又站起来了。"站起来的时候是那么不自信,还觉得想笑,觉得你数学那么不好,你凭什么笑,你有笑的资格吗?不想笑又觉得,这应该是个光荣的事,当时应该是高兴还是不高兴?"

李冰冰将自己从小到大自信心的缺乏归结于传统教育的误区。除了教育之外,李冰冰认为对自己性格起到强烈塑形作用的还有自己的母亲,一个曾经的刀马旦。

李冰冰用"极其自虐"四个字形容母亲的生活态度。"我们的家里总是一尘不染,全部擦拭得很干净。她不能让自己闲着,家里买了一个沙发,但我妈妈从来没有坐过,她甚至觉得坐在沙发上舒舒服服的也是一种罪过。这种观念给我带来了潜移默化的深刻影响。"

李冰冰家里的床单、被褥、窗帘全都是白布的,她的母亲不允许白布上有一点脏东西。李冰冰与妹妹有一次不小心把墨水甩到了窗帘上,她们当时觉得天都要塌了。

李冰冰至今记得全家人看电视时,母亲在椅子上的坐姿。"她从来不会让身体坐在整个椅子上,而只是把屁股搭在椅子边上,时刻给你

巨流

一种临时坐下来的感觉。她觉得享受是罪恶的，她给自己花一毛钱都觉得是浪费。"

因为数学不好，李冰冰没有机会读高中，1992年，她从鸡西师范学校中专毕业后，便当上了哈尔滨五常一个小学的音乐老师。"读了师范学校的音乐班之后，我在文艺方面的优势突然在那段时间里体现了出来，感觉一下子找到了自己的价值。"李冰冰把这段日子看作自己成长中唯一开心而安静的时光。

快乐并没有持续太久。离开数学之后，李冰冰在当老师时遇到了新的敌人，那便是每年的寒暑假。"学生一放假我就觉得自己像失业了一样，这么长时间不工作，不知道自己究竟该干嘛。"李冰冰说。

而且她发现自己所有的能力还是只体现在音乐方面。"音乐并不被社会肯定，你在父母的心中仍是虚的。那个时候我浑身是劲儿，就觉得自己应该去干点儿什么。"李冰冰说。

1992年，李冰冰曾在鸡西师范学校的毕业晚会上认识了一个东北籍演员，两人从此一直有书信来往。在当时的信里，李冰冰向他表达自己各种洋溢的情怀："我很羡慕电视里特能干的那些女强人，她们大部分是做房地产生意的公司老板，特别有能力，能赚钱。那个时候我脑子里就是想两个字'赚钱'，我要给我妈治病，那一年我妈刚做完手术。我告诉他我希望自己也能做一个女强人。"

李冰冰不知道如何能成为一个女强人。"但在那时，大家都认为如果

李冰冰、李雪
搏命姐妹

能考上大学就意味着你赢了。我没有机会考大学，没有机会去体现赢了的价值给父母看，但我心里一直蠢蠢欲动想比画比画，想让自己变成一个赢的人。"

中专毕业的李冰冰没有学过任何高中课程，但在复习高考的时候，李冰冰想起小学老师说过的一句话，再难的试题都是从书本里出的。于是，李冰冰选择了一种非常笨的方式，那便是去书店买来了高考教材，再把书里的内容一页一页全背下来。当时李冰冰的爸爸看到她玩命背的那股劲，说了一句讽刺的话让李冰冰记忆至今："看你这样还够人字那两撇。"

傻人有傻福

1993年，20岁的李冰冰收到了上海戏剧学院的录取通知书。她感受到家人的震惊目光，也将这个家庭推到了艰难的选择之中。

母亲的疾病已经让她的家庭陷入极大困境。她病了六七年，前一年下决心手术，花了将近三万块钱。这是一种由于瓣膜问题导致的心脏病，医生需要在手术中为她更换两个已经坏掉的瓣膜。因为贫穷，家里只能支付起一个瓣膜的费用，这导致手术并不彻底。为了确保血液能顺利流过仍有一个瓣膜损坏的心脏，李冰冰的母亲从此每天需要服用一种可以稀释血液浓度的药物。血液过于稀释又使她的身体出现凝血功能的问题，这也使李冰冰的母亲一旦遭遇任何撞击，身体便会立刻出现一大块淤青。

巨流

有一年冬天，母亲住院，父亲交了住院费之后已经身无分文，他恳求医生让他裹着军大衣睡在医生办公室外的木条排椅上。

出院后，为感谢医生，父亲背来家乡的大米送给医生。医生的家住在五楼，父亲出门时不小心把开水倒在了身上，到了家才发现腿上的皮与裤子一块被脱了下来。

李冰冰告诉母亲，要不然就不去了。她在心里想：我考大学就是想给他们证明我可以做到，我已经赢了，已经证明了我的价值。

就在这种情况下，李冰冰记得特别清楚，他爸爸在屋外面刷锅，忽然打破沉默说了一句："去，别人家孩子想考考不上，咱家孩子考上还不去，去，砸锅卖铁都让你去。"

此前去上海戏剧学院面试时，李冰冰在学校里闲逛，一个正在那里找演员的副导演看上了她，请她去演一场戏。演完之后，导演给了50元。"我当时工资只有200多块，这对我来说是一笔太夸张的收入了。"当回忆起离家时与病中母亲的对话，李冰冰在采访中忍不住泪流满面，她对母亲说："妈妈，你让我去读这个学校吧，我一定会赚到很多的钱。我妈妈非常单纯地看着我，她傻傻地问了我一句，真的吗？"

2005年，李冰冰的母亲又患上一种更可怕的肺病，她原本柔软的肺开始慢慢变硬。"到最后会像两块铁一样，人慢慢呼吸衰竭直到死去。"李冰冰说。

李冰冰、李雪
搏命姐妹

一度母亲的整个身体都发生了病变。"你用手按下去这些地方出现的全是泡，就像洗衣服的时候洗衣粉与水一起搅和之后出来的那种泡。"李冰冰难过地说，"她是一个多么坚强的人，但是病魔来得太早，整个把她摧毁了。"

在娱乐圈，李冰冰很少跟人提及母亲的身体情况。"我不希望别人议论她，这种议论可能包括祝福，也包括攻击。当我不能获得祝福的时候，我就不希望他们有任何的伤害。"

现在，当家里人谈到她与母亲性格的相似时，李冰冰觉得"这是一个非常大的悲剧"。

李冰冰带了7600元到学校，这钱本来是家里备着给妹妹上大学的。她经常给妹妹李雪写信，告诉她外面的世界如何精彩。在上戏读书的4年里，忙碌的李冰冰只回过一次家。在她看来，戏剧学院比起学校更像一个超市，总会有上海电影厂、电视台、各大广告公司来表演系找人。李冰冰从一开始就去接拍各种各样的广告，因为赚钱更快。

入学第二个月，李冰冰便赚到了第一笔钱，是刚刚开通的徐家汇地铁电视广告。"这个广告价格太低，请不到高年级的同学，所以就找到了刚刚入学的我。"李冰冰在那一次赚了800块钱，她立刻全部寄给了家里。

到了大二，李冰冰已经成了全班赚钱最多的同学。当时，她和关系

巨流

非常好的任泉拍了一条 26 万元的玉兰油广告，这让所有的同学都觉得不可思议。当时李冰冰还谨记父亲的教诲，觉得穿得漂亮是资产阶级思想，她觉得那个结果是"傻人有傻福"。任泉那时曾经告诉李冰冰："你知道你为什么有那么多广告机会吗？因为你给人感觉很质朴，现在质朴的女孩太少了。"这个评价让她对任泉非常感激。"任泉在上大学的时候就已经是一个思想非常成熟的人了。"她说。

李冰冰出去拍广告时，别人都会送给她很多零食，李冰冰一直攒着给李雪，甚至从没有注意到保质期是多久，她没有保质期这个概念。李雪回忆起来说："真的觉得心里特难受，她不断托老乡给我往回运当时北方小镇上根本买不到的康元饼干和费列罗巧克力。那段时间我真的把巧克力吃够了，从此我再也不吃任何巧克力。"

一年后，李雪参加高考，父亲希望她能考到一个离姐姐很近的城市扎根，因此，李雪的高考志愿报了浙江传媒学院的新闻专业。

由于李冰冰拍戏非常忙碌，当李雪在上海下火车准备倒车去杭州时，李冰冰并没有时间去车站接她。一直到十一剧组放假，李冰冰才有时间到杭州看望妹妹。放假前，剧组为每一个演员发了一箱梨，很多演员嫌麻烦把梨都留给了李冰冰，李冰冰便把这些梨全部塞进一个双肩包里，把它们背到杭州带给李雪。

那次相聚让李雪非常开心。她至今仍记得在大学的宿舍里，李冰冰像母亲一样帮她在床头围起了一圈铁丝，再把帘子挂在铁丝上，在简陋的女生宿舍里，为她搭起一个私密的个人空间。她还记得李冰

李冰冰、李雪
搏命姐妹

冰坐上三轮车离开时,俩人依依不舍,就像"十八相送"。

与从小不自信的李冰冰不同,李雪非常相信自己。"李冰冰从小没有树立起很好的自信,现在她一直从事着自己擅长的工作,她的自信心在逐渐确立,但我觉得小时候的伤害还在,我一直觉得真的很遗憾。我觉得我现在之所以能在娱乐圈,除了我擅长新闻之外,可能就是我有充足的自信。我不在乎别人的评价,说我长得漂亮也好、长得老也好,有能力也好、没能力也好,我都不在乎,只做自己的事情。即便你当着我的面夸别人好,甚至说我不好,我都不觉得我是不好的。"李雪说。

姐妹两人都在1997年毕业,李冰冰去了北京,李雪留在了杭州,她在浙江省交通厅下面的《浙江交通报》工作,把父母的户籍也从东北迁到杭州。李冰冰觉得她来养家,妹妹安逸地照顾父母,这样安排很合适。

很快,李雪厌倦了这份喝茶看报纸的机关工作。当时学新闻的时候,李雪欣赏《焦点访谈》《东方时空》里的记者和名嘴。"你希望像他们一样针砭时弊,为老百姓呼吁、发出声音。当你特别安逸的时候,你觉得自己发挥不了这样的作用。我觉得我不能20岁就过起了40岁的日子。"李雪说。

当时的《浙江交通报》偶尔会有一些娱乐新闻,而这些新闻大部分是从网络或者当地都市报上转载过来的。李雪忽然想到为什么自己不能把姐姐的工作写进去投到自己的报纸上?于是,李雪便用新闻

巨流

的方式把李冰冰正在拍的戏写成了一篇简短的报道。尽管李雪的领导与同事不知道李冰冰是谁，但这篇报道还是被发表了出来。从那时起，李雪感觉自己或许可以去北京帮姐姐做些什么。

父母也认为小女儿应该更有出息，但李冰冰并不支持妹妹来北京帮助自己。"她来的时候我心里只有一个字就是疼，觉得我给家里添了好大的麻烦。"

忘记要不要命

李冰冰大学毕业之后真正出道。按照她自己的说法，上大学的人生理想已经实现了，当演员只是顺势而为。"一个从小没有那么多自信的人，怎么可能会对前途有那么多的观瞻呢？"

1998年《还珠格格》热播，赵薇一夜成为家喻户晓的明星。在随后5年里，大量港台古装武打电视剧成为投资热门，大部分女演员在当年都不得不大量接拍这种以打戏、古装与侠义为卖点的影视作品，这当然包括李冰冰在内。

一方面，这导致了李冰冰早年的知名角色都是以打女为主，其中包括后来著名的《少年包青天》与《机灵小不懂》。另一方面，在一次采访中李冰冰说，她非常喜欢演打戏，"打得很嗨"，"超级喜欢"。一是"从小就梦想自己能当个大侠"，二是"我有一种征服欲，如果可以做好这个动作，你会忘记健康，忘记要不要命，成功了之后会觉得自己特别棒"。

李冰冰、李雪
搏命姐妹

这种敬业与忘我给李冰冰带来了巨大的伤害。2001 年,在怀柔拍摄《少年张三丰》时,全剧组的人都裹着羽绒服,只有李冰冰穿着单衣站在河边,任工作人员从河里抽出冷水淋了 7 个小时。到最后,李冰冰已经心跳紊乱。这种投入给李冰冰留下了巨大的后遗症,拍完戏后很长一段时间,她的脊椎上都需要贴一排膏药。因为疼痛,李冰冰常年无法入睡,而大量服用安眠药又使她的记忆力严重下降。

2011 年,伤痛无数的李冰冰做了腰椎间盘突出的微创手术,但手术并不是非常成功,这导致李冰冰整个腿与脚都是麻木和冰冷的。

李冰冰一度每次出门时都必须随身携带四个巨大的靠垫。休息时,她会在助手的帮助下将它们分别放在自己的背后、腰部以及脖子的后面。

因为深受其害,当与助理外出时,她会很认真地告诉他们应该如何正确地提行李。"你要尽量用你弯曲的胳膊用力,绝不能让腰部受一点儿力,这样会伤害你腰部的肌肉。"李冰冰说。

伦敦奥运会开幕前,李冰冰作为伦敦形象大使与资深体育评论人颜强被邀请在圣诞节时一起参观英国上议院,为奥运造势。由于需要在工作人员开始办公前完成拍摄,李冰冰早晨 6 点便从酒店出发,因为出镜,不能穿非常厚的衣服,旧伤复发导致她很难迈开双腿,颜强帮助李冰冰把围巾捂到她的腿上时,非常惊讶。他告诉李冰冰的执行经纪橘子,当他把手放到离膝盖很远的地方时,还能明显感到从里面往外冒着凉气,就像一台制冷机一样。在此之前,他从未被

巨流

一个人的膝盖吓到。

2001年,李雪来到北京。她很快把一种天生的自信与骄傲转移到了事业上,也就是自己的姐姐李冰冰身上。

那时,李冰冰刚刚在电视剧《少年包青天》之后尝到出名的甜头,这让她开始有了名利心。"拍完那个戏,走在街上,突然一下子好多人都认识你,叫你的名字。你发现这才是演员,以前不是演员。这让你对'演员'这两个字发生了改观,觉得有名的才是演员。"李冰冰说。

李雪对有名的理解比李冰冰更有野心。当时中国有了"四小花旦"的说法:赵薇、章子怡、周迅、徐静蕾。李雪说:"我觉得我姐姐应该跟她们站在一起,我要跟她一起努力。"

李雪做的第一件事情便是大量联系各种网络媒体与平面媒体,希望他们能够发表与李冰冰有关的消息。这让她与当时的所有经纪人都截然不同。那是内地经纪人刚刚萌芽的时期,其他经纪人更多的是把目光聚焦在如何为明星接戏上,李雪却相信营销也是一件非常重要的事。

李雪当时觉得中国最火的女演员是赵薇,便买来了报刊亭上所有印着赵薇封面的杂志,按照上面印着的编辑部电话,一个一个打过去,希望编辑也能够让李冰冰登上封面。当然,她收到的大部分是傲慢的拒绝。

李冰冰、李雪
搏命姐妹

"我当时并不希望只上一个豆腐块而已,我希望拿下整个封面,这在当时以李冰冰的名气是不可想象的,所以他们的拒绝并没有让我灰心,我知道我需要更加锲而不舍。"李雪说,"如果一个编辑第一次听我说李冰冰的时候,他对这个演员不太了解;第二次听的时候,他可能会有点印象;第三次再听,他就记住了。在这个过程中,你会慢慢改变他的思想。如果有那么一天,他正好有一个版面得以空出来,你又有内容补进去,你就获得了这个机会。"

这种方式在那时确实为李冰冰赢得了很多本不属于她的曝光机会。在"四小花旦"面前,李冰冰更像一个等待她们出现问题随时补位的人。李雪相信:"总有一天编辑会主动打电话过来,说我们之前定的那个明星有变动,你可不可以把上次你说的那个明星照片发来给我看一下。"

"四小花旦"之外,后来又有了范冰冰、李冰冰,六个中国一线女演员中,李冰冰成名非常艰难,她从来没有遇到过可以让她一步登天的角色。这种命运也注定让李冰冰在成名道路上付出更多努力,也经历更多挫折、屈辱与伤害。

2002年年底,贺岁片《老鼠爱上猫》来沪宣传,主演刘德华和张柏芝以及女二号李冰冰同时出席。在首映式上,工作人员拿出手印模板请明星按手印。李冰冰兴致勃勃举起双手刚想按下去,对方却忽然抽回模板,嘴里说了一句"不是你",转身笑着把模板递向刘天王。这种情形令李冰冰十分尴尬,但当时的她也只能忍气吞声。

巨流

李冰冰在事业上真正的转折点是 2004 年接拍的《天下无贼》。在此之前，大量古装侠女角色不但让李冰冰一身病痛，还严重影响了李冰冰的商业价值。在商业上，女明星能够代言的产品大部分局限在化妆品、鞋、包、服装等现代都市生活领域，李雪发现，这些都与古装打戏塑造出的又冷又酷的侠女形象存在冲突。

在《少年张三丰》之后，李雪向广告客户推荐李冰冰时，他们都觉得李冰冰太冷了。"然后我就特意拿出一张她笑的照片，我说怎么会呢，你看她笑得多灿烂。客户却说，她连笑起来都是冷的。"

李雪希望《天下无贼》能成为李冰冰商业道路的转折点。在那部电影中，李冰冰扮演的小叶是一个性感、灵动与艳丽的都市盗贼，这让李雪决定以"艳贼"这个词去宣传李冰冰。李雪在那时已经基本打通了网络、平面媒体的大部分渠道，她希望这些渠道的媒体能够在同一时间呈现同一个报道。"你必须让人们发出同一种声音。"

最令李雪欣慰的是，《天下无贼》上映之后，央视的元旦晚会邀请了李冰冰参加。在介绍李冰冰出场时，央视的主持人说："我能看到满街都是李冰冰。"而在这次工作中，李雪也付出了代价。那时她刚刚做完近视眼手术，由于需要长时间对着电脑通宵发新闻稿与媒体沟通，她的视力至今仍没有恢复好。

能力有限，努力无限

在很多国内一流女演员看来，金鸡百花或者华表这种电影节或许不

李冰冰、李雪
搏命姐妹

如香港金像奖或者台湾金马奖能为她们带来市场化的效应，因此她们对此显得没有那么重视。

但李冰冰不同，在金鸡百花电影节上，李冰冰是唯一一个连续4年入围，每年都会来的女演员。2006年在后台，冯小刚告诉李冰冰她会得奖。当嘉宾准备念获奖者名字时，李冰冰甚至都站了起来，当发现不是自己的时候，她非常尴尬地坐了下来，后来哭了。2010年终于凭借《云水谣》这部主旋律电影获得最佳女主角时，李冰冰在台上语无伦次、泣不成声。

李冰冰的坚持与李雪的推动密不可分。李雪希望李冰冰必须是全面的，在打造李冰冰的过程中，她的思路是有了电视还要电影，有了电影还要商业，有了商业还要有专业奖项的肯定，缺什么补什么，不能"瘸腿"。

在中国的娱乐圈，以章子怡与《我的父亲母亲》以及赵薇与《还珠格格》为范本，圈里很多人抱着一部戏一夜爆红的幻想，李雪并不喜欢这种心态，因为这样想就会让自己一下子不知道应该干什么了。

"我从来不觉得自己是机遇特别好的人，今天摔了一个跟头就一下子捡到100块钱，这种事情从来不会发生在我身上，我也不认为它会发生在冰冰身上。"李雪说。她喜欢强调的是李冰冰与自己的团队如何"把每一个小机会变成大机会"。

2008年，在拍摄《功夫之王》时，剧本里一开始只有李冰冰三场戏，

巨流

这部电影的绝对女主角是刘亦菲。李冰冰并不想演这部戏，但当时她的签约公司华谊是这部电影的投资方，CEO 王中磊打电话给她，希望她能够出演。在王中磊看来，后期李连杰与成龙不可能配合太多宣传，他们需要一个自己公司的一线明星可以完全配合这部电影的宣传。

在《功夫之王》中，李冰冰主动要求不使用替身，一切动作戏都亲自上场。有一场戏，李冰冰需要爬到一个布满尖利武器的柱子上，然后再追着对手去攻击他。在当时，袁和平担心利器扎到李冰冰的脸没法继续拍戏，但是替身试了好几次都没有成功。当袁和平决定取消这个动作时，李冰冰主动要求试一试，大家半开玩笑地让她去做了，没想到一下子就成了，这为她赢得了袁和平的好感。

袁和平在剧情之外特别为李冰冰在武打时增加了很多镜头。"到了最后，这让李冰冰与刘亦菲的镜头看起来相差得也就不是那么多了。"李雪说。而这些被拉长放大的武打特写让李冰冰演的"白发魔女"格外地深入人心，在很多网友看来，李冰冰才是这部电影的真正亮点。

包括《云水谣》《风声》在内，李冰冰所有获奖的角色都是由李雪决定接演的。

凭借《云水谣》，李冰冰获得 2007 年华表奖优秀女演员奖和 2008 年百花奖最佳女主角。李雪看重这部戏是因为这是一部商业化操作的主旋律文艺片。"我们从一开始就觉得做这个电影有机会进到一些电影节里。"

李冰冰、李雪
搏命姐妹

一开始,因为这部戏里有战争、爆炸,雪山场景又在西藏拍摄,李冰冰担心自己体力不支坚决不肯。在劝说李冰冰时,李雪骗她合约里说西藏拍一个星期就会结束,结果这部戏在西藏拍了一个月,李冰冰每天在呕吐、头疼与输液中度过,整个人几乎处于一种放弃的状态。

在这种以"勤奋"与"珍惜每一个机会"为座右铭指导的工作精神下,由李雪主导的另一次著名事件便是"雪花秘扇"事件。

2009年,李冰冰先后拍了《狄仁杰之通天帝国》与《风声》,这两部都是极其耗人心力的戏。之后李冰冰又花了一个月时间补完了因为拍戏欠下的大量品牌活动与广告,李雪答应李冰冰无论如何都会让她休息。

但在这时,邓文迪因为章子怡缺席打来了电话,希望李冰冰来主演《雪花秘扇》。李雪认为李冰冰应该接下这部好莱坞不多的华人文艺题材的电影,但李冰冰非常情绪化地在电话里说:"如果你想我去死就让我拍。"随后,邓文迪找到了IDG的投资人熊晓鸽与王中军帮助游说,李冰冰的电话一直处于不接听状态。

李雪发了一条很长的短信,客观地与李冰冰分析为什么要接这部电影,她相信李冰冰看完之后能够冷静下来。随后她们便与邓文迪一起飞去香港准备签下合约。

李雪觉得最困难的是2011年,当海外经纪公司帮李冰冰接下一部名

巨流

为 Resident Evil: Retribution 的电影时,她并没有很在意。但当她偶然得知这就是大名鼎鼎的《生化危机》系列的时候,她决定无论如何都要接下它。李雪试图调和《我愿意》和《生化危机5:惩罚》的档期,很艰难,但她最终做到了。那段时间她生完小孩正在喂奶。"后来我的奶一急都没有了,小孩才 80 天。"

李雪和李冰冰常常用"能力有限,努力无限"教育自己的团队,她们要求与自己一起工作的人都和她们一样勤奋、投入与敬业。

纪翔在 2003 年加入了李冰冰的团队,有 7 年时间,他每天凌晨 3 点前入睡,上午 9 点半前起床,直到 2013 年国庆才第一次真正休年假,带着父母去了一趟泰国。纪翔说:"我们极其享受工作,如果觉得今天不工作就没有安全感,就跟你一天不洗澡一样。"

李冰冰的执行经纪人橘子谈起李冰冰漫长的成功之路,喜欢强调这一切磨难与不够幸运给她带来的丰富经验与强大意志力。

一次参加活动,李冰冰发现礼服缺了一条腰带,她的箱子里只有一条荧光绿色的,这种颜色与礼服并不匹配。李冰冰拿出一条黑色丝袜,亲自教助手如何把这条丝袜包在腰带的外面,再如何完美无瑕地缝上。"这让周围人非常惊讶,"橘子说,"因为她吃了太多苦,经历了一步步走过来的细节,她非常了解成为女明星过程中需要经历的一切。"

和李冰冰合作过多次的化妆师张浩然说:"你从来不可能再找到第二

李冰冰、李雪
搏命姐妹

个女艺人和李冰冰一样,她会明确地告诉你假睫毛应该是交叉还是一根根向前的,会把腮红和眼影精确到具体的数字,然后仔细地告诉你应该用哪一个为她化妆。"

比起其他女明星,太久处于逆境的李冰冰更明白形象的价值,也更珍惜自己的面孔。在欧莱雅一个新品发布会上,当有记者问到李冰冰美容的秘诀时,李冰冰认真地说,她从来没有不卸妆睡过觉。"上飞机前,我要做一个补水面膜,长途飞机十几个小时的行程,我会补好几遍,做任何事情我都没有耽误过。"

拍摄都市时装电影《我愿意》时,由于导演孙周并不是一个对时尚很了解的人,为了保证每一个画面都像杂志时装片一样完美,李冰冰团队决定让自己的化妆师在这部电影里担任化妆。"这在之前是从没有过的,"化妆师说,"电影化妆比时装片化妆简单粗糙,很少有一个电影会用这么细致的方式为女主角化妆。"这种追求精致的背后也是一种时间上的巨大付出。那段时间,李冰冰和张浩然是剧组里最勤奋的人。为了不让化妆耽误拍摄,一连几个月拍摄过程中,李冰冰和化妆师都要4点钟起床,以便化妆与做头发。

谨慎与容易紧张的性格强化了李冰冰强迫症式的意志,这种意志也潜移默化地让她成了一个非常遵守纪律的人。

李冰冰做环保已经五年。"这是一个吃力不讨好的事情。"她说,"昨天我咳嗽,想喝一点儿热水。我平时都自己带杯子,一个同事看我着急就在外面拿了一个纸杯接了一点儿热水。我看到这个纸杯就浑身不舒服，觉得别扭。我也知道生活中我们不可能百分百做到环保，无可挑剔，没有瑕疵，但这种心理会一直影响着我。"

为什么国际品牌喜欢李冰冰？

因为不安全感，李冰冰不断追求完美，不断对自己苛刻要求，这却让她成为品牌代言最安全的女明星。

在中国，李冰冰是万宝龙、欧莱雅、古驰、阿迪达斯等国际品牌的代言人。在女明星里，她是拥有国际代言最多的一个。

国际大品牌的总部设在欧美，这也形成他们与中国本土企业截然不同的做事方式。比起中国本土企业的执行者与老板更容易直接沟通解释，欧美大公司的中国区职业经理人与欧美总部的交往与汇报则更加间接与困难。他们往往追求的是安全、理性与不犯错，而挑选代言人的过程，也是将这种特质反映得最淋漓尽致的时刻。

"国际大品牌的职业经理人挑选代言对象往往考虑的不是谁最红而是谁更安全。他们不会选择那些负面新闻很多，或者行为常常出人意料的女明星，尽管她们的性情也许更能讨普通人的喜欢。因为你很难向你的美国老板解释一个中国女明星为什么在中国会讨人喜欢，而一旦她的任何绯闻传到了欧美总部，会立刻让你百口莫辩。"一个与国际品牌打过多年交道的商人说。

面对职业经理人的这种诉求，比起其他女明星，李冰冰的团队是自

李冰冰、李雪
搏命姐妹

律性最高的一个。

有一次王中磊接受湖南卫视主持人李湘的采访，谈到个人生活时说起了一个故事。

有一年，王中磊在和自己有关系的活动上促成了好几对恋人。李冰冰好奇地问他们都是怎么认识的，王中磊告诉她，其实不是刻意相亲，而是活动完了以后会有 after party（余兴小聚会），他们就互相认识了，慢慢他们就交往了。

李冰冰一般在正式活动结束后就回房间休息了。但让王中磊意外的是，不久之后，在一个 LV 的活动上，李冰冰竟然一直等到了 after party。王中磊问："你怎么会来这儿？"李冰冰回答："这是 after party 啊，我看有没有男士跟我搭讪。"她后来坐了 15 分钟就走了，她跟我说以后还是不再参加了。因为她确实不太知道怎么跟人家说话。"王中磊说。

内向的李冰冰极少社交，也不愿意用绯闻炒作自己。"没有工作时，她是一个不折不扣的宅女，娱乐记者很难拍到她的绯闻照片，因为她根本就没有这些乱七八糟的东西。"李冰冰的执行经纪人橘子说。

不仅如此，为了更好地控制自己的新闻，李冰冰修改了自己身份证上的姓名。一位资深的娱乐记者在采访中说，娱乐记者偷拍明星的手段通常是收集所有航班里明星们的登机信息，再到他们下飞机的地方跟踪等候。李冰冰的团队把李冰冰身份证上的名字改成了一个

巨
流

非常普通的英文名,从此之后便没有任何记者可以通过这种违法方式查到李冰冰去了哪里。

与此相反的是,章子怡的团队大部分以美籍华人为主,这导致比起很多大陆女演员,章子怡并不是一位太懂得规避风险的明星。当章子怡去东南亚或者南宁这类小地方时,娱乐记者非常容易查到她的登机信息,这使章子怡成为最容易被娱乐记者拍到绯闻的女明星之一,也令她与李冰冰在娱乐头版里拥有了截然不同的命运。

而除了有效地控制住自己的绯闻之外,李冰冰与品牌交往过程中也尽职尽责。

为了获得万宝龙的代言,李冰冰在2007年主动参加了六七场万宝龙的活动。"在一次15分钟的品牌活动里,或许只有5分钟留给明星展示产品,这个环节结束之后,很多明星便会处于一种自由散漫的状态,但李冰冰不同,她始终会处在一个非常专业的状态里继续展示这个产品,这些都会被万宝龙的总裁看到,从而为她带来机会。"李雪说。

在中国,奢侈品品牌每年会在二三线城市开设大量的店铺,中国女明星的一项重要活动便是为这些店铺剪彩。当接到这种邀请的时候,李冰冰是最乐于投入的一个。

"当品牌邀请明星为自己的新店剪彩时,为了带动当地的购买热情,他们会赠送明星一些购物券,希望明星能在店里带领当地客人们消

李冰冰、李雪
搏命姐妹

费。"李冰冰的经纪人纪翔说,"很多女明星不愿意花这个钱,她们认为平时总会有品牌或者其他人把这些奢侈品送给自己,但李冰冰不同,她会非常慷慨地告诉普通客人如何选购这个品牌的产品,并亲自大量购买送给亲朋好友。品牌商很快发现,如果一个店请李冰冰去剪彩,它在当天的销量就会非常好。这些都让她很快受到了更多品牌的欢迎与邀请。"

在很多时候,李冰冰的团队甚至会主动帮助一些不擅长拍摄广告与海报的国际组织或者品牌公司拍摄他们的广告或者宣传海报。这让她的团队比起其他团队显得更体贴、周到与任劳任怨。

2009年,李冰冰代言了世界自然基金会"地球一小时"的熄灯活动。"那个时候,这个NGO(非政府组织)刚刚来到中国,在我代言这个活动之前,很少有人知道它们。"李冰冰说。她的经纪团队几乎包揽了所有的创意与执行并参与了这次合作中的每一个微小的细节。她本人也亲力亲为向中国人推广和介绍了这个活动。活动海报上,李冰冰头发被风轻轻吹起,眼神轻盈,按下电灯开关。仅仅这一个镜头,他们就尝试了很多的方案,最后发现斜35度时,李冰冰最美。

一本面向中产阶级的周刊写道,这个活动举办的当天恰好李冰冰要拍《风声》中的一场裸戏。拍戏前,她给手机里的所有朋友群发了一条短信:请和我一起熄灯一小时。她的很多朋友都是企业老板,通过他们的影响力,李冰冰带动的活动人数一共有100万人。银泰百货、国家大剧院、16所高校都参与了熄灯一小时活动。

巨
流

感谢在我身上发生的这戏剧性的一幕

李冰冰与她的团队为华谊工作了 12 年，比起中途离开的其他明星，李冰冰是华谊最忠诚、为华谊赚钱最多的一位女明星。从 2010 年开始，李冰冰连续三年都是华谊 100 多个艺人里收入最高的一名。

谈起与华谊的情谊以及王中军、王中磊兄弟，李冰冰非常开心地回忆起了刚刚认识这两兄弟的场景。那时，25 岁的李冰冰从上海毕业选择来北京发展，她是后来叱咤娱乐圈的王牌经纪王京花的第一个艺人。

"比起花姐，我跟中军认识得更早。"李冰冰说，"那时他还没有和他的弟弟在一起做事，因为他是海归，我觉得这些人都出去吃过苦，见过世面，经历过人生艰难的阶段，有很多先进的理念和思想。我那时候记得很清楚，签经纪人的时候我就问王中军，哥哥，你觉得我要签一个经纪人吗？他说应该签啊，国际上、港台，大家都有经纪人。他这么鼓励我，我才跟京花签约。"李冰冰笑着说，"签了京花之后，因为都是好朋友，我也介绍他们认识了，他们就开始一起做了这个经纪公司。"从此，王中军把事业重心从当时的广告公司转到了经纪公司，李冰冰又把自己的好友任泉等很多人介绍给了华谊。在当时，李冰冰与王京花旗下的几个艺人是华谊唯一的财产。

"我从来没有对任何人讲过这些，"李冰冰说，"我们本来就不是因为合作走到一起的，而是因为大家是非常好的朋友，后来兄弟俩越做越大，我一直很在乎他们的感受，所以这么多年来，也一直留下来

李冰冰、李雪
搏命姐妹

支持他们。"

冯小刚曾经用"仗义"形容李冰冰，李冰冰的团队也习惯用"人情"去理解并为李冰冰争取更多机会。

在拍摄《狄仁杰之通天帝国》时，徐克希望李冰冰从房间里飞出来举着剑撞击一排栅栏，再利用威亚升到半空优雅地落到平地上。由于没有受到任何保护，李冰冰的手腕与脚腕已经全部扭伤，在撞击了20多次后，徐克认为已经拍到了想要的镜头，他希望李冰冰停止，但李冰冰告诉他不行，她认为她的表现还不够好。"这让徐克非常满意，徐克觉得我是在心疼你，在我的眼里有更高的标准，但我觉得你做不到，这个时候如果作为女演员在体力已经透支到极限时自己提出来，徐克就会非常感恩。"李冰冰的经纪人纪翔说。因为徐克喜欢夜里拍戏，这让一直有睡眠问题的李冰冰根本无法休息好，但李冰冰从来没有抱怨过。"徐克导演对李冰冰的表演非常满意，徐克说，如果他接下来要拍'白发魔女'，他可能会继续与李冰冰合作。"纪翔开心地说。

2005年，王京花放弃了华谊50%的股份，带着胡军、夏雨、佟大为等几个重要艺人去橙天娱乐自立门户。为了防止类似事情发生，华谊在那时设立了工作室制度，这让范冰冰、李冰冰等少数留在华谊的明星都有机会成立了自己的工作室。华谊担心权力与资源过于集中在一个人的手里，但分散却为日后明星们的单飞埋下了伏笔。不久，范冰冰、周迅、邓超等华谊明星陆续离开。

巨流

独立之后,范冰冰很快发现中国二三线城市民营经济的活力。与仍然留在华谊的李冰冰不同的是,当范冰冰发现企业活动与代言市场远比电影大得多之后,她很少再花大力气与人情去争取拍摄电影的机会,尤其是那些商业大制作。在中国人仍把欧洲电影节看作高不可攀的国际名利场时,范冰冰抓住了机会。在李冰冰还在为《风声》纠结时,从2010年戛纳电影节的龙袍开始,离开华谊的范冰冰开始让自己的每一次红地毯亮相都令人难忘。当她成为中国最擅长展示美的女明星后,她获得了大量二三线城市品牌活动与代言的机会。2009年,一位明星包装公司的负责人在采访中曾经告诉记者,他看到国内一些明星的通告单觉得触目惊心。一年300多天,几乎每天飞一个城市。范冰冰比其他艺人更深刻也更彻底地理解了一个真实的中国明星市场,这也让范冰冰看起来更独立、更有个性也更好地掌握了自己的命运,并为她的形象带来逆转且赢得了真实的粉丝。而在很多人看来,李冰冰的保守与缺乏冒险性似乎不那么符合90后新生代的价值观,她勤奋优秀的同时,也稍微显得有点乏味。

事实确实如此:在华谊的12年里,李冰冰没有名副其实地在任何一部大戏中担任过唯一女主角,哪怕是获奖的《云水谣》《风声》,也都是一部电影设置两个女主角。谈及此,李冰冰说:"最初我会觉得可能是我自己没那么好,或者没有那么合适,现在,我却更愿意从商人的角度去理解王中军、王中磊。作为商人经营一个公司,他们的每一次选择都要考虑各种各样的原因,也许人长大了,更能学会理解别人。"

在《风声》中,李冰冰饰演了一个毫无心机的译电组组长李宁玉。刚接到剧本时李冰冰很兴奋,这是难得一见的好本子。可是半个月

李冰冰、李雪
搏命姐妹

后,等她从国外回来,剧本改了,原来属于李宁玉的"老鬼"身份改掉了,她也感觉角色没有原来那么丰满了。接还是不接,李冰冰很矛盾。

最后李雪劝她接下了这个角色,在她看来,"一个演员如果你让她看过了那个精彩的人物,但后来又改了,就像一个人你给她尝了个好东西,后来又不给她吃了,她心里得多难受啊,一直有道坎儿,能否过得去就看能否战胜自己"。她用《无间道》举例来安抚住李冰冰:刘德华的角色跳一点没关系,有人也会喜欢梁朝伟,因为他们各有各的魅力,相信你在大银幕上的个人魅力,可以用二度创作去弥补和展现。

李宁玉这个角色让李冰冰获得了 2009 年台湾金马奖最佳女主角,在颁奖礼上李冰冰说:"感谢在我身上发生的这戏剧性的一幕!"

你想问我什么?

2012 年 9 月,李冰冰决定去洛杉矶休假半年,顺便学英语。此前的 5 年里,李冰冰从来没有休过假,她的执行经纪人橘子希望她这次能让自己休息半年时间。

这却让李冰冰犹豫。"一个人在国外待着,还是有点儿怕怕的,我突然觉得自己怎么又开始前途渺茫了?"李冰冰说,"按理说我现在完全没有必要考验自己,已经可以让自己生活得很舒适了,为什么还是想着要考验自己?人真的很矛盾,有两个自我天天掐,掐得我特

巨流

别累,特别紧张,每天睡也睡不好,嘴也起包了,嗓子也发炎了,咳嗽也好不了。每天跟这种压力斗争,我挺讨厌自己这点的,非常非常讨厌,特别恨,但我又很希望战胜我自己。"李冰冰笑着说她的纠结。"我觉得岁数大了之后没有那么破釜沉舟和勇往直前了,会有一些顾虑,我不太喜欢这种怕,我不太喜欢这种很微小的怯懦。"

由于工作忙碌,除了李冰冰的妹妹李雪之外,李冰冰的核心团队没有一个人生孩子甚至结婚。李雪也承认,一开始生孩子更多是因为丈夫的强烈要求,否则自己不会主动选择。她那时认为工作是第一位的,而孩子并不是那么重要。

2011年,即便在进产房的前一天,李雪仍在工作。那一天,她敲定了《我愿意》的全部合同细节,与剧组签约之后才放心地休息。而在此之前,李雪出现了严重的进食问题,为了保证胎儿的营养,没有任何食欲的她每天需要用水把所有的饭菜像服药一样痛苦地咽下去。

李冰冰在一开始并不能感受到怀孕对于女人是多么重要。为了能够顺产,李雪有段时间坚持每天散步。李冰冰不在国内时,她让阿姨陪她,李冰冰回国之后,她迫不及待地找到了姐姐。第一天,第二天,李冰冰都忍住疲惫陪李雪散步。但到了第三天,李冰冰有些不耐烦,她告诉李雪:"我太累了,非得是我吗?阿姨不行吗?"李雪则回答她:"阿姨可以,但是你不一样。"

后来这些事情都让李冰冰非常后悔。现在,李冰冰是这个孩子最亲密的人,李冰冰非常骄傲孩子先会叫爸爸,然后是"大大",之后才

李冰冰、李雪
搏命姐妹

是妈妈,而"大大"指的就是她。

孩子的诞生改变了李雪。"之前我并不认为没有孩子的人生是有缺陷的,但现在一有机会我就劝他们要早点结婚。"李雪笑着说。而李冰冰的生活也随之发生了改变。"当我看到她的孩子,我没觉得那是她的,就觉得那是我的。我的一切都是这个孩子的,今天我甚至可以为他去死。"李冰冰认真地说。

采访到最后,茶馆的房间里只剩下零星几个人,由于刚从美国回来的时差问题,李冰冰这几天到了四点半就会非常疲惫,但在拍摄视频时,她仍然敏感地发现在摄影灯的照射下妹妹的身体在自己的脸上投下了阴影,她很专业地告诉摄像师应该如何重新布光,这让现场的人都感到惊叹。

采访结束时,李冰冰脱下了拍摄穿的裙子,换上了自己穿来的羽绒服,她将赶到英国驻华大使馆,作为中英文化交流大使全程陪同贝克汉姆造访英国驻华大使馆。她担心羽绒服不够得体,希望在赴约之前,妹妹李雪能回家为自己另取一件衣服。

在助理的帮助下,李冰冰对着化妆镜在干燥的嘴唇上用棉签不断地擦拭唇油,她的身体在椅子上收成一团,穿着一双印满豹纹的 UGG(雪地靴品牌),动作细小而急促。

在杂乱的现场,《人物》杂志前主编张捷拎着开始录音的手机坐到了她对面一米五开外的椅子上。

巨流

编辑问:"你做了多年的一线,很多地方也会考虑别人的商业利益,《风声》里的女二号后来委曲求全也接了,心里是不是也有一个坎要过?"李冰冰像没有听到一样,继续急促地擦拭着唇油,来回来去,来回来去,场面难堪,静默,持续了22秒。

"你想问我什么?"她冷冰冰地说了一句。

"会不会有不舒服的感觉?《风声》本来是女一号的角色变成了女二号。你很仗义,会为别人考虑,所以最终还是可以接受这样的结果,但是心里是不是也会有一点点不舒服?"继续静默,擦拭唇油,来回来去,来回来去,又是8秒。

编辑忍不住又说:"冰冰你真的很难访,我觉得你不说心里话,你心里藏着太多的事你都不说。"

"唰"的一声,李冰冰抽出一张纸巾,擦拭嘴唇。

"这个问题到此为止。"编辑说。

在编辑正要起身的时候,纸巾后边传来了回答,声音很快,很低。

"问题是他们不说这不是女主角,两个都是。"李冰冰说。

李冰冰

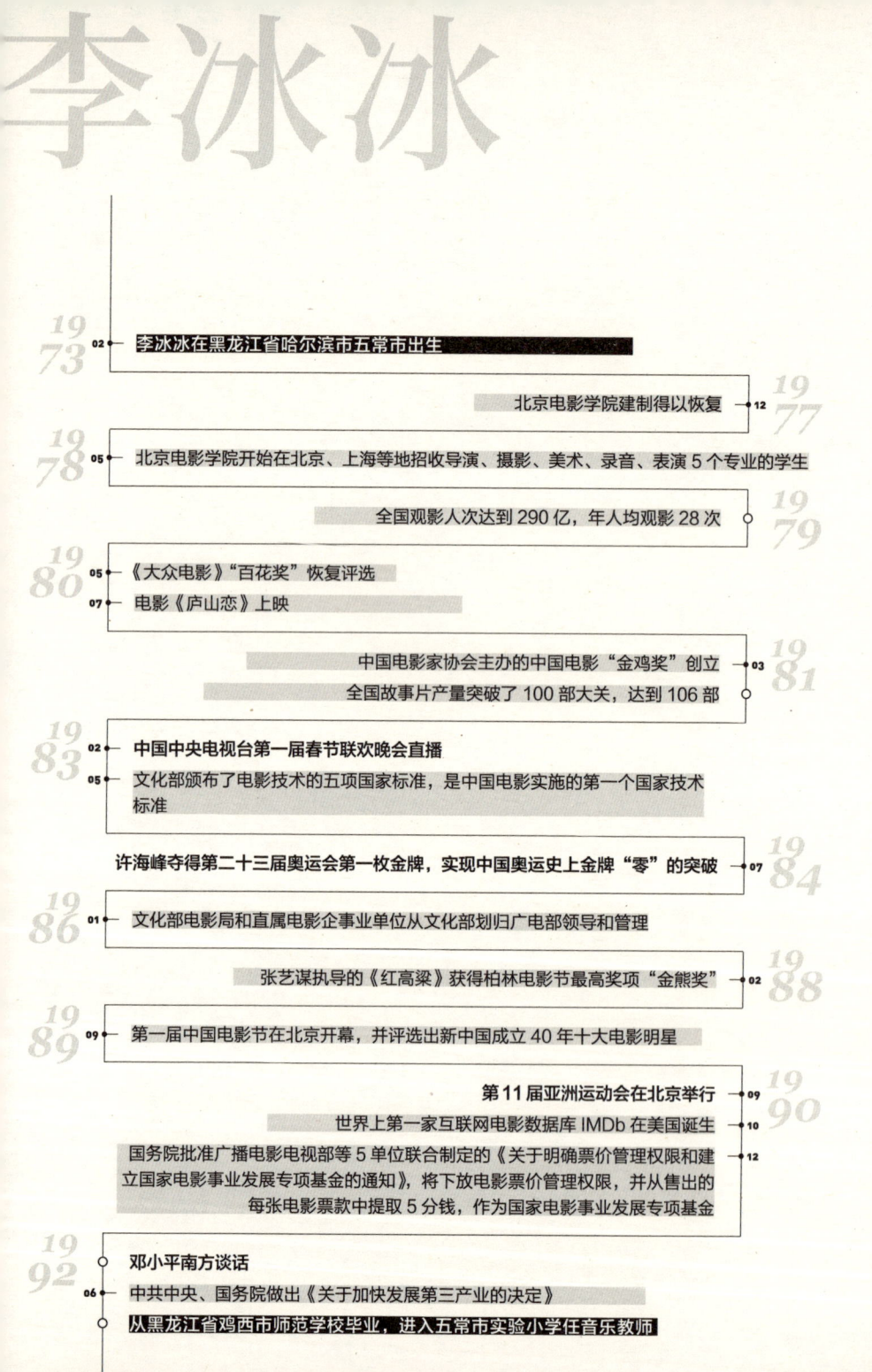

1973 02 ← 李冰冰在黑龙江省哈尔滨市五常市出生

1977 12 ← 北京电影学院建制得以恢复

1978 05 ← 北京电影学院开始在北京、上海等地招收导演、摄影、美术、录音、表演5个专业的学生

1979 ← 全国观影人次达到290亿，年人均观影28次

1980 05 ← 《大众电影》"百花奖"恢复评选
07 ← 电影《庐山恋》上映

1981 03 ← 中国电影家协会主办的中国电影"金鸡奖"创立
← 全国故事片产量突破了100部大关，达到106部

1983 02 ← 中国中央电视台第一届春节联欢晚会直播
05 ← 文化部颁布了电影技术的五项国家标准，是中国电影实施的第一个国家技术标准

1984 07 ← 许海峰夺得第二十三届奥运会第一枚金牌，实现中国奥运史上金牌"零"的突破

1986 01 ← 文化部电影局和直属电影企事业单位从文化部划归广电部领导和管理

1988 02 ← 张艺谋执导的《红高粱》获得柏林电影节最高奖项"金熊奖"

1989 09 ← 第一届中国电影节在北京开幕，并评选出新中国成立40年十大电影明星

1990 09 ← 第11届亚洲运动会在北京举行
10 ← 世界上第一家互联网电影数据库IMDb在美国诞生
12 ← 国务院批准广播电影电视部等5单位联合制定的《关于明确票价管理权限和建立国家电影事业发展专项基金的通知》，将下放电影票价管理权限，并从售出的每张电影票款中提取5分钱，作为国家电影事业发展专项基金

1992 ← 邓小平南方谈话
06 ← 中共中央、国务院做出《关于加快发展第三产业的决定》
← 从黑龙江省鸡西市师范学校毕业，进入五常市实验小学任音乐教师

1993

- 01 广电部颁发《关于当前深化电影发行机制改革的若干意见》，规定中影公司不再统管发行，允许各制片单位出售地区发行权，与地方发行公司进行票房收入分成
- 进入上海戏剧学院学习
- 10 首届上海国际电影节在上海举办

1994

- 出道，参与出演电影《警魂》《乔迁之喜》《红玫瑰与白玫瑰》和电视剧《一路等候》
- 01 王中军、王中磊创立华谊兄弟
- 08 电影局发布《关于进一步深化电影发行机制改革的通知》，打破电影地域发行由一家公司垄断的局面
- 11 中国引进的第一部好莱坞大片《亡命天涯》在北京上映

1995

- 01 世界贸易组织（WTO）正式成立
- 05 全国开始实行每周五天工作制
- 07 中央电视台电影频道（CCTV-6）开播
- 好莱坞电影的全球销售收入高达200亿美元

1996

- 03 广电部在长沙召开全国电影工作会议，提出实施电影"九五五零"工程的发展战略，即在国家"九五计划"期间，每年拍摄10部优秀作品，5年共拍摄50部
- 08 为拍摄《鸦片战争》，横店建造了第一个影视拍摄基地广州街景区
- 全国共有电视台880座，电视人口覆盖率86.2%

1997

- 从上海戏剧学院表演系本科班毕业
- 07 香港回归
- 12 中国第一部贺岁电影《甲方乙方》上映，以3000万元人民币的成绩夺得当年中国电影票房冠军

1998

- 参演电视剧《大明宫词》
- 04 美国电影《泰坦尼克号》在国内上映，总票房达到3.6亿元人民币，占据国内票房榜冠军长达11年之久
- 10 电视剧《还珠格格》开播，轰动亚洲，创造了中国电视剧收视率的纪录；"小燕子"赵薇凭借该剧一举成名，成为全民偶像

1999

- 05 CCTV-8由"文艺频道"更名为"电视剧频道"
- 09 张元执导的电影《过年回家》入围第56届威尼斯国际电影节，李冰冰饰演女主角之一陈洁
- 11 国家广电总局、对外贸易经济合作部和文化部发布《外商投资电影院暂行规定》，允许外国公司、企业和其他经济组织或个人在中国境内设立中外合资、合作企业，建设改造影院，从事电影放映业务
- 12 澳门回归

2000

- 03 因主演《过年回家》与刘琳同获第13届新加坡国际电影节最佳女主角奖
- 09 电视剧《少年包青天》首播，主演之一李冰冰被观众所知

2001
- 07 北京赢得 2008 年奥运会的主办权
- 主演电视剧《机灵小不懂》播出
- 12 中国正式加入世界贸易组织（WTO）
- 广电总局和文化部颁发《关于改革电影发行放映机制的实施细则（试行）》，明确提出院线制将成为我国电影发行放映的主要机制

2002
- 10 文化部颁布的《营业性演出管理条例实施细则》正式实施，其中第一次对经纪人有了明确定位，并允许在公司名称中使用"经纪"一词
- 凭借《少年包青天》获得第 2 届中国电视艺术双十佳奖十佳演员奖
- 12 上海赢得 2010 年世博会主办权
- 《英雄》上映，创下了 2.5 亿元的票房纪录，开启了国产大片时代

2003
- 03 世界卫生组织（WHO）发布 SARS 全球警报
- 10 中国首次成功发射载人宇宙飞船"神舟五号"
- 《电影制片、发行、放映经营资格准入暂行规定》发布，鼓励境内国有、非国有单位（不含外资）与现有国有电影制片单位合资、合作成立电影制片公司或单独成立制片公司，电影发行、放映同时向境内符合要求的民营资本放开

2004
- 李雪正式成为李冰冰的经纪人
- 参演《独自等待》和《天下无贼》
- 01 广电总局第 21 号令开始施行，电影首次被明确定义为一种产业
- 03 广电总局将 2004 年确定为数字电影发展年，计划于年底前建成 100 个高标准的数字放映厅，力争 3~5 年内建成 500 家以上标准统一、形式不同的数字电影放映厅，使数字电影院进入中国电影放映市场的主流
- 王健林在天津开了第一家万达影城
- 06 《外商投资商业领域管理办法》正式实施，外资品牌不再受限，奢侈品牌开始自主扩张

2005
- 参演电视剧《八大豪侠》《徽娘宛心》
- 04 国务院出台了《关于非公有资本进入文化产业的若干决定》，鼓励和支持非公有资本进入电影院和电影院线
- 05 凭借《天下无贼》获第 12 届北京大学生电影节最受欢迎女演员奖
- 10 凭借《独自等待》提名第 25 届中国电影金鸡奖最佳女主角奖
- 世界海拔最高的青藏铁路全线贯通
- 11 中国第一家电影票网上选座购买平台"网票网"成立

2006
- 05 三峡大坝全线建成
- 09 凭借《天下无贼》提名第 28 届大众电影百花奖最佳女配角奖
- 11 主演电影《云水谣》上映，该片由中影集团、台湾龙祥公司以及香港英皇公司联合投资 3000 万元，横跨西藏、福建、辽宁、上海等 5 地拍摄

2007

- 04 中国成功发射第一颗北斗导航卫星（M1）
- 全国铁路进行第 6 次大提速，铁路客运速度达到 200km/h
- 08 世界田径锦标赛上，刘翔获得 110 米栏冠军，成为集奥运会冠军、世锦赛冠军、世界纪录保持者于一身的第一人
- 凭借电影《云水谣》获第 12 届中国电影华表奖优秀女演员奖
- 10 中国自行研制的"嫦娥一号"探月飞船成功发射升空
- 凭借电影《云水谣》提名第 26 届中国电影金鸡奖最佳女主角
- 11 成为万宝龙珠宝亚洲区代言人，也是第一位担任国际奢侈品代言的华人女星
- 12 凭借电影《云水谣》提名第 44 届台湾电影金马奖最佳女主角

2008

- 01 主演电影《蝴蝶飞》上映
- 03 票务平台"格瓦拉"创立
- 北京奥运会圣火在希腊成功点燃
- 04 参演电影《功夫之王》上映
- 05 汶川地震
- 作为火炬手参加奥运圣火上海站传递
- 08 北京奥运会举行，中国共夺得 51 块奥运金牌，居金牌榜榜首，为历史之最
- 成为中韩两国文化交流大使、首尔市宣传大使
- 09 凭借电影《云水谣》获得第 29 届大众电影百花奖最佳女主角
- 全球金融危机爆发

2009

- 01 出版书籍《李冰冰：十年·映画》
- 04 李雪成立和颂传媒
- 07 国务院出台《文化产业振兴规划》
- 09 华谊兄弟传媒股份公司通过证监会创业板发行审核，这是首家获准公开发行股票的娱乐公司，据其 2009 年财报，主营业务之一"艺人经纪及相关服务"占全年收入超过 20%
- 10 中华人民共和国成立 60 周年
- 成为"中国 2010 年上海世博会慈善爱心大使"，同时成立个人公益品牌 L.O.V.E
- 11 11 月 凭借电影《风声》获得第 46 届台湾电影金马奖最佳女主角
- 12 《福布斯》杂志发布 2009 年最具性价比女明星排行榜，在中国一线女明星中李冰冰荣登榜首，算起来每付 1 元片酬就能赚回 110 元的票房

2010

- 01 国务院办公厅发布《关于促进电影产业繁荣发展的指导意见》，提出"大力推动我国电影产业跨越式发展，实现由电影大国向电影强国的历史性转变"
- 　　铁道部宣布中国高速铁路运营总里程跃居世界第一位
- 02 参演电影《雪花秘扇》
- 03 世界自然基金会（WWF）正式授予李冰冰"地球一小时"全球推广大使称号，这是世界环境组织首次邀请中国人担任国际大型环保项目的全球大使
- 04 青海省玉树藏族自治州玉树县发生 7.1 级地震
- 　　2010 年上海世博会开幕
- 07 被任命为联合国环境规划署亲善大使，是亚洲首位获得该称号的艺人
- 09 与华谊合约到期，成立了自己的工作室，并作为出品人之一投资了电影《辛亥革命》
- 12 博纳影业登陆纳斯达克，成为中国影视传媒在美国上市的第一股
- 　　中国故事片年产量达到 526 部，票房达 101.72 亿元

2011

- 02 中国国内生产总值首次超越日本，成为全球第二大经济体
- 03 以李冰冰为封面的中国版《时尚芭莎》24 周年纪念刊在 BARAAR 主编大会上被评选为 2010 年全球最佳封面

2012

- 02 中美双方就解决 WTO 中电影相关问题达成协议，中国每年进口美国大片的配额从 20 部提高到 34 部，美国进口大片的票房分账比例从 13% 提升到 25%
- 　　主演电影《我愿意 I DO》上映
- 06 担任上海国际电影节评委
- 07 参加伦敦奥运会火炬接力
- 09 成为第一位进驻香港杜莎夫人蜡像馆的内地女明星
- 　　参演电影《生化危机 5：惩罚》上映
- 10 签约美国经纪公司 UTA（联合精英经纪公司），在洛杉矶学习英语
- 　　李雪加盟万达影视，任公司高管

2013

- 01 中国中东部出现大范围雾霾天气，PM2.5 濒临"爆表"
- 　　成为 GUCCI 古驰首位全球代言人
- 03 国务院将新闻出版总署、广电总局的职责整合，组建国家新闻出版广播电影电视总局，随后更名为国家新闻出版广电总局
- 05 以濒危野生动植物种国际公约贸易全球大使、联合国环境署亲善大使的身份访问肯尼亚
- 07 和颂传媒在 2013 年上半年国内营销公司中票房总值排名第一，其参与营销的《西游降魔篇》在内地拿下 12.45 亿票房，《北京遇上西雅图》取得 5 亿票房
- 08 参演《变形金刚 4：绝迹重生》
- 11 北京和张家口宣布联合申办 2022 年冬奥会
- 　　受邀出任第 50 届台湾金马奖决审评委

2014

- 09 出席联合国气候峰会开幕式并致辞

2015
- 02 主演电影《钟馗伏魔：雪妖魔灵》上映
- 担任浙江卫视电视综艺真人秀《我看你有戏》的导师

2016
- 01 大连万达集团以 35 亿美元的价格收购美国传奇影业

2017
- 01 公开与男友恋情
- 03 《中华人民共和国电影产业促进法》正式施行，是中国文化产业领域的第一部法律
- 07 《战狼 2》上映掀起全民观影热潮，以 56.8 亿票房成为中国影史票房冠军、非英语片票房第一、世界票房历史前百唯一一部非好莱坞电影
- 10 横店影视正式登陆上海证券交易所
- 12 中国网民规模达到 7.72 亿

2018
- 01 主演电影《谜巢》上映
- 02 中国电影市场票房突破 100 亿元
- 06 中央宣传部、文化和旅游部、国家税务总局、国家广播电视总局、国家电影局等联合印发《通知》，要求加强对影视行业天价片酬、"阴阳合同"、偷逃税等问题的治理，控制不合理片酬，推进依法纳税，促进影视业健康发展
- 08 主演电影《巨齿鲨》上映
- 12 中国内地电影票房迈入 600 亿元大关

2019
- 03 赵丽颖成为和颂传媒合伙人之一
- 07 主要影视公司发布上半年业绩报告，华谊兄弟等 6 家知名公司首度亏损
- 10 中华人民共和国成立 70 周年大庆
- 参加浙江卫视原创表演真人秀《我就是演员之巅峰对决》
- 12 据"天眼查"公布数据，2019 年以来有 1884 家影视公司关闭
- 《中国电视剧风向标报告》显示，横店影视城的开机率同比直降 45%
- 中国内地电影票房成为全球第二大票仓，其中国产影片票房占比超过 60%；电影院线拥有银幕 67 000 余块，其中 3D 银幕 60 600 余块，约占 90%，总银幕数跃居世界第一

三

吴亦凡

吴亦凡
回家

"你冷吗？"深夜 12 点，吴妈妈终于忍不住拨通了儿子吴亦凡的电话，她小心地问。

回国一年半，儿子的工作室慢慢组建好，除了几个工作群还没完全退出，她慢慢淡出儿子的世界，很多事情她努力学着忍住不去过问，但当群里有失控的事出现时，她还是会忍不住和负责任的人着急，直接说"这件事你怎么能处理成这样呢"。这时儿子总会私下告诉她不要这样，她就再回过头发微信给对方道歉、解释。

"你赶快睡觉。"看到她打来的电话，在电话那头，吴亦凡着急了。"那么多工作人员都在外面熬着呢，我还有房间可以休息，他们也很辛苦，都辛苦，你赶快睡。"他强调。

是不是你不想要妈妈了？

那是北京寒冬，《西游伏妖篇》进入最紧张的夜戏拍摄，光头的吴亦凡在户外只能穿一件薄薄的袈裟，里面只有件保暖内衣，在室外从夜里 11 点待到凌晨。吴亦凡非常在乎这部电影，这是他和徐克导演合作的第一部戏，他是男主角。作为一个做事彻底忘我，将自己完全投入的年轻男孩，吴亦凡事后承认，自己那一次对母亲发火了。自童年就令他紧张的母亲的担心也许是他在这时最不想面对的情绪、最想关掉的东西。

"第六个大夜戏,室外的大夜戏,只穿一件袈裟和保暖内衣的夜戏,实在忍不住打电话询问,结果被训了,训斥内容:第一,我们工作的时候请不要给我打电话。第二,不要说辛苦,导演他们比我年纪大,也是在室外待一个晚上,我在准备的时候他们才可以回室内取一下暖。第三,你这样一个晚上不睡的担心才是最影响我的。赶紧睡觉!!!"

在儿子这里吃了闭门羹,一夜未眠的母亲第二天只能对着朋友圈说话。

早上6点,天还没亮,Sindy看到了朋友圈里这条信息。Sindy是吴妈妈少有的朋友,也了解这对母子。很多人以为妈妈在表扬儿子,回复大部分是说"孩子很懂事啊"、"没想到凡凡这么懂事",但Sindy明白,吴妈妈是在表达委屈。因为担心母亲的焦虑会影响自己,在她的印象中,吴亦凡从没让她去过片场,"因为她没有办法表达出来……她会觉得自己很无聊"。

"亲爱的,凡凡的话是正确的,你不爱惜自己让他更累、更分心。凡凡很明白自己想要什么,你的理解和配合对孩子很重要,辛苦的妈妈。"Sindy记得自己这么回复了吴妈妈这条微信,但这个回复并没有让当事人心情得到缓和。"由不得自己。"在她的留言下面,吴妈妈语气直接。

回国之后,吴亦凡的团队一开始没有找到稳定的带头人,母子俩在

巨流

这段时间接触过一些合作者，合作者声称自己可以代理吴亦凡的工作。他们没有判断参照，只能相信出现在眼前的每一个人。"吃百家饭。"吴妈妈说。

冯丽华是吴亦凡的前宣传，她记得那时娱乐圈中沟通资源的那些微信群里，只要有人问一句，谁知道吴亦凡的经纪人是谁，下面啪啪啪会冒出来五六个人。"有人说，直接找我好了，我跟他妈妈很熟。"冯丽华回应。最终，如果吴亦凡档期不能搞定，他们又会把问题推到吴妈妈身上。麦特娱乐的 CEO 陈砺志是娱乐行业资深从业人员，在他看来，吴妈妈默默承担了很多东西。"她用与人为善的方法去和大家相处，结果变成一个恶魔一样的形象。"当谈到圈内都在盛传吴妈妈强势难搞的做事风格时，陈砺志这么归因。

对于这种泼脏水，吴妈妈表示她能理解，她不在乎，她的标准只有一个，那就是最后是为儿子好。现在，当想到某件事情是为儿子去做的时候，你会看到她身上那种无比强悍的意志仍能随时重启，那是移民加拿大前决定要把一切奉献给儿子的决心和长达 15 年的锻造。接受我的采访是经吴亦凡的工作人员劝说她才同意的。她是吴亦凡在加拿大十年里唯一的持续见证者，有些故事必须由她来告诉我。

日料店包间里，吴妈妈两个小时很少动筷子，一直在耐心回答问题。"你光说话也没吃东西。"午饭快结束时，我的前上司、主编张捷说。"没关系，好像我今天的责任，要多说点。"吴妈妈说。因为在她心里，这件事也是她为凡凡做的，它能为凡凡好。

吴亦凡
回家

为照顾下午吴亦凡的拍摄,宣传订了这个离影棚很近的日式餐厅,将我和吴妈妈约在这个餐厅的拉门包厢里见了一面。刚从温哥华来到北京的吴妈妈从得知这附近并没有太好的日本餐厅时,就开始担心是不是怠慢了。我们一到餐厅就接到宣传打来的电话,替吴妈妈紧张地问餐厅是不是不够好,如果不好快点告诉他们,他们好换一家。

担忧直到吴妈妈进包厢时还在继续,穿着黑色厚厚羽绒服的她还没坐下就又问了同样的话。听到我们亲口说这家很好的回答后,她才露出笑容,如释重负地脱掉衣服坐在座位上。

现在看来,吴亦凡当年破釜沉舟从韩国回到中国的决定做对了,他的内心和事业都在回国后变得越来越强大。对于儿子当时选择离开自己进入娱乐圈,吴妈妈一直忧心忡忡,但当看到儿子在娱乐行业里做出成绩,她脑海中当明星不靠谱这个观念渐渐被扭转。她很开心听到别人表扬儿子,那时她的脸上会露出不可置信的笑容和由衷的喜悦。

但随着儿子越发强大和独立,吴妈妈又流露出新的担忧和脆弱。回到中国的吴亦凡没选择和母亲住在一起。"因为我知道从我出生那一刻开始,她就没有自己的生活了,这样的生活持续了 20 年。"吴亦凡说。他希望母亲能慢慢培养起自己的生活,但当他每次说"妈妈,你应该去找一个男朋友",吴妈妈的第一反应却是流露出惶恐。"是不是你不想要妈妈了?"她担心地问。

吃饭那天,吴妈妈穿了一件端庄正式的黑色外套,但当脱鞋入座时,

巨流

一双醒目的粉红色袜子却露了出来,那是儿子还在 EXO 时,SM 公司特别给粉丝做的。袜子脚面的部分印有"凡凡"二字,让你在每次低下头穿鞋时,就能看到偶像的名字。这名字唤起了爱着一个人的感觉,虽然他不常在你身边,但这感觉会让你心里充盈起一种正被什么陪伴着自己的温暖,从而忘记现实。

在以儿子为中心的人生里,很多苦难都在她脑海中一闪而过,唯一让她内心再起波澜的事发生在一次活动上。

没有大风大雨的话,那本是一场平凡无奇的活动。但让吴妈妈愣住的是,在活动现场,风雨中立起了一个巨大横幅,这个横幅太大了,只能立一会儿,接着又被风雨吹倒,然后再艰难地立起来。她仔细地看,发现支撑它的只是几个小姑娘,她们好不容易拿到门票,因为这个横幅几乎无法认真观看演出,但她们的动力就是想让儿子看到它,让他更有信心。

"她们在很远的地方,几个人撑着它,一直撑着那块牌子,在风雨里。"吴妈妈陷入回忆。这是她自离婚后把全部心思投入到儿子身上之后无比熟悉的东西,一种"就是完全付出,没有任何回报"的爱和牺牲。

经历过那次共情之后,吴妈妈就在儿子的团队中有了新角色,从演唱会票价是不是定得太高了,到给粉丝的礼物是不是应该收费……她是团队里总要站出来替粉丝争取利益的那个。

吴亦凡
回家

"她现在当粉头,像我们在演唱会的时候争票之类,全部都是阿姨去出头。"冯丽华笑着说。

"因为这份特别单纯、特别纯洁的爱,支持你做什么,我觉得这种东西太珍贵了,如果让这种人受一点伤害,我觉得真的是(不可以的)。真的就像母亲爱孩子的那种。"吴妈妈说。

2007年,看着自己在温哥华列治文的别墅,渐渐适应生活,作为单身母亲,吴亦凡的妈妈第一次感到稳定和满足,她似乎能在这座房子里看到一条漫长之路即将走上正轨:儿子第二年会从这里考上大学,进入社会,按照她为他设定的目标成为一个医生,结婚生子;她则完成任务,迎来解脱,"然后我们就过着这种稳定的生活"。

但比起那座房子,少年吴亦凡有时更需要房子外面那条小路,这让他在感到压抑时,可以起身离开那座房子,通过不断行走和独处重获平静。

"确实有段时间我很叛逆,离家出走有过。"吴亦凡把这称为"离家出走"。也许因为不太明显,也许从没想到在自己的全部付出下儿子还会对生活有什么不满,吴妈妈始终未能注意到儿子的这一举动。多年后,听到我的转述,她有些惊讶。"他可能觉得他已经离家出走了,但是他的出走可能就是出去转了一圈。"她想了想说。

"转了一圈"越来越频繁,同样也是在2007年,在一种暗无天日的绝望中,吴亦凡看到了和母亲完全不同的画面。

巨流

失去婚姻那一年，吴妈妈做了一个重要决定。为了不让已经没有父亲的儿子再受伤害，她决心让他跟随自己的姓氏，把所有生活奉献给他。

这包括为让他享受更好的教育，一个人带他从广州来到温哥华，开始了需背井离乡近十年才能获得身份的移民之路；花三年时间往返国内，最终关掉曾经拥有的企业，彻底成为再无收入的家庭主妇。其代价还有，为避免儿子产生这不再是自己家的感受，保证自己的注意力全在他身上，在他 18 岁上大学之前，她绝不允许让第二个男人出现在这个家中。她开始担心任何不可控的因素影响儿子的成长，她和儿子吴亦凡的一生从此被这个决定改变。

两个小时的采访中，"稳定"是吴妈妈常常脱口而出的关键词之一，共有七次。专心沉浸在抚育儿子中的吴妈妈鲜少与外界发生关系，从不参加任何温哥华当地华人的社团活动。她刚来此地时举目无亲，想要赶快买下房产开始生活，却找不到律师。当地妇女会会长伸出援手，使她走出家门，那次雪中送炭令她至今感恩。

从那次孤注一掷到现在，她的生活时刻与小心翼翼和担忧为伴。在加拿大，她排斥一切复杂、"肮脏"的东西进入她和儿子的房子。很长一段时间，儿子跟什么人接触，她都会亲自去问。如果发现这个人有点问题，她要想出办法阻挠。"其实可能都没什么问题，但是我会把它扼杀在萌芽状态。"

她开始变得"啰啰唆唆的"，"动不动一看到什么，就开始教育，别

吴亦凡
回家

人发生了一件事情，拿回来给儿子一顿说教之类，你看怎么了，什么什么的怎么样，就总是这样"。

吴妈妈相信受苦会令儿子更加努力。在她的观念里，男孩子应该有责任感，她的教育方式就是你要独立，18岁自立。这也是她某种程度上不想依靠他人独自抚养吴亦凡的理由，虽然自己会辛苦一点，但她认为这种辛苦会让儿子意识到"要孝顺妈妈"，更早产生责任感。

吴亦凡13岁那年，吴妈妈忽然发现他比自己高了，家里再遇到一些该男性做的事时，她下意识地说，这个事应该是你们男人做的。"然后人家不吭声就去做了。"面对我，能感受到那次吴妈妈非常骄傲。"特别好玩，"她说，但随后她又有些不安，"他才13岁啊。"

这个男孩过早的沉默曾给吴妈妈的好友Sindy留下深刻印象。Sindy坐在我对面，回忆起吴妈妈讲述儿子的场景，她记得在吴妈妈的讲述中，这个男孩的形象常是沉默的。"凡凡就不说话。"

让她都有点愤怒的是有一次，吴妈妈说起看到儿子没有按时休息，还坐在电脑前沉迷网络游戏时，她没有说任何话，"啪"地一下把电脑关掉。"好过分啊，"她记得自己对吴妈妈说，"我说我妈妈这样对我，我非发一顿脾气不可，不管怎么样在玩的兴头上，'啪'就给关了。"Sindy靠在椅背上，眉头皱了起来。

她想了想，如果这件事放在其他孩子身上，也应该早就闹了，但这原本是同龄人的正常反应吴亦凡都没有。"就是我觉得这个孩子已经

巨流

非常不一样了……他基本上不会吵也不会闹……他就不说话。"

不过,她没多想下去,而是用一种中国式懂事表扬了他。"我觉得他挺独立的。他的心理啊,还有他生活上都是蛮独立的。"面对我,她说。

2000年,吴亦凡面临英语入学考试。当听说别人家的孩子两三年都无法通过时,吴妈妈再次陷入焦虑,开始通过不断灌输危机感,避免糟糕的结果发生在自己的儿子身上。"我就不间断地说,你背英语单词啊,要不然你过不了,然后怎么怎么样……就老是嘟囔人家,你不过怎么怎么样……他没有考试之前我就一直折磨他……这一年我都在折磨他。"

和以往一样,吴亦凡那一次也没有说一句话。当发现儿子没有表现得和她一样紧张,吴妈妈又开始担心他是不是没有听懂。"不吭声我就认为他没听懂,我就换个方式再说,还不吭声我就再换一个方式再说。"

虽未如母亲期待的那般努力,但很早就开始准备那次英语考试的吴亦凡一次就过了。不过这个男孩并没得到应有的表扬,不表扬是因为吴妈妈害怕失去控制力。"我不可能和他去唱红脸的,我就没办法……因为我觉得我要管他,我就拿出那一点儿威严来,要不然他就觉得没效果,我就会这样想。"

不过,当吴妈妈深深陷在自己的逻辑和严防死打的守护里时,她忽略了去了解吴亦凡的内心。

吴亦凡
回家

90 年代的广州,一个小男孩因父母工作繁忙不得不在游泳课上消磨暑假,他至今记得当时和其他小朋友一同站在那个游泳池前看到的景象。那时,那座多雨、燥热的南方城市刚下过暴雨,他能看到水面上漂着树叶,整个游泳池里都是脏的。但当教练说跳下去时,他是那天唯一毫不犹豫跳进脏水里的小朋友。

"我就觉得他说的是对的,没什么事,是你们不敢跳而已,我就敢跳,我跳了。"十多年后的现在,回忆起那时的勇气,吴亦凡说。结果第二天,他因耳朵发炎被送进医院,但他并不觉得那有什么:"我不愿意让别人失望。"

在他人对自己的高期望中,吴亦凡不希望自己是弱小的。他面对移民时的内心远不像母亲以为的那么平静。刚移民时,吴亦凡就要面对巨大的成长危机。童年的他希望成为人群中心,但因老是换学校,刚和小伙伴玩得不错,就又要去交新朋友。每天的午饭时间对那时的吴亦凡而言是非常尴尬的时刻,看着其他小朋友特别熟地聚在一起吃,他只能一个人坐在那里,这让他有段时间一下子变得"非常内向,非常自闭"。

但吴亦凡没有把这个苦恼告诉母亲。不想告诉是因为母亲常常是很容易"激动"的,"因为一件很小的事情会变得很严重"。他怕这会增加母亲的担心。他想一个人硬扛下来。

硬扛的结果是,外号"鸡汤凡"的他至今有一个习惯,遇到不知道怎么办的事首先想到的不是问问身边人,而是看看励志书里有没有

巨流

教过。吴亦凡对励志书的依赖正是在那次童年危机后形成的。母亲是他那时唯一的沟通通道，但他自己把这个通道封闭起来后，无人沟通的他走投无路，只能去街上逛书店，买回来那些排行榜上的热门书籍。这些书籍大多是关于如何说话、做人、观察别人等指向明确、目的性强的励志书籍，他想从上面找到让自己受欢迎的方法。

在不与人沟通、长期和励志书相处的岁月中，篮球的出现使吴亦凡第一次与外部世界接通。

在他看来，喜欢上篮球对他的内心有本质改变。那是他第一次感受到自我释放，找到小伙伴，自然而然地找到与人沟通的方式。更重要的是，也是在那时，他第一次发现了他在后来认定自己性格中"最宝贵的东西"：简单和单纯。在90后的成长中，漫画是重要的陪伴品，《火影忍者》和《海贼王》几乎是每个90后必看的漫画书，但吴亦凡说自己唯一看过的就是《灌篮高手》，因为它和篮球有关。"所以我是一个特别纯粹的人，我可能喜欢的就是只干这一个，打篮球就打篮球，其他运动都不关心。"吴亦凡说。

第一次通过篮球体会到自我表达快乐的吴亦凡想要追随这种感受，把进NBA当作人生梦想。但在吴妈妈看来，打篮球是易"受伤"的、"生命力比较短"的。

吴亦凡16岁那年，因处理国内最后的事务，吴妈妈要带着儿子回广州一年。由于温哥华教学和国内不同，吴亦凡在温哥华上的是体校。吴妈妈记得体校老师一直表扬儿子"是最好的后卫"。"而且他不抢，

吴亦凡
回家

他总能在局里面,他从来不会说要我自己表现。"吴妈妈说。现在回想起来,那应该是吴亦凡好不容易找到的一个赞美自己、需要自己的集体,他想表现得更好。

吴妈妈最后是从温哥华"硬给他拉走"的。吴亦凡很伤感自己的梦想还没怎么开始就破灭了。"回去就特别难过,第一次发现自己有梦想,而且特别舍不得,是因为那个时候我十四五吧,模糊地有了一点自己的价值观和自己身边一些渴望追求的东西的时候,但没办法,就是还得跟我妈妈回去,没有选择的余地。"在刚刚播出的一档访谈节目中,他对主持人说。他把没有选择余地的原因归结为"因为自己太小了"。

吴妈妈记得儿子"回去的时候就很难过,有几天不出门",有什么事情,吴妈妈都会把他硬拉出去。"那段时间的任务就是怎么让他缓过这个劲,但那次我记得特别难。"她说。

吴妈妈把高考当作自己抚养任务完成的标志。随着高考越来越临近,她也越来越紧张和严厉。吴亦凡记得那时母亲因为一件很小的事情就会大吵。最让他绝望的是,面对害怕失去权威而不与儿子沟通的母亲,一直不够圆滑的吴亦凡把这个问题归结到了自己不会沟通身上,他认为这是因为自己是一个根本不知怎么安慰人的人。

在接受我的采访时,他试图总结他认为的单亲家庭的人际关系。在他看来,"单亲家庭比较现实的就是,其实母子关系比较容易走到一个极端的情况,因为没有第三个人调解"。在他看来,在这种家庭中

巨流

的孩子也"很容易出现两个极端"。缺少另一个人与自己分担养育压力、过于强化管理的独自抚养孩子的人，容易在强压教育下让孩子出现两种结果，一种"很容易很有出息，很有担当"，另一种"就是在那个叛逆期比较容易颓废"。在这种极端环境中，有几次吵到崩溃离家出走，想起绝望的母亲和不善言辞的自己，吴亦凡内心最渴望的是能出现另一个人来安慰母亲。

更让他挫败的是，因前一年回广州，他的学业有些耽误，他害怕自己会考不上大学。他们的家庭收入早已彻底被切断，当想到上大学又是一笔费用，他更恐惧了。那段时间，他开始打一些零工，尽管只能赚到一些零用钱，当自己的努力可以带来一些改变时，他感到生活中少有的放松。

吴亦凡从没有想过要当明星。那本是温哥华非常普通的一天，在同学的要求下，他陪他去了韩国 SM 娱乐公司来温哥华招练习生的面试。正处于这种走投无路的情绪中，当看到"包吃包住"四个字时，去韩国当明星的念头一下子在 17 岁的他的脑海中闪现。"当时听到说可以去韩国，又包吃包住，各方面我觉得等于说能自己养活自己了。"他说。

合约虽然包吃包住，却长达 10 年，"签完出来就 30 多了"，但吴亦凡完全没有想这些意味着什么。"当时我的感觉是，我就不想回加拿大了，我不想再回到过去那样子。我觉得两个人压力都特别大，家里的氛围变得越来越不好了，我想要自己承担自己人生的意愿太强烈了。"他说。

吴亦凡
回家

意识到儿子非常坚决，是在签约过程中。吴妈妈至今记得直到到了机场儿子才最终签的约。"在签约的时候我们娘儿俩都在哭。"吴妈妈说。她记得儿子说："妈妈我觉得真的对不起你，你养育我这么大，我让你这么伤心。""他说完这句话的时候，我特别高兴，我说好，儿子没事了，那我们回家，回家了。这是我当时的回答。"她以为儿子心软了，接着，她听到的是："我签。""他就是流着泪把字签了。"

在把自己的全部奉献给儿子的七年里，吴妈妈生活中所剩的自我意识已然不多，儿子的突然走掉，令她瞬间失去生活的目标，她的感觉是"失重"，"完全失重"。过了一段时间，她卖掉了那座母子俩生活了七年的温哥华别墅，搬进了城里的公寓。别墅需要拔草，照料，她悲哀地发现她已经无法再集中精力打理那么大一座房子了。

Sindy 在那时与吴妈妈相识。她们一起爬山，开车出去时，她一直以为这个"很漂亮"，"不是中国传统的那种，而是有点儿西方的那种美"的女性和她一样享受着没有生育过的自由生活，直到一段日子之后她才知道她还有一个在韩国的孩子。从那之后，吴妈妈常常提起这个儿子，说自己很想念他。"就是一种习惯性的，我很少问，都是她自己说起，"Sindy 说，"有时她讲的时候一直在笑，有时则表现出了担心。"

吴亦凡离开之后，吴妈妈时常回忆的是这个男孩和自己一起生活的点滴。她想起儿子从小就是一个对他人痛苦非常敏感的人。

吴亦凡是在出生几个月后就被姥爷姥姥抱回老家带大的，他对他们

巨流

有很深的感情,但和其他孩子不一样,他在后来很长一段时间会把这种感情延续到所有其他老人身上。"如果在路上他见了一个老人,特别是流离失所的,他会特别难过……他真的是从心里说他让我想到了我的姥姥姥爷。"刚到温哥华时,这种敏感曾一度给吴妈妈带来很多麻烦。她记得她最为难的是带吴亦凡去市中心,当路上遇到卖唱的老人,他就会一直站在那里,直到母亲给他们钱才会走。这让她非常为难,如果给钱,卖艺的太多,一给就是两块加币,这对没有经济来源的她来说是很有心理负担的事。"如果我不给,他就(一直等在那里)……就这样一个人。"她记得。

谈起为什么易与老人共情时,吴亦凡回忆起的是他们对自己无微不至的照顾和对幼小自我的满足。令这种共情加剧的是在他刚刚上小学时,曾看到过的一次他们受难的无助。

他还记得那时广州流行四驱车,他也想要一个,但在姥姥姥爷家很难买到,这令吴亦凡特别生气,他质问他们在这里生活这么多年,为什么四驱车都找不到。说完,他看到姥姥姥爷一下子变得非常着急,想尽办法帮他四处找车但又无能为力时,非常后悔,这种痛苦深深印在了他的情感记忆里。当姥姥姥爷最终为他找到车,"我特别地爱惜",吴亦凡说。

外表阳光坚定的他,留给导演周拓如最深的印象是这个男孩哭泣的方式。那是拍摄《致青春·原来你还在这里》的高潮段落时,吴亦凡饰演的富二代在和女友冲突后无助地哭泣。周拓如希望这个男孩能用一种没有技巧的方法出演。"我没有跟他要求是怎么样去哭。"他记

吴亦凡
回家

得,他想看他的真实反映,他私下也想过一百种可能,咆哮着哭?挣扎地哭?让他意外的是,吴亦凡最终用的是一种孩子一般的哭。"这样一个帅帅的大男生,高高大大的……居然像一个孩子般地哭了起来。"周拓如说。他记得在他喊"卡"很久之后,现场都是静默的。

在吴妈妈艰苦付出时,她未能注意到的是温哥华早上六七点钟曾给少年吴亦凡留下了怎样难以磨灭的记忆。那是看着母亲在寒冷和黑暗中早起,发动汽车,独自辛苦送他上学的时刻,日复一日,不知尽头。

"所以我是在 16 岁生日后的第一天就去考了驾照。"吴亦凡说。那一年他 16 岁,是加拿大可以拥有驾照的年纪。他记得在他的同龄人里,他是最早能开车的,当朋友都坐在他的车上说,哇,你都开车了,有驾照了!他记得自己很高兴地说:"是啊,我生日一过就考驾照了。"那个下午,说起这件事,吴亦凡显得很开心。更让他开心的是,当母亲惊讶地发现他开得很不错时,他暗自得意极了。从那以后,母亲去买菜都由他来驾驶,他能感到自己不再是无能为力的。

还有一年就出道了

1998 年,韩国人李秀满和他的下属制作了一本在内部常被简称为"C.T."(Culture Technology)的文化技术手册。C.T. 罗列了让 SM 娱乐的偶像们在亚洲不同国家流行的步骤,其详尽到包括在什么国家使用哪种和弦、眼影、手势,和 MV 最开始是不是应该 360 度全景镜头紧接着偶像的个人特写蒙太奇。

巨流

"不是生来如此，他的明星是被创造出来的。"当谈到韩国人李秀满和他 1989 年创建的 SM 娱乐公司在这本手册指导下的造星精神时，《纽约客》在《偶像制造流水线》一文中这么评价。

唱歌、跳舞、参加综艺节目……SM 公司制造出的是一种多达十几人的偶像团体。

十几个男孩同时做出整齐划一的舞蹈为他们带来了引人瞩目的炫目魅力，但这需要他们付出巨大代价。有时拍 MV 时，十几个人中有一个舞蹈动作出了问题，其他人就要全部重新排练。在这个过程中，SM 公司喜欢给偶像们灌输"家人"概念。"家人"既是他们自己之间，也是他们和粉丝之间的关系。很多时候，"家人"是利用集体主义对个人进行约束的手段。为了不连累"家人"，让自己产生负罪感，他们必须更努力地练习。在 SM 公司做的一档历届韩流偶像的回顾节目中，偶像组合 H.O.T 穿着在灯光下会产生眩目效果的塑质衣服跳着舞，面带微笑给粉丝唱《幸福》，衣服又重又不透气，汗已经贴在了裤脚上。演完上车，赶往下个表演场时，衣服不能脱，实在热得不行，坐在车后座的偶像只能把裤子脱到鞋的位置凉快一会儿，因为完全脱掉就很难穿上，到新的地方再快速拉上裤子，继续笑着面对舞台下的粉丝。

在这样一个控制欲极强的造星系统中，吴亦凡不能说是全然孤独的，因为在那里，他遇到了一个志同道合的伙伴。很难想象，在那样一个封闭的残酷系统里，这个男孩却在极权式管制中为自己的人生制造出了至今他最为珍贵以及最为温暖的回忆之一。

吴亦凡
回家

"你现在越拍越好,你知道为什么吗?因为你把这个当成自己的家了。"拍摄《致青春·原来你还在这里》时,吴亦凡记得摄影师这么告诉他。在里面演男主角的他很奇怪,有时候演起来特别舒服,有时会觉得有点紧张。当他和剧组的人越来越熟悉,越来越能在他们中间打开自己时,他得到了这句评价。这让他恍然大悟,"当一个演员懂得怎么把剧组当成自己的家,而不是绷着……他就能演最好的戏",他这么相信着。

吴亦凡时刻都会在采访中提到他希望获得的一种能够给他支撑的家人感。有没有在工作中产生家人感是他判断自己做得够不够好的标准。在回国有了自己的工作室后,吴亦凡也希望工作室里的关系和家人一样。他理解的家人感是信任、鼓励和友善,"一些艺人在工作的时候是很需要安全感的",而当他对别人友善,在生活或工作中感到这种友善时,他会特别受激励,吴亦凡说。

在这种家人感下,他会产生付出的动力,会觉得自己是被需要的,也会更卖力和做得更好。"你跟你的经纪人之间的关系如果很好的话,你觉得他也在很用心地为你做事情,你就会觉得特别有动力,特别踏实。"

正是对于这种情感的强烈渴望,以及易被这种情感激励的性格,在千篇一律的 SM 公司,吴亦凡找到了如今和他还是亲密挚友的同伴 Kevin。

Kevin 当时是 SM 公司的美籍韩裔练习生,SM 公司去美国招生时,

巨流

他甚至不知道那是什么。"我想要做音乐,我想要快乐,所以,我某种程度上是盲目的,我也没有想那么多,因为我还小。"都是外籍练习生,都不是"为了做明星"来到这里,都喜欢美国的嘻哈和实验音乐,都阴差阳错出现在了 SM 公司。吴亦凡说当自己和 Kevin 第一次遇到时,他就能感到彼此是这里的异类,他们就这样成了朋友。

在 SM 公司,他们一起奋斗,一起朝着出道目标努力。每天见面,每天练习,吴亦凡把 Kevin 视作自己生命中一直渴望出现的陪伴者,他把那段时光描述为"革命情结、战友的感觉"。

但在 2010 年,吴亦凡听到了一个坏消息,Kevin 要离开 SM 公司了。吴亦凡非常崩溃,Kevin 是一个他寄托了家人感的人,这个人最终也要离他而去。一开始,吴亦凡认为那是公司的决定。"别让他走。"他恳求 SM 公司。

最终在电话里,他得知是 Kevin 自己要走的。Kevin 始终想做自己的音乐,但"为了能得到他们给你的机会,你要非常可怕地练习……每天几乎都要训练到十点十一点,有时要训练到凌晨一点"。四年后,Kevin 发现自己已经看不到目标了,他"无法再忍受一点点",在那一刻,决定了离开 SM 公司。"我们想享受我们的青春,但我们几乎牺牲了我们的黄金岁月。"他告诉我。他比吴亦凡早来一年,刚开始时,对这家公司的耐心建立在一种新鲜感上,但四年的煎熬彻底耗尽了他的耐力。

"我们说好一起(出道),为什么你先走了?"电话一通,吴亦凡就

吴亦凡
回家

哭了。

"如果你是我的好朋友的话,你要支持我,因为在公司做偶像不是我想要的。"电话里 Kevin 告诉他。

令 Kevin 意外的是,虽然他违背了承诺,但吴亦凡依然用全部感情在对待自己,这让他在那时强烈感到:在感情面前,吴亦凡不轻易改变,他天生有种想在真兄弟面前维持住纯真的证明欲。

Kevin 的亲人都在美国,刚离开 SM 公司时,他常感到孤独,那段时间,吴亦凡每天从 SM 公司打来的电话支撑了他的生活。电话常常在晚上十一点后从宿舍打来,那是 SM 公司训练结束的时候,有时也在早上。很长一段时间,早上一醒来,通过电话聊天是他们起床后做的第一件事。

吴亦凡还经常偷偷溜出宿舍去录音棚看 Kevin,一起做点他们真正喜欢的东西,但一般他只能待一个小时,因为宿舍门禁,他必须 12 点前回去。

"我们一起写一首歌吧?"吴亦凡有次在录音棚里提议。

"好啊好啊。"Kevin 说。

"写什么呢?要不然写一首给妈妈的歌?"吴亦凡问。

巨流

"特别好。"Kevin 说。

那首叫《摇篮曲》(Lullaby) 的歌就是在那一个小时里创作出来的。在那首歌里,Kevin 记得他们对妈妈表示了抱歉,抱歉妈妈等了他们那么久,但他们想说的是妈妈不要为他们担心,因为当妈妈担心自己的孩子时,孩子也会狂躁。

"别为我担心,看看我吧,我做得很好,"Kevin 在电话里回忆着歌词,"这是我们想表达的信息。"

但让吴亦凡和 Kevin 没有意识到,除了表演、外形包装和推广外,在 SM 公司,友情也是被约束的。

也许是为了便于控制,也许是出于恐惧,在吴妈妈的经验中,SM 公司不喜欢本公司的艺人和那些被淘汰或中途退出的练习生仍保持友谊。公司"本能地认为","走的人就一定是恨我公司的",她猜测。

SM 公司不允许吴亦凡再和 Kevin 联系,但正是在这种不合理的限制下,Kevin 才意识到吴亦凡的强大。吴亦凡不认为友谊应该受到约束,他曾坚定地告诉他的母亲:朋友就是朋友,不能因为他离开这个公司,就跟他不做朋友了。"他是硬骨头。"吴妈妈说。

在 Kevin 孤身一人在韩国的岁月里,让他震惊的是,当他需要时,吴亦凡总会出现。有次他突发意外进了急救室,没有家人的他只能给吴亦凡打电话。"这时他在韩国已经很有名了,我让他到医院来,

吴亦凡
回家

他立刻就来了，那时我身上也没钱，所以他付了医院账单，带我去吃东西。"Kevin 不知道吴亦凡是怎么做到的，"但是他做到了，这个时刻我会一直珍藏，我太感谢他了。"

也许因为童年时便尝到过无能为力的绝望，在一段友情中，吴亦凡说自己总是倾向扮演那个保护者的角色，也就是努力维护关系，不让它轻易破碎。很多时候，即便他认为朋友提出了一些不太合理的要求，包括一些金钱或物质上的索取，他仍会装作不知道，继续和他保持很好的关系，只要这个人曾经和他有过心理层面的共鸣，都会让吴亦凡非常珍惜。

"就是因为我觉得我跟他是有感情的。"他说。也许他至今害怕失去，他说只要想到在自己有困难时，这是一个可以倾听他的一些心声的人，只要这个人能做到这一点，他觉得这就够了。"所以其他方面的话，我就不太在意了。"

"Kris（吴亦凡的英文名）是个无私的人，他有点不一样。对我来说，我想离开就离开了，我没想到我的家人。但是他是个很大方慷慨的人，当他想离开时他就会想到他妈妈。"当谈到吴亦凡和自己的区别时，Kevin 说。

在韩国，让吴亦凡意外的还有因距离变远，他和母亲的关系从冲突变成了一种关心和思念，这是吴亦凡一直渴望的母子感情。让人唏嘘的是，吴亦凡在十年相处里渴望但没有感受到的东西，却在两个人分开后出现了。

巨流

在离开了别墅住进公寓后,吴妈妈这么形容自己在公寓里的生活状态:在那里,她时刻处于一种随时就走的魂不守舍里。"锁门走就可以了……我的信念就是他在韩国我就要去韩国,我当时就是这样想的。"吴妈妈回忆。但最终让她断绝这个念头的不是儿子,而是 SM 公司。

吴妈妈发现如果她一年只去一次韩国,SM 公司会客客气气地接待她,但她要再去第二次、第三次,SM 公司明显对她冷淡,绝不跟她见面。有一次,得知吴亦凡有了假期,吴妈妈去了韩国,但一直等到半夜 SM 公司才让儿子见她。因为怕"一旦你给他找一点麻烦,他一定就会用到孩子身上去,给他一点颜色看看"。为更好地控制孩子们,SM 公司也许想让练习生们更快接受公司为他们安排的新家人,它并不希望之前的家人仍和他们有过多联系。当意识到自己去了会给儿子带来麻烦,吴妈妈从此很少再敢去麻烦他们。

除了一年一次的见面,大部分时候,两个人只能电话交流。

即便吴妈妈已经知道了 SM 公司的严苛,但电话里,儿子对她说的却永远是,我很好啊,没事啊。"你硬追着他问的时候,他还是会说,我很好啊,一切都很好啊。"她说。

然而即便这样,作为一个全部身心都在儿子身上的母亲,她仍能通过电话猜测到儿子的状态,当他不接电话的时候,那一定是不好的时候。

吴亦凡
回家

最让她担心的那次是在一个大年三十的夜晚。那一天，宿舍里的人都回去了，只有吴亦凡一个人留在韩国。吴妈妈一遍遍拨着电话，但"怎么打电话都不接，就不接电话"。那年三十，她过不下去，"一夜也睡不成觉"。

第二天，一夜未眠的吴妈妈鼓足勇气给负责培训的人发了一个信息，麻烦她让亦凡怎么样都跟她联系一下。晚上，儿子的电话打了回来。

"你想家吗？累的话你就回家，什么也不用担心。"当听到电话那头母亲的关心，吴亦凡一下子哭了。

一开始是下意识的，他没让母亲发现他的哭泣，像以前一样，他对她说挺好的，没事儿没事儿。哭完之后，他情绪恢复，庆幸自己刚才明智地忍住了。

直到成功出道后，吴亦凡才敢告诉母亲那天的心路历程。初一那个电话是他鼓足勇气才拨出的，当时他在 SM 公司正遭遇情绪崩溃，他担心电话通了，听到母亲那些温暖的话他会一下子软弱。如果控制不住在电话里诉苦，一定意志崩溃，熬不下去，最终离开 SM 公司。

"我说我一定不能回家，我一定坚持到最后。"那一次，他在心里又一次对自己强调。

"他说如果他当时给我打电话了，他就会离开，不想干了，他就熬不下去了，说必须不能接我的电话。他说他如果接了我的电话，他就

巨流

要走，就会待不住了。"吴妈妈回忆。

得知儿子内心经历的煎熬，吴妈妈非常伤心："他总觉得我是有生活压力的，因为在国外生活也不是很容易，其实他想的这些东西并不是我需要的，我就希望你在我旁边就好了，你为什么去独立？"

"儿子现在在训练吗？是不是挺苦的？她觉得担心。"回忆起得不到儿子消息的日子，吴妈妈是怎么过来的，Sindy 脑海中充满了她自言自语的画面。她们有时晚上住在一起，她记得那时吴妈妈因为思念和担心，整晚整晚不怎么睡觉。吴妈妈不看电视，就一个人躺在床上。"我说你干什么晚上不睡觉，女人晚上不睡觉这样对身体不好，然后她就说我睡不好，想儿子，我担心他。"当 Sindy 说完再睡过去，过了几个小时又睁开眼睛时，吴妈妈依然醒着。

"除了不让母亲失望而燃起坚持下去的动力，还有一个原因是不是你害怕回去之后你和妈妈的关系又回到过去绷紧的那种状态？而且你可能更没话语权了，因为你已经失败过了一次？"我的朋友问。

"是，还是很贴切的，基本上这些因素都有，我觉得没有办法，我没有别的路可以选。"吴亦凡答道。

"那时候你不知道什么时候可以出道，什么时候可以怎么样，你完全都不知道，你就每天去训练，去学习，然后等待，其实是特别迷茫的。"吴亦凡回忆，"我一直是抱着一定要坚持下去的这个心，我说我不能回去，我现在回去的话不是半途而废吗？荒废这么多年了，

吴亦凡
回家

学业也没有继续。"

那时,不断和母亲报喜不报忧成为他让自己坚持下去的方法。他要让母亲一直觉得自己很好,不给自己抱怨的机会,这样再没有理由回头了。"到最后其实我也是把自己逼到一个不能回去的地步了。"他告诉我。他当时体会到了母亲对他的爱,他不能辜负这种爱,半途而废。就这样,他为自己制造出了一种绝境,让他必须全力投入不能回头,直到达成目标。

"我们采访过很多名人,有些名人属于被机会砸中,不是通过自己的努力获得了成功,他们中很多后来更相信命运,选择和宗教为伴,但是你是很相信自己能把握自己的命运是吧?"在现场,张捷问。

"对,我是特别相信这点的,我觉得人应该是能够靠自己的努力去掌握自己的命运的,而不应该去因为这个被左右,也不应该因为不好的事情去埋怨运气不好什么的。我觉得很多时候你如果真的付出了没有收获,那就是付出的不够。如果你得到了一个收获但你并没有付出的话,其实这个事情可能后来会是比较不好。"吴亦凡回答。

吴亦凡作为 EXO 组合成员在 2012 年正式出道,回忆这个过程,他想到的第一个词是"熬"。当时进 SM 公司,公司口头告诉他,还有一年就出道了,"然后变成两年,变成三年,三年变成四年"。出道那年,他已经是这里训练时间最长的外籍练习生。

从练习生到正式出道是四年的艰苦等待与意志的胜利。在国内,吴

巨流

亦凡的前宣传冯丽华面对最多的媒体误解是：吴亦凡是不是运气很好空降一线。"因为对于国内现在很多当红炸子鸡来说，真的是靠一部戏一夜爆红了，但是我对亦凡的了解是他之前那七年其实是付出太多太多才有机会走到这儿。虽然说他回国之后是有很多的话题，算是很红，但是在这之前真的是有很多铺垫的。"冯丽华说。

看着真不真？

吴亦凡出道前就被一个守在SM练习生宿舍的粉丝拍摄到了。对于练习生来说，这是一件很不错的事，某种意义上，这也是他们被发现的机会。正是在那个视频里，他有了被一个叫酱酱的中国粉丝认识的可能。视频里他穿着牛仔裤正在过马路，由于是俯拍，长发几乎遮住了他干净英俊的脸，就在那短短的一瞬间，酱酱立刻被吴亦凡身上一种清冷的气质圈了粉。

一些大粉丝从一个偶像移情到另一个，为不被原来的粉丝发现，他们会默默再注册一个微博小号，这被叫作"爬墙"。有个喜欢吴亦凡之前喜欢另一个韩系偶像的女孩很久不登录她原来的账号了，大家有点怀疑。直到吴亦凡《有一个地方只有我们知道》上映，因为一个微博号只能买四张票，女孩不小心又登录原来的号为吴亦凡刷票。马上，她收到一条私信：她们都跟我说，你已经爬墙了，我不相信，没想到你是真的爬墙了。女孩吓得赶快退出账号。

喜欢吴亦凡前，酱酱是"东方神起"组合里一个叫"沈昌珉"的男孩的粉丝。在被吴亦凡圈粉之后，酱酱挣扎了一阵。那时，她作为

吴亦凡
回家

沈昌珉的粉丝，已经有些名气，她担心这也会被看作是一种背叛。

但很快，吴亦凡身上的特质让酱酱不得不对他刮目相看，产生了坚定要跟随他的决心。

"也是因为这七年的时间让我更加地坚信付出就会有回报。"酱酱发现吴亦凡和 SM 公司通常的那种听话的偶像不同，这个男孩更多的是想干自己认为对的或愿意干的事情。正是这一点让她看到并且坚定喜欢上了他。和酱酱预感的一样，正是在那一次成功之后，吴亦凡变得更大胆地按照他心里所想的而不是规定做事。这吸引了酱酱。

刚开始当偶像时，和其他人一样，吴亦凡认为帅就够了，他也担心过有没有粉丝喜欢自己。一开始，当发现有粉丝喜欢自己后，他第一反应会想去迎合他们。迎合的过程大多是按照他们喜欢的样子打扮自己。粉丝会说吴亦凡你浪奔比较好看，或者你留刘海比较好看。浪奔就是头发往后梳，刘海就是把头发顺下来。有时常常之前的活动做浪奔，过两天粉丝又说想看刘海，这时吴亦凡就会和造型师说："这次你帮我做个有刘海的吧。"这样过了一年，他忽然觉得"那样子好没意思"。

"你不可能满足所有粉丝的想法，如果你满足的话，你也不是你自己了……如果你就想做他们想要的事情，一直听他们的话，你这辈子没有任何自己的东西，那你就很惨了。"吴亦凡告诉我。在 SM 公司，他说自己看到了那些一味追求粉丝喜爱、一直走安全路线的偶像最终"变得一模一样，经常都是一个形象"，他们"失去了自己"，"我

巨流

觉得为别人活着很累"。

吴亦凡在 EXO 时有一个外号叫"机场移动画报",也就是他的机场照片很像在秀场。"没有一次不搭,没有一次穿重复的衣服。"吴亦凡说。在豆瓣上有人贴出这些照片,有人评论他"是用生命在走机场"。因为只有在赶飞机的短暂时间里,他才能通过服装向粉丝展示自己的想法,获得自由表达的机会。

为准备某次生日会,他的造型师阿聪去了日本,通过和他拍照确认,共购买了 70 多公斤的衣服。在给吴亦凡所有衣服拍照时,一天先拍了 200 多件,"然后听说还有三分之二在家里",就光帽子,吴亦凡"应该没有 1000 也有 500",阿聪说。很多人认为吴亦凡喜欢时尚只是因为热爱潮流,但实际上时尚对他有远比喜好更重要的意义,很长一段时间,那是他唯一可以自我表达的出口。

每个赶飞机的前夜,无论训练多累,吴亦凡都会提前认真地选衣服,给自己搭配好才会入睡。不是每个造型都是帅的,但一定都是他喜欢的。吴亦凡很得意有粉丝评价,吴亦凡只有想帅的时候才会帅给他们看,那代表他在这件事上掌握了话语权。而那时一封粉丝来信让他至今印象深刻。从来粉丝写信都是说永远支持你,你很帅,你最帅,但那个粉丝写的是:凡凡,你好,我喜欢你是因为你的时尚,我觉得你穿得特别好看。那代表他自己被肯定了,而不是包装过的他被肯定了。那是他唯一可以在粉丝面前做的让自己不一样的事。

吴亦凡拍摄过《人物》杂志"年度面孔"。这是杂志年末最重要的评

吴亦凡
回家

选，入选的大部分是王健林、马云这类中年成功人士，旨在选出这一年里对中国影响重大的现象级人物。

因在社交媒体上掀起狂热的粉丝现象，吴亦凡在2015年被杂志定义为"年度偶像"，成为登上这个群封的第一个90后明星。群封上的人大多穿正装，吴亦凡喜欢潮牌和嘻哈风格，为避免风格不搭，拍摄前，编辑特别嘱咐他这次要正式点。

吴亦凡那时正在拍徐克的《西游伏妖篇》，为演好唐僧，他把自己的头发剃光了，听到着装要求，他担心光头会不会太不正式了。他想到的方法是戴一顶假发。"我这样穿行吗？"在片场，越过宣传，直接从化妆间走进摄影棚的吴亦凡问杂志编辑。黑色紧身西装，黑色皮鞋，黑色假发。谁都能看出那顶假发很特别，它的刘海厚厚的、长长的，一直盖住了他的眉毛。罩在这层厚密的黑色后面，一个人即便拥有再刚毅、直率的眼神，都会立刻变得忧郁善感，从直视不自觉变得向一旁放空、迷离，就像电视上每个韩国偶像明星会给你的那种感觉。吴亦凡对这种感觉再熟悉不过——从18岁开始，有七年时间，就像保持一种职业状态，这样的出场状态来自他所属经纪公司的训练。

作为粉丝型艺人，能吸引粉丝为公司赚钱的前提是要能成功"圈粉"。作为粉丝界专用名词，"圈粉"是指粉丝被偶像迷住，决定追随他的瞬间。酱酱已经是吴亦凡百度贴吧的吧主，在她看来，"圈粉"成功的重要前提是偶像的颜值，吴亦凡是那种英气逼人的剑眉压眼，这是很多粉丝认为他长相中最具吸引力的部分。"圈粉"往往发生在

巨流

瞬间，类似一见钟情，当镜头定格在偶像的脸上时，你会一下子感到空气都凝固了，酱酱说，随后粉丝就会不断地去各种地方找偶像的脸看。

酱酱也明白，在韩国造星工业体系里，颜值其实是可以打造出来的，比如厚厚的妆，比如一种在拍 MV 时放在偶像们面前绕成一圈光源的特殊灯具，照着偶像时，能让他们的黑色瞳孔里出现一个神秘的、如一串光珠组成的奇异白圈。而通过打理发型让一个原本普通的男孩子变帅是韩国人最擅长的。比如在厚厚的刘海下，偶像们会显得格外的乖和安静，有邻家哥哥式的陪伴感，让粉丝寄予幻想。韩粉圈流行一句话：检验一个偶像是不是真帅哥，要看他剪掉刘海后的样子。

那顶假发正是来自韩国这样一个包装体系。就像一种保密技术一样，为打理好这顶假发，吴亦凡团队专门雇用了一个从韩国过来的造型师，全程守在它的旁边。这种刘海也许是吴亦凡和其他 EXO 团员像制服一样熟悉的东西。有七年时间，刘海就像他的工作制服一样，在工作的时候必须一丝不苟地打理维护。当提到"正式"，像是一种天然刻在偶像骨子里的东西，假发制造的刘海是吴亦凡第一时间能想到的。

"真吧，看着真不真？"吴亦凡问。假发是花了近一个小时才戴上的，他揪了揪，带点儿小得意地显摆。出片极快，在外人看来，吴亦凡状态不错，眼神一个接一个向镜头甩去，分毫不差，训练有素。第一组照片拍完，所有人围拢过去，对着屏幕里吴亦凡的长腿和专业表情赞叹，但他自己看了看，指了指片中自己的头发："刘海是不是太假了？""看上去很沉。"他不太确定地询问工作人员。尽管包括摄影师在内的片场人员都觉得照片并没有不妥，他还是决定调整一下假发重拍一轮封面照。

他又花了半个小时在化妆间调整刘海的轻重感，重拍了一轮还是觉得"假发太假"。这一天，他早上5点出工去片场拍戏，已连续工作15个小时，工作人员担心他太疲惫无法完成工作。两组照片已经很出人意料，但没想到吴亦凡又过来和编辑要求能不能用光头再拍一组封面照，如果不合适，杂志可以继续选择假发照。获得准许后，他欢快地摘掉假发，像是终于回到真实的自己。站在镜头面前，如此这般，只会选一张的封面照，吴亦凡共拍了四轮。

拍摄完，我说："感觉你好像心里有一道关，无论别人怎么说，要是你过不了自己这一关，你是没法交出这个作品的。"吴亦凡肯定地点了点头。

不要打压他

吴亦凡出道的组合EXO是SM公司在2005年推出Super Junior组合后，时隔八年做的大型男团。为争取中国市场，这是SM第一次推出有四个中国人的韩团。

2012年，EXO分为两个团队分别在韩中两国出道，吴亦凡和其他三个中国偶像的出道场合正好是在一场中国乐坛的颁奖礼上。

巨流

EXO 在中国出道那天,酱酱和很多粉丝去了现场支持。不知道是不是想故意打压韩国音乐,那天 EXO 还没出场,粉丝正准备造势,很多中国歌手就开始在台上说"要扶持中国音乐","我们要发展中国音乐"。酱酱记得,本来就不太敢承认自己是韩粉的粉丝们在这种场合下非常尴尬,都愣了。"其实我们都已经感觉到有那种不尊重的感觉,"酱酱说,"主持人也在说,你们叫也没有用,他们听不懂中国话的。"

让大家意外的是,面对前辈,吴亦凡这时站了出来,他说:"大家好,我们四个来自中国,我们也是中国人。"这让本来有点羞愧的粉丝一下子振奋了,他们觉得这个男孩勇敢极了,"现场就叫起来,就特别高兴,在那儿鼓掌"。

粉丝都喜欢独占,当吴亦凡出现在有韩国粉丝也有中国粉丝的公众场合,当有人用韩文喊他,他就往前走,"谁都不理";但当有人喊他的中文名,"他绝对会回头,还会跟人家打招呼。SM 公司有一个粉丝和偶像可以互动的 APP,所有人都用韩文交流,当中文出现的时候会被淹没,只有他会找出那句话来,用中文回复"。这让酱酱越来越喜欢这个男孩,但酱酱也明白,"只和中国粉丝打招呼,在 SM 公司是被打压的",她担心 SM 公司会惩罚这个有个性的偶像。

《纽约客》的记者曾在 SM 公司去美国加州演出时被李秀满和偶像们相处的样子震惊。在演唱会后台入口,记者遇到这个穿深蓝色西服的小个子男人,一圈偶像围着他,他们通常被称为"家族",李秀满则是这个"家族"的主席,那些偶像正是吴亦凡所在的组合 EXO。

吴亦凡
回家

"他的'家族'全神贯注于他的每一句话。他正对着EXO训话，他的中韩男团12个成员全在这里。他每一次呼喊，12个EXO的男孩都会深深地鞠一次躬。"记者这么写道。

李秀满常被粉丝谩骂，很大一部分原因是SM公司对偶像严苛的惩罚。更能反映出其商业智慧的是，李秀满把惩罚作为一门生意去做。SM公司会惩罚偶像在粉丝界是一个公开的秘密。和酱酱一样，粉丝们都非常担心偶像受到惩罚。

利用这种心理，在酱酱看来，在一种心照不宣的情况下，SM公司常常会利用偶像们的曝光率去暗示粉丝最近谁又受到了惩罚。有时被惩罚者跟着队友几夜几夜跳群舞拍MV。在偶像团体里，每个动作每个人都得跳，但你辛苦拍了的东西并不见得能给你用。"你一样是从头跳到尾，但最后大部分是其他人的画面，你出现只有一秒不到。"吴妈妈说。很多时候，偶像在最后一秒作品推出时才会发现自己被惩罚了，这会让粉丝更加心碎。

韩粉中有一个流行词语叫"虐饭"，其情感力量很像《我的少女时代》这类偶像电影里的高潮时刻：当女主角知道男主角并不像他平时表现出来的那样阳光快乐、嬉皮笑脸，而是默默承受着很多牺牲和委屈，甚至在委屈受难时还装作若无其事继续为自己付出，一切真相大白时会产生剧烈的情感效果。

SM公司也许天然明白，也许是在后天中逐渐发现：一旦"圈粉"成功，让你喜欢上一个人之后，惩罚偶像、让偶像受虐就自然会变成

巨流

一门生意。这时,粉丝对偶像的疯狂情感会变成一场需要剧情培育的养成游戏。促成这一过程不断完成的便是 SM 公司不断对偶像们施虐。不能传绯闻、要传递正能量的偶像们常常被认为是单纯和美好的。当这种单纯和美好遭遇劫难时,粉丝会立刻被激发出巨大的保护欲。在很多粉丝看来,虐的过程越长、效果越深,粉丝对偶像就越欲罢不能,不容易脱粉。

渐渐地,粉丝们就这样开始注意自己的偶像在 MV 或专辑里曝光多长时间。在 SM 公司从不说出但对于粉丝而言已经意领神会的逻辑里,曝光时间长短间接意味着他是否被重视。正是利用这种心理,SM 公司衍生出了无数的商业模式:SM 公司不但会出合辑,也会为每一个偶像出个人专辑,以及针对他们每个人的衍生品。"一天到晚都在出专辑、周边。"酱酱抱怨,但一旦发现自己的偶像曝光减少,粉丝还是会疯狂购买偶像的单人专辑和衍生品,向 SM 公司证明自己偶像的商业价值,用钱为他赢得受重视的机会。

"都是饥渴型的女人。"酱酱笑着谈起为什么中国的韩粉那么疯狂。她认为是 SM 公司的严苛决定了粉丝更狂热,有更强烈的保护欲,因为偶像常常是被虐的,导致他们受到任何委屈,粉丝都习惯性奋起反攻,保证他们星途顺利,这也是 SM 公司的造星系统总能吸引到一些极端粉丝的原因。

关于粉丝保护偶像的心理,龙丹妮在接受采访时也分享过。在制作"超女"前身《明星学院》时,她就发现,那些偏中性、有争议的选手逐步登上冠军之位的过程,远比那些看起来更完美的选手能收获

吴亦凡
回家

更坚定的死忠粉。"唰唰唰",编导飞快地翻动录像带,画面停止在了曾轶可那里,那是2009年"超女"海选的一段录像,这个小女孩正唱着有些奇怪的"绵羊音"。编导原本是想嘲笑一下,但没想到龙丹妮却坚持要求让曾轶可上,龙丹妮说她原本没听出来她唱的什么,但直觉告诉她这个女孩会在选秀机制下产生话题,走红。很大程度上,支撑"秀粉"忠诚于偶像的原因也是偶像不断被攻击,激起粉丝们更强的保护欲和战斗欲。这种思路下,天娱选出来的冠军一直是有争议的,但有强大的粉丝黏性,并能产生粉丝经济。

SM公司以打压偶像的方式让粉丝产生试图救赎他的疯狂,这种疯狂继而会带来消费。这种打压往往是在偶像绝对顺从的前提下,SM公司或许没有想到,它试图控制偶像,但像吴亦凡这种意外来到这个公司的年轻人,一旦有了机会,他的个性恰恰是完全不受控的。这次例外导致的打压更增添了粉丝对吴亦凡的疯狂。他的个性不受这个体系喜爱,却因此大大增加了粉丝对他的爱护和疯狂,甚至远远胜过了那些更乖的偶像。

吴亦凡很快全面占据酱酱的生活。一开始,这个女孩认为自己只是"偷偷摸摸地'饭'",每天开心地刷他的照片,她还得意自己只是"白嫖",就是只会看这个男孩的图片,能坚持住不为他花钱。但在去机场看过他一次后,她像是彻底上瘾了。回到家第一天什么反应都没有,第二天跟发了疯一样。"见了一次我就还想看他第二次。"酱酱说。

从那时起,她开始习惯第一时间把情绪告诉电脑里的"吴亦凡",而

巨流

不是其他现实中的人。她觉得这比交男朋友要靠谱得多，不用考虑他愿不愿意听。今天不高兴，她就对着电脑说："哎呀！凡凡，我今天好不高兴。"

偶像在粉丝心里印得多深是可以从他们的微博小号上看出来的。不必使用实名的小号是粉丝们和偶像达成精神愉悦的载体。当粉丝和偶像越来越亲密，他们小号的头像往往会换成偶像的照片，名字也会变成"XXX的宝贝"之类，方便代入移情。小号上关注的号都是与偶像有关的，特别是那些只拍偶像的微博号。酱酱就曾抱怨过微博上广告太多了，"难用"，她说，在持续刷偶像照片时，他们不喜欢这种精神共鸣被任何其他信息干扰，导致出戏。

大量粉丝会带单反追随偶像，以拍摄他为乐。在一些粉丝看来，水平最高的是恰好拍到偶像正在凝视镜头的照片，那种感觉就像偶像正看着自己。粉丝萌萌说自己最满意吴亦凡的视线会特别从左到右两边都照顾到。"这就相当于告诉我们说我看到你们了，我知道你们在这儿。"酱酱高兴地说。

酱酱感觉到以吴亦凡的个性，他会受到惩罚，但让她意想不到的是，和以往 SM 公司只是减少偶像在 MV 或唱片里的曝光不同，SM 公司对吴亦凡的打压竟是以令他彻底消失开始的。2013 年 3 月之后，这个男孩忽然没有了任何消息。

"一个噩梦。"回忆起那一刻，酱酱说。和她一样已经习惯吴亦凡陪伴的粉丝们在那时一下子疯了。她记得有几个粉丝跑去韩国，每天

吴亦凡
回家

在 SM 公司门口等,希望能看到他。他们中还有人问 EXO 其他成员:"吴亦凡呢?""我不知道。"对方说。更让他们心痛的是,"因为他消失了很久,所有人都黑他"。有粉丝告诉她说那段时间每天都哭,还不敢让别人知道,只能躲在被窝里哭。

那时粉丝开始组织起来救援偶像,他们买专辑、DVD,几箱几箱地买。"像我们这种粉丝不知道怎么办,只能通过拼命购买他个人的专辑,来告诉 SM 公司,他的粉丝很多人,要捧他,不要打压他。"酱酱说。

就这样,吴亦凡的突然消失最终在粉丝心里形成一场巨大的"虐粉",有粉丝还从一个疑似 SM 公司后台工作人员发的微博上猜测吴亦凡到底遭遇了什么。他们相信这位工作人员之前所说的,吴亦凡在后台病倒呕吐,但仍被要求表演,就又感到一阵"揪心"。有人从彩排照片上推断他的脸色特别差,嘴唇没有血色,一直在咳嗽。想到他即便这样,也永远在粉丝面前表现得精神、健康,就更难受了。"我们觉得他特别绝望。"

"这孩子太单纯了,他不世故,不圆滑。"在认为偶像也许正在被惩罚的心理下,他们想起的都是他不谙世故、易受到伤害的单纯性格。比如吴亦凡在采访中说了一句"最近减肥,吃韩国食物比较容易瘦",酱酱一下子担心起来,她怕韩国人会认为这是在说他们食物不好吃。吴亦凡比她大两岁,但她觉得自己都比吴亦凡更懂得怎么说话。"他就是老老实实说,但是我们粉丝一下子就疯了。"

巨流

用酱酱的话说，在吴亦凡消失的那两个月里，粉丝们撕心裂肺，"怎么做都没有用"，"耗得挺累"。有的粉丝说"我们就这样吧"，她告诉他们"那也不能放弃，该做的你要做"。最后，她用吴亦凡给他们打鸡血："凡凡那么好，我们没道理先放弃。"

通常"虐饭"都是让偶像减少曝光，但这场"虐饭"超出 SM 公司的常规，它让吴亦凡在两个月里彻底消失。消失引发的绝望最终极大加剧了吴亦凡粉丝们的黏性。

它的高潮终于在吴亦凡工作室发布公告宣布解约时到来。公告证实了粉丝之前猜测的吴亦凡被冷落、身体严重受到损害等悲惨遭遇。

"那个公告一出你们什么反应？"

"气疯了。"酱酱说。

公告发出是在晚上，萌萌那时还只是吴亦凡的普通粉丝，七点多到家，本来准备睡觉了，刷一下微博就开始哭。

酱酱至今不敢回想那天晚上。看完公告她觉得自己疯了，开始四处骂人。"那个事特别吓人，我到现在想想，太可怕了。"

有一个粉丝在那晚做了个视频，视频里详细回顾了大家在吴亦凡解约这段时间的痛苦经历。视频一下子火了，粉丝们都疯狂聚在它的页面发表心声、感慨，共鸣声一片。

吴亦凡
回家

消失两个月后,吴亦凡突然出现在了一场 EXO 中国上海的演唱会上。当时很多粉丝已经预感到 SM 公司不会再善待这个男孩,决定要给吴亦凡一次最好的应援。"我们说这是对他在韩国的这个生涯的一个完美结束……大家都没遗憾了。"酱酱说。她记得五六百个粉丝一起去了上海,买的都是正对舞台的位子,举着灯牌。在她的回忆中,那天全是吴亦凡的灯幅。那次应援非常完美。

这次演唱会三天之后,吴亦凡就宣布解约了。在酱酱看来,他公布解约的时间完美极了。吴亦凡粉丝们认为那其实是他们已经向 SM 公司证明了自己实力和吴亦凡的受欢迎程度后,吴亦凡立刻宣布的解约。就像粉丝认为他们向 SM 公司成功复仇之后,他们的偶像一下子忽然又给了他们呼应,粉丝们一下子被激励。吴亦凡解约那天,酱酱大哭了一场,趁中午休息,她约了几个粉丝在公司附近的咖啡馆吃饭,吃着吃着,大家都哭了。

"他(们)是流水线上生产的,所以他(们)的行为、规范、举止是工业化的。公司让你只能这样,你就得这样。那种工业化的东西,其实年复一年都会出来。我发现一个新的,我又用这种方式包装出来,然后我再发现个新的,我又把它包装出来……"谈起流水线偶像为什么寿命很短时,陈砺志这样说。

酱酱也说,韩娱圈子里粉丝流失很快,一天要出好几个新团,韩团粉丝总是"爬来爬去"的。

但在这样一个体系里,吴亦凡以强烈的个性,让他在粉丝心目中不

巨流

只是一个承受者，他甚至有反击这个系统的勇气。

"当你觉得你要放弃，他会突然给你爆发的点，一下子抓住你的心。"回忆起吴亦凡出道以来的表现，酱酱觉得这个男孩棒极了，她用类似制造偶像剧戏剧点的方式评价他的行为。

这些都让吴亦凡超出了一个颜值偶像的范畴，他展示出了更吸引人的性格和价值观。"就是从那段时间熬过来的人，到现在还在。"酱酱说。

让人意想不到的是，一个在 SM 公司常规选择范围外不够听话的偶像，却通过这个系统为自己赢得了远比其他偶像更加忠诚的粉丝和追随者。

某种程度上，SM 公司的虐粉只发生在顺从于这个系统的偶像中间，但吴亦凡敢于突破的性格却大大加强了这个系统能够产生的情感力量。对抗这个造星系统，又遭到系统的打压，这让吴亦凡获得了其他偶像从未获得的情感强力，他意外地成了系统最大的受益者之一。一直高高在上打压他人的 SM 公司绝没有想到，在自己发明的情感系统里，有人通过反抗和颠覆，作为一个革命者获得了它能提供的最大能量。

到底在解约前发生了什么？见吴亦凡的两次，我都问了。

因涉及和 SM 公司未完的官司，这个不能聊。采访中，这是这个男孩

吴亦凡
回家

唯一犹豫过要不要回答的问题。其他时候，他都知无不言，非常坦诚。从他的间接描述中，可以判断原因大抵是他在公司里有个很信任的人欺骗了他，当时受了很大打击，才导致今天离开。"那一次是比较让我，就一下长大了挺多的。"他说。

吴亦凡刚解约回国时，酱酱还没清晰意识到，她和偶像将共同面对一个崭新的时代，一个铺天盖地是关键词、大数据和排行榜的时代。以前"我们看演唱会、买碟"，现在是"各种破破烂烂的投票"，她总结。

那是在生日会之前的几天，为对接粉丝的票和各种应援，酱酱每天下班后要忙到夜里两点多。那次粉丝一下团了1000多张票，她要负责排位。粉丝座位分好几个区，先买的先得，一人一个电话，对应一个位置。见到粉丝后，还要核查他们的身份证信息，再把票一张张交给他们。"我那天快疯了，就是后来躺了一周。"酱酱说。

认真回想，这个时代其实从2013年就开始了。那时吴亦凡还在EXO。看到EXO给他的宣传很少，酱酱和其他粉丝就试着去各种网站投票支持他。她记得一开始某个网站有个亚洲男神评选，"就是每一天都得投，投完就很简单了"。让她惊喜的是一旦拿到第一，网站就会为期一个月都宣传这个获胜者。吴亦凡的照片就会出现在网站上。"哇，原来数据那么重要的，然后粉丝会拼了老命嘛。"她说。

后来投票越来越多，"什么微博之夜、爱奇艺之夜……评出今年最好的电影、最好的封面、最好的××"，网站经常诱惑粉丝，说如果得

巨流

了第一,会给你几天的宣传。为让吴亦凡被更多路人知道,粉丝们只能参加。吴亦凡 MV 出来打榜的时候,"粉丝都睡不好",打榜就是必须不断地听、不断地看他的 MV,要重复播放。酱酱记得那时她的 iPad、手机、电脑全部打开同时播放,"还不能静音"。

但在这个人人都要靠数据,向品牌、导演、粉丝证明自己的年代,吴亦凡前途未明的解约却在第一时间给了他在这样一个时代无法被人忽视的砝码。在新的时代里,为了替偶像出头,数据成为粉丝们唯一可以动用的力量。吴亦凡因为个性在 SM 公司受到的委屈、不满和压抑都转化成了他在数据上的优秀表现。在变局的前夜,这为吴亦凡比其他艺人更早积累好了通往下一个新时代的通行证。

在新的时代,吴亦凡的勇敢解约的行为,立刻被酱酱这种对粉丝非常了解的头领型人物当作英雄式的力量,她把这力量传递给那些在情绪快要崩溃时突然又看到希望的粉丝。酱酱获得了新的给粉丝打鸡血的力量,她不断地和他们说:"吴亦凡都解约了,他都那么坚强,我们为什么不能坚强?"

为了给他回国铺路,她号召粉丝们把微博小号头像那些韩流风格"杀马特"造型的吴亦凡头像都换成国内路人更能接受的板寸头、不怎么带妆、"不要太娘或者金发"的形象,这样路人在微博上搜索吴亦凡,点开的就都是那些他很阳光健康的样子了。

"还有半个小时,你们快点儿投票""快点儿努力啊",她开始经常要在各种群里对粉丝喊。虽然"特别烦躁",但酱酱明白,颜值圈粉

吴亦凡
回家

之后，话题、资源是不是一直能跟得上是留住粉丝的关键。"你需要制造话题，要不断地有更好的资源、更多的露出。"在那段时间里，她记得自己不断这么和别人说。

《老炮儿》上映后，百度贴吧负责人直接找到酱酱，说要和片中另一个男演员的粉丝同时在贴吧"盖一个楼"，谁的回复先到达50万，"就给你百度的那个开屏页面，你点开百度，就有吴亦凡的脸出现，然后大巴巡游，在北京市区里带着吴亦凡的脸跑，你说做不做？"酱酱问。她记得她一边在公司加班一边让粉丝拼命投票，最后，她想到的办法是在50万那里设置一颗钻石，谁要是第50万个，就把这个钻石送给他，钻石不大，但是是真的。就这样，晚上12点，那个早上10点开始的帖子在14个小时内就到了50万。

吴亦凡回国后第一个大电影作品《有一个地方只有我们知道》要上映，这部电影的票房直接决定了国内的人能不能意识到吴亦凡的能力。但片子档期不好，走情人节档，接着全部都是春节档大片。那一年春节号称"史上竞争最激烈的档期"，这意味着《有一个地方只有我们知道》这种文艺片很可能刚上映就被大片替下档期，酱酱更着急。

为让它留在院线的时间长一点，从预售起，粉丝就疯狂买票，酱酱记得那时她每天拿着一百个二维码去电影院兑换票，这些票都是为增加票房收入的，不会真的有人去看。一般人看电影都选中间的位置，她们会把四个边都选了，"中间的位置留给路人"，用19.9元二维码全部兑换最贵的70元的票，"就挑最贵的票房"，为了数据好看。

巨流

当时是冬天,整个放映厅经常只有她一个人。"我跟你说台词都已经会背了。"她笑了。

春节时,这部电影还有零星几个影院在上映,粉丝们"大年三十还去电影院取票,你说这个多恐怖?"酱酱说,为了给自己的偶像正名,她都坚持了下来。

因为吴亦凡终于不再是韩团里的成员,所以让酱酱开心的还有她终于可以和自己的同事介绍他,不再怕被怀疑是脑残粉。吴亦凡回国当天,她第一时间和同事公布了这件事情:"我说我喜欢的人终于解约回国了,好开心。"从此,为给偶像代言的产品增加销量,他们公司所有活动都指定要用吴亦凡代言的冰红茶。

让她稍微有点担心的是:如果离开EXO的包装,他会不会就一下子不帅了?这个疑虑直到吴亦凡出演《有一个地方只有我们知道》时才彻底被打消。那是吴亦凡第一次剪掉在韩国做偶像时的发型,穿上白衬衣、以朴素的短发示人。他剪短发也是很帅的,酱酱松了口气,这说明了吴亦凡的颜值不是依托韩国造星工业包装出来的,他真的很帅。

为了不让吴亦凡粉丝流失,酱酱需要不断放出新照片喂饱粉丝,让他们的注意力不会被分散,一直被吴亦凡吸引。就在她忙着不断地把吴亦凡新照片发到社交媒体想着给他"固粉"时,她看到网上出现了她之前喜欢的明星沈昌珉要入伍的消息,那时,酱酱对沈昌珉再没任何感觉,但她还是上了那个小号说了句:欧巴加油。

吴亦凡
回家

他相信你所有的东西

吴亦凡回国 18 个月里拍了 7 部电影,回国前,他从没演过戏。他的成绩单还包括 1 首翻唱,2 首原创单曲,8 个代言,13 本杂志封面,70 个活动。为了达到自己心里的标准,吴亦凡是这么做的——*Bad Girl*(《坏女孩》)是他回国后发表的第一首完全独立创作的单曲,改了"差不多 20 次"。他白天在剧组演着唐僧,打个灯的时间寻思,转场的时候创作,半夜收工回来进棚录音。词曲包办,就这么硬生生地拉扯出一首歌,接着再细致打磨。吴亦凡将编辑音乐比作电影后期剪辑与调色。这位"导演"尽职尽责:"我把这个颜色跟剪辑调了能有 20 遍,就一首歌。"这首歌原定于 2015 年 11 月 5 日凌晨首发,11 月 6 日是吴亦凡的生日,他想送粉丝一个礼物。10 月将尽,吴亦凡还在收拾各处细节,他和团队说如果到了 11 月 6 日这首歌的样子仍不能让他自己满意,"那我真的很抱歉跟你们说要全部放弃,所有的计划全部取消"。

他身上的单纯和直接也打动了合作者。陈砺志一开始并不是很了解 EXO,他不喜欢一出门就特别多粉丝簇拥的偶像型艺人。见到吴亦凡时,他的第一印象是干干净净很懂礼貌的小男孩,然后觉得挺好看的。"那时候他应该是属于对中国都不太了解的那种……所以就是很怯生生的那种男孩的形象。"陈砺志说。

回国的一年时间里,吴亦凡每天只睡四五个小时。

档期常常是娱乐圈拒绝别人的借口。如果有人找你有什么事,你要

巨流

是不喜欢，可以用那段时间没有档期拒绝对方。陈砺志说："有些人会照顾你面子，他会讲'哎呀，我那个档期不行，我已经有戏了'。其实去问过，他那个档期的戏可能根本就没有定。"但让陈砺志吃惊的是，吴亦凡的方式是直接说，我不适合或者我不喜欢。这让陈砺志既担心又对他很有好感。"因为他的那种更真实的东西，说实话他只应该跟比较信任、比较友好的人呈现出来，否则的话，可能就会被黑。"吴亦凡的这种与娱乐圈看似格格不入的单纯反而让陈砺志一下子燃起想要保护他的责任感，到最后反而都是他要撒谎跟别人说"吴亦凡没有档期"。

令吴亦凡高兴的是，他的努力也在被他所认可的人认同、接纳。

《西游伏妖篇》拍摄期间，吴亦凡见到每一个人都会主动地笑，面对面打招呼。他至今仍不太擅长表达，刚到一个陌生环境会紧张。在这种时候，他依然会找到励志书，看看里面教他怎么做。之后就会强迫自己按书里教的去做。微笑、打招呼会拉近人和人的距离，书里就是这么告诉他的。

他永远记得，那天他和以往一样，拍完去监视器里看自己演得怎么样。

"你演得很好。导演特别喜欢你。"一个场记突然在这时偷偷告诉他。

"是吗？为什么？"他问。

"她说导演每次看你拍戏都在后面笑，每次只要你拍戏，导演就坐在

吴亦凡
回家

监视器后面笑,特别开心。"吴亦凡回忆,这让他特别高兴。不过,他忍住没在片场和导演当面求证,而是更加努力地去表演。"继续演,而且演得更好,不能让导演失望,对啊,就是这样子。"吴亦凡认真对我说,浓浓的睫毛盖在孩子气的大眼睛上,充满兴奋。

回国后,他有很长一段时间不愿意签大公司,这跟他母亲的思路有点不一样。母亲是想找一个大一点的公司把儿子托付出去,但经历过 SM 公司之后,吴亦凡自己有点怕。"他经历的东西,(他)不希望再发生。"吴妈妈说。

因为在北京不认识什么人,刚回来那段时间,Kevin 记得吴亦凡有过一段低谷期:"他跟我说他不知道应该相信谁,不知道谁是朋友,他不想再犯在韩国时同样的错误。"了解吴亦凡性格的 Kevin 告诉他,必须要相信,直到你找到那个真正值得你信任的人。

这种状态直到吴亦凡开始拍《老炮儿》才好一些,吴亦凡觉得终于在做自己喜欢的事情了。他很喜欢那个角色,拍片的时候认识了一些人,可以去信任,不用把压力都背负在自己身上,Kevin 说。

自己的经纪人、非常喜欢的《老炮儿》主演和导演、最近接拍的《西游伏妖篇》的导演徐克……也许是因为从小父亲缺席,吴亦凡承认自己和年长的父辈男士合作更有火花。"在很小的时候,我就特别希望有一个这样的人来教导我,来给我一些安全感。"他说。比如冯小刚,他的阅历让他钦佩,他能从他那里感受到"一种很强大的力量让别人去信服"。

巨流

吴亦凡那种在被激发后想把自己交出去，不舍力、不瞻前顾后的忘我状态开始受到国内合作者们的喜爱。吴亦凡的经纪人陈先生已经在娱乐圈做了15年。决定带吴亦凡之前，他不想再带一个缺乏个人魅力、没有挑战的明星，这对他来说毫无新鲜感。

吴亦凡让他刮目相看是拍摄《西游伏妖篇》演唐僧时。徐克希望他剃光头。对于出身韩粉圈的明星，在服兵役时不得已剃成寸头已是不小的事。当时正是国内小生竞争最激烈的时候。"那是一个很冒险的决定，"陈先生说，"因为他自己也没有想到，我们整个团队也没有想到他光头之后是什么样。"陈先生没敢答应徐克，但他没想到，当问吴亦凡时，他坚定地说完全没问题，"多两个问题都不问，就说好的那种"，这反而让徐克一下子对吴亦凡印象深刻。"他们都觉得这小孩不错，真的是比较想演戏的，不是说我就是要一个什么什么的那种颜值偶像。"陈先生说。这让他最终决定帮吴亦凡，他明白这不是一个只让自己负责去给他接活的人，而是一个可以相互激发做出新东西的合作者。

提到喜欢的演员，吴亦凡脱口而出莱昂纳多。他崇拜他可以不顾形象饰演各种挑战人性极限的角色。拍摄《老炮儿》时，导演管虎要求"小飞"染一种从发根到发梢全部雪白的颜色，吴亦凡毫不犹豫地答应了。他的粉丝非常心疼，这种染法非常伤害头皮。在拍摄的两个月里，他长了一点黑发。"他就再染……一直在剧组，一直都在重复。"萌萌说。

周拓如和吴亦凡合作了电影《致青春·原来你还在这里》，那时吴亦

吴亦凡
回家

凡刚回国。周拓如谈了自己短暂当过演员的一些体会，他认为演员是压力非常大的职业，当两三台摄影机对准你，现场所有人看着你，所有灯打在你脸上时，人容易脆弱。但吴亦凡从不会怕，始终处于完全打开自己的状态，对剧组有种孩童般纯粹的信任，认真听你说的所有意见，然后全力去做。交谈尾声，我问周拓如和吴亦凡合作是什么感觉，周拓如说，那种努力和认真让他感受到了他强烈的个人魅力，也让他有种不要辜负这个弟弟的保护欲。"他相信你所有的东西。"周拓如感叹。

在导演陆川的记忆里，和吴亦凡初次见面，这个男孩有两种完全相反的沟通状态。

"你要说点生活上的事儿啊，他就很沉默、很腼腆，相反，一旦话题涉及他迷恋的东西时，他会从沉默马上变得激动，没有任何中间状态。"

陆川总结，让吴亦凡激动的大多是能在表演上让他感到极致、痛快的角色，比如演疯子或坏人。这让陆川很吃惊，在他的经验里，帅哥很难放弃英俊，"这是他的饭碗"，但吴亦凡丝毫不在乎这些。

17岁离家出走前的失败和之后在绝境中背水一战，4年练习生生涯结束，又让吴亦凡第一次尝到成功的滋味，他当然是在这种命运里强大的一方。

如果选择强大有什么让他遗憾的，那就是身体透支太严重了。离开SM公司之前，他已经有一年时间一直感冒，25岁的身体因超负荷运

巨流

转已经有些吃力,最后查出来心脏有一些指标超标。"身体特别不好,睡眠也不好,压力很大。"吴亦凡说,"我也觉得很可惜,以前还打篮球呢,现在体力都不太行……其实 25 岁应该是男性身体最健康的时候。"

1.88 米的吴亦凡其实是韩流偶像里少有的大个子。他因为手脚过长,在跳舞的时候需要特别照顾平均身高,让他的动作显得有些拘谨。更让他难受的是,偶像们通常会坐在一辆商务车里到处赶场,工作一忙,他们都是在赶场的中途抓紧休息的,但对于他的身高来说"车太小了",别人休息时,他却"不能睡觉"。

但即便吴亦凡刚刚和我抱怨过身体问题,第二天,网上就又出现了吴亦凡在零下五度穿单衣拍摄时尚杂志照片的新闻。

在韩国待到第七年时,吴亦凡觉得那真是好长一段时间了,他很想能回去,最想干的事是能在家里好好睡上一天,那一定好舒服。虽然在 SM 公司偶尔工作中间也是能够睡一天的,"但是你也不放松",因为想起第二天又有工作,人就会下意识地紧张。而现在,吴亦凡在中国受到数据、导演、口碑和被人需要的激励忘我付出,他第一次感受到了强烈的归属感。

为了获得这种感觉和牢牢把命运把握在自己手里的笃定,吴亦凡用了 25 年时间。在坚持自我上,他体现出了强大的力量。

《老炮儿》上映后,收到张捷称赞他表演的微信,吴亦凡很开心。"真

吴亦凡
回家

的吗?回家真好。回家是对的。"他回复。

他把这称作"回家"。

吴亦凡

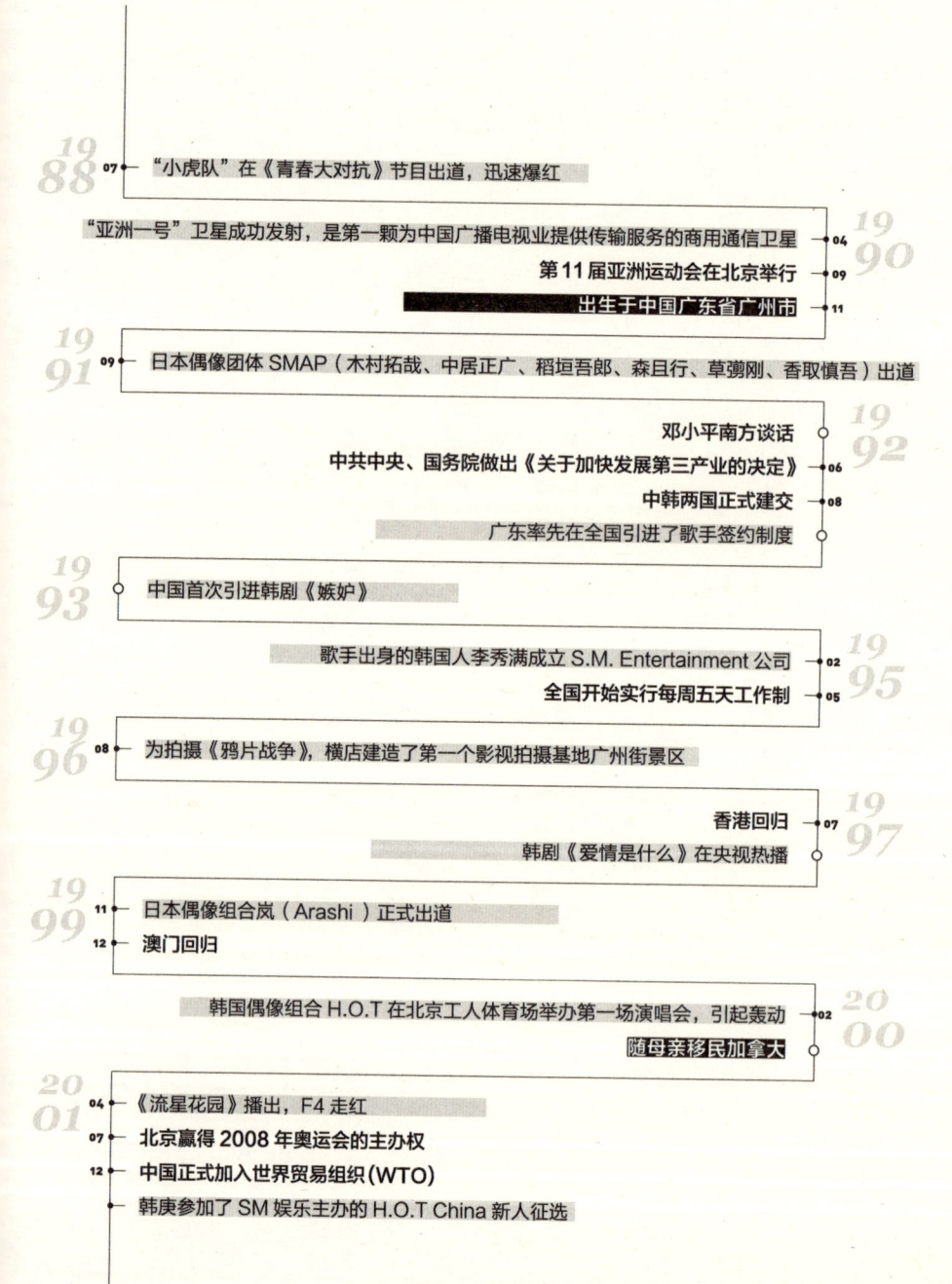

1988
- 07 "小虎队"在《青春大对抗》节目出道,迅速爆红

1990
- 04 "亚洲一号"卫星成功发射,是第一颗为中国广播电视业提供传输服务的商用通信卫星
- 09 第11届亚洲运动会在北京举行
- 11 出生于中国广东省广州市

1991
- 09 日本偶像团体SMAP(木村拓哉、中居正广、稻垣吾郎、森且行、草彅刚、香取慎吾)出道

1992
- 邓小平南方谈话
- 06 中共中央、国务院做出《关于加快发展第三产业的决定》
- 08 中韩两国正式建交
- 广东率先在全国引进了歌手签约制度

1993
- 中国首次引进韩剧《嫉妒》

1995
- 02 歌手出身的韩国人李秀满成立S.M. Entertainment公司
- 05 全国开始实行每周五天工作制

1996
- 08 为拍摄《鸦片战争》,横店建造了第一个影视拍摄基地广州街景区

1997
- 07 香港回归
- 韩剧《爱情是什么》在央视热播

1999
- 11 日本偶像组合岚(Arashi)正式出道
- 12 澳门回归

2000
- 02 韩国偶像组合H.O.T在北京工人体育场举办第一场演唱会,引起轰动
- 随母亲移民加拿大

2001
- 04 《流星花园》播出,F4走红
- 07 北京赢得2008年奥运会的主办权
- 12 中国正式加入世界贸易组织(WTO)
- 韩庚参加了SM娱乐主办的H.O.T China新人征选

2002

- 10 — 文化部颁布的《营业性演出管理条例实施细则》正式实施，第一次对经纪人有了明确定位，并允许在公司名称中使用"经纪"一词
- 12 — 上海赢得2010年世博会主办权

2003

- 03 — 世界卫生组织（WHO）发布SARS全球警报
- 10 — 中国首次成功发射载人宇宙飞船"神舟五号"
- 12 — 韩国组合东方神起以五人组形式出道

2004

- 05 — 湖南卫视推出选秀节目《超级女声》，首次改变了明星推出的机制

2005

- 08 — 李宇春以352.8万票获得"2005超级女声"年度总冠军，同年10月作为"亚洲英雄"之一登上《时代周刊》亚洲版封面
- 10 — 世界海拔最高的青藏铁路全线贯通
- 11 — SM娱乐旗下男子组合Super Junior出道，韩庚作为其中唯一的中国成员，是第一位正式在韩国出道的中国人
- 12 — 日本大型女子音乐组合AKB48成立
- ○ 回到广州市第七中学就读初三期间担任七中篮球队的队长，参加了少年NBA中国初中篮球联赛，带领球队获得华南地区冠军
- ○ 进入韩国SM娱乐公司，成为练习生

2006

- 05 — 三峡大坝全线建成
- 08 — 韩国YG娱乐旗下BIGBANG组合正式出道

2007

- 04 — 中国成功发射第一颗北斗导航卫星（M1）
- — 全国铁路进行第6次大提速，铁路客运速度达到200km/h
- 08 — 世界田径锦标赛上，刘翔获得110米栏冠军，成为集奥运会冠军、世锦赛冠军、世界纪录保持者于一身的第一人
- — 韩国组合少女时代正式出道
- 10 — 中国自行研制的"嫦娥一号"探月飞船成功发射升空

2008

- 03 — 北京奥运圣火在希腊成功点燃
- 04 — SM娱乐推出的Super Junior子组合Super Junior-M（SJM）在中国正式出道，主打华语市场，SJM的队长是中国籍明星韩庚
- 05 — 汶川地震
- 08 — 北京奥运会举行，中国共夺得51块奥运金牌，居金牌榜榜首，为历史之最
- 09 — 全球金融危机爆发

2009
- 06 — 世界流行音乐之王迈克尔·杰克逊去世
- 乐华娱乐在北京成立,一年后签下了韩庚
- 07 — 国务院出台《文化产业振兴规划》
- 东方神起三名成员与所属经纪公司 SM 因收入分配及奴隶合约问题展开官司
- 08 — 新浪推出"新浪微博"内测版
- 10 — 中华人民共和国成立 60 周年

2010
- 01 — 铁道部宣布中国高速铁路运营总里程跃居世界第一位
- 04 — 青海省玉树藏族自治州玉树县发生 7.1 级地震
- 2010 年上海世博会开幕

2011
- 02 — 中国国内生产总值首次超越日本成为全球第二大经济体
- 10 — 广电总局下发《关于进一步加强电视上星综合频道节目管理的意见》,提出防止过度娱乐化和低俗倾向,对节目形态雷同、过多过滥的婚恋交友类、才艺选秀类、情感故事类、游戏竞技类、综艺娱乐类、访谈脱口秀、真人秀等类型节目实行播出总量控制
- ○ 全国互联网普及率 38.3%,网民总数 5.13 亿
- ○ 中国成为最大的奢侈品消费国家

2012
- 04 — 以 EXO 成员、EXO-M 队长、主 Rapper(说唱歌手)及门面担当的身份在第 12 届"音乐风云榜颁奖典礼"正式出道

2013
- 08 — TFBOYS 组合出道
- 10 — 广电总局下发"加强版限娱令",规定各电视上星综合频道每年播出的新引进境外版权模式节目不得超过 1 个,每季度总局通过评议会择优选择一档歌唱类选拔节目安排在黄金时段播出
- 11 — 工信部报告显示,中国移动电话用户总数已达 12.16 亿户
- 北京和张家口宣布联合申办 2022 年冬奥会

2014
- 05 — 向首尔中央地方法院提出请求判决与 SM 娱乐公司专属合同无效
- 07 — 为《小时代 3:刺金时代》演唱片尾曲《时间煮雨》
- 08 — 吉尼斯世界纪录和微博共同宣布,EXO 成员鹿晗的单条微博以 13163859 条评论获吉尼斯世界纪录"微博™上最多评论的博文"的称号
- 11 — 在生日当天发行电影《有一个地方只有我们知道》同名主题曲《有一个地方》,并现身腾讯视频直播互动节目,与粉丝一起共度 24 岁生日,这是他单飞后首度以个人名义公开露面
- 12 — 上海杜莎夫人蜡像馆宣布吴亦凡蜡像即将进驻
- 登上《时尚先生》12 月年度封面,成为登上该杂志的第一位 90 后男星

2015

- 01 — 友情出演周星驰电影《美人鱼》
- 02 — 主演电影《有一个地方只有我们知道》在大陆上映，取得 2.87 亿票房
- 05 — 亮相纽约 Met Ball（纽约大都会艺术博物馆慈善舞会）时尚盛会
- 06 — 受纪梵希邀约前往巴黎开启首次时装周旅程
- 07 — 登上《Vogue 服饰与美容》杂志封面
- 09 — 首次参加的真人秀节目《挑战者联盟》开播
- 10 — 成为首位登上《嘉人 Marie Claire》封面的华人男星
- 11 — 生日当天发行个人首张原创单曲 Bad Girl（《坏女孩》），在北京工体举办"2015 吴亦凡 Fantastic 见面会"
- 12 — 主演电影《老炮儿》上映

2016

- 01 — 获得微博之夜微博 King 大奖，凭电影《老炮儿》获得年度电影新力量男演员奖
- — 受邀赴伦敦参加伦敦时装周 Burberry 活动，成为亚洲首位受品牌邀请在伦敦时装周上走秀并领衔谢幕的男艺人
- 02 — 参演好莱坞电影《极限特工：终极回归》
- 04 — 华人文化控股集团和华人文化产业投资基金宣布联手入股女子偶像团体 SNH48（上海 48）
- — 成为奔驰 Smart20 全球品牌代言人，并推出吴亦凡联名限量版，开售仅 25 秒全球限量 188 台全部售罄
- 06 — 携《爵迹》《致青春·原来你还在这里》和《夏有乔木雅望天堂》三部片亮相上海国际电影节；《夏有乔木雅望天堂》入围第 19 届上海国际电影节传媒关注单元并成为闭幕影片
- — 成为宝格丽首位亚洲男明星代言人
- 07 — 主演电影《致青春·原来你还在这里》上映
- — 吴亦凡工作室发表声明，宣布和 SM 公司的合约纠纷正式终止
- 09 — 主演的 3D 动画电影《爵迹》上映
- 10 — 登上《T Magazine 风尚志》封面、《智族 GQ》封面
- — 成为 Burberry 全球代言人，也是其首位华人代言人和非英籍代言人
- 11 — 英文单曲 July（七月）在海外上线，跃居美国 iTunes 付费下载榜总榜第 49 位及分类榜单 Electronic（电子）第 1 位

2017

- 01 — 主演电影《西游伏妖篇》上映，总预售票房 1.76 亿，打破中国影史预售最高票房以及首日预售最高华语片两项纪录
- 02 — 受邀参加第 59 届格莱美颁奖典礼
- — 再战 NBA 全明星赛，同时成为首位 Jr. NBA Leadership Council Member（小 NBA 领导委员会成员）华人大使
- 03 — 参加综艺《七十二层奇楼》
- 04 — 福布斯杂志发布 2017 年 30 岁以下杰出人物青年领袖榜，吴亦凡上榜
- 06 — 担任音乐选秀节目《中国有嘻哈》明星制作人

07	发行个人单曲《6》
08	广电总局发布《关于把电视上星综合频道办成讲导向、有文化的传播平台的通知》，提出进一步强化电视上星综合频道公益属性和文化属性，坚决反对唯收视率，坚决抵制收视率造假；坚决抵制追星炒星，影视明星参与综艺娱乐、真人秀等节目要严格控制播出量和播出时间，总局鼓励制作播出星素结合的综艺娱乐和真人秀节目；不得违规设置"嘉宾主持"，邀请演艺明星做嘉宾，必须把道德品行、艺术成就作为首要标准
10	联手 Travis Scott 制作的英文单曲 *Deserve* 在 Spotify、iTunes 两大平台上线，创美国 iTunes 总榜以及 iTunes Hip-Hop/Rap 分榜双榜第一
11	英文单曲 *B.M.* 全球上线
12	中国网民规模达到 7.72 亿

内地奢侈品市场实现 20% 的增速，中国成为全球唯一一个奢侈品市场份额增长的地区

2018

01	中国首档偶像竞演养成类真人秀《偶像练习生》上线，张艺兴担任"全民制作人代表"，来自全国 87 家经纪公司的 1908 位练习生先角逐出 100 位，再经过 4 个多月的封闭式训练和录制，最终由观众抉择出 9 位练习生组成偶像团体出道
	成为美国职业橄榄球大联盟中国区超级杯大使
02	在"超级杯 LIVE"上演出，成为首位为超级杯表演预热的华人
	获邀参加洛杉矶"2018 年 NBA 明星赛"，并成为首位连续三年获邀参加的华人明星
03	成为福布斯榜 29 位评委之一，参与评选亚洲地区 30 位 30 岁以下娱乐与体育杰出人物
04	蔡徐坤以 4764 万票在《偶像练习生》总决赛中胜出，以 NINE PERCENT（百分之九）九人男团 C 位出道
	中国首部女团青春成长节目《创造 101》播出，由黄子韬担任女团发起人
	与环球音乐集团签订全球专属音乐合约
	"坤音四子 ONER"所属公司坤音娱乐完成数千万 pre-A 轮融资，由红杉资本中国基金领投、真格基金跟投，当时估值超过 3 亿元
05	央视五四晚会献唱，获 2018 年度"五月的鲜花"优秀青年演员称号
07	《中国新说唱》播出，在节目中担任明星制作人及音乐总顾问
10	成为 LV 品牌代言人
11	首张专辑 *Antares*（《安塔尔》）全球正式发行
	广电总局发布《关于进一步加强广播电视和网络视听文艺节目管理的通知》，要求坚决遏制追星炒星、泛娱乐化等不良倾向，坚决摒弃以明星为卖点、靠明星博眼球的错误做法，严格控制偶像养成类节目，严格控制影视明星子女参与的综艺娱乐和真人秀节目
12	推出个人时尚品牌 A.C.E（Accessory Culture Evolution，饰品文化的进阶）

2019

- 03 宣布举行名为"天·地·东·西·ALIVE TOUR"的吴亦凡首个个人巡回演唱会
- 04 发行原创单曲《大碗宽面》
- 06 Prada 宣布蔡徐坤正式加入代言人阵容
- 担任《中国新说唱第二季》制作人导师
- 据《2019年上半年中国综艺节目广告营销白皮书》显示，2019年上半年中国综艺节目广告市场规模接近220亿元人民币，同比增长超过16%，节目植入品牌数量546个，同比增长超过15%
- 08 发行单曲《破晓》
- 上榜福布斯中国2019名人榜，位列第10
- 10 中华人民共和国成立70周年大庆
- 参演综艺《潮流合伙人》
- 11 宣布主演古装电视剧《青簪行》

郑晓龙

郑晓龙
国民导演

作为《渴望》《编辑部的故事》《北京人在纽约》《甄嬛传》等电视剧的导演，掌管过中国创作资源核心集中地——北京电视艺术中心的郑晓龙，具有大量极具时代引领性的代表作，也一手提拔了冯小刚、姜文、王朔和葛优等人。这位导演容易给人留下亲和、没什么架子的印象。我多次去他的家中拍摄或约访，他的兴趣都在展示他养的鱼、种的花草。"他就像个小孩儿一样，会主动地去炫耀自己喜欢的小玩意儿。"和郑晓龙合作过的编剧巩向东说。

只有在拍摄电视剧时，你才会发现这个军人家庭出身的大院子弟个性中较真、耿直的火焰依旧燃烧。

什么是白莲花

"你们等等！"

在郑晓龙家中客厅，谈到了兴头，这位中国著名电视剧导演忽然站起来。接着，他独自走进没开灯的里屋找东西，进进出出，留我们和他的妻子在客厅等待。他的离去一下子让气氛变得尴尬。在刚才的交谈中，郑晓龙一直处于绝对主导地位，他情绪亢奋、动辄激动，在这种前提下，谈话主人的突然离场让周围一下子变得安静下来，令来客和留在客厅的妻子有些无所适从。

王小平是郑晓龙的妻子，也是包括《甄嬛传》在内多部影视作品的编剧。影视圈接触是王小平工作的一部分，在她的经验里，郑晓龙是中国少有的包括调光、配乐、声音混录等全程跟着的电视剧导演。

"他确实天天盯着。"北京电视台前负责购片的工作人员于金伟回忆。因为工作原因，于金伟曾在《甄嬛传》拍摄期间多次前往横店探望郑晓龙。她所在的北京电视台亦是当时慧眼识中这部影视作品的几家卫视之一。郑晓龙和于金伟常年生活在北京，横店冬天的寒冷至今让这位女制片人印象深刻。"我去一趟在那儿待一天，冻得半截腿都是冰冷的……晚上我们说，不行泡泡脚做做足底再回去睡觉，郑晓龙坚决不去，他说他得赶快回去看剧本，明天还要接着拍呢。"

对这样一个对自己作品极其负责的导演来说，《芈月传》的播出无疑凝聚着他更多的心力和期待。

《芈月传》是郑晓龙极为在乎的电视剧作品。在《芈月传》开播之前，郑晓龙曾在家中聊过他对这一作品的期望。在此之前，作为以一个著名历史女性为主角的古装作品，《甄嬛传》已经获得了极大成功，但郑晓龙声称自己这一次将做一个与《甄嬛传》截然不同的故事。"一定要在高峰之旁再树一座高峰！"

王小平是《甄嬛传》和《芈月传》的编剧，两部电视剧的角色名单都由王小平审定。在《甄嬛传》里，有名有姓的角色多达150人。王小平会将每个角色的年龄、性格特征以及与其他角色之间的关系、场次数一一附在其中，供郑晓龙在挑选演员时把握。拍摄前，郑晓

巨流

龙专门请专家带自己去了五次故宫，对剧本中提到的空间进行一遍遍核查。如果剧本里任何故事发生的场景与实际空间逻辑不符，他都会要求推翻重来。这种较真在《芈月传》里变本加厉地表现了出来。在王小平的回忆中，《芈月传》提出了所有演员必须试戏的拍摄要求，因为演员太多，当时试戏的演员已经从房间一直排到了走廊。

81集的《芈月传》，郑晓龙反复剪辑过四次，他笑着把这归结为自己的不自信。"拍的时候你会感动，剪接的时候你会感动，然后最后混录的时候，又一次被感动，这时候你会觉得这是一个好东西。"他相信这正是他的电视剧长销的秘密——一个反复感动过创作者、令其不厌其烦观看多次的作品，也必将反复感动观众。

某种意义上，不自信正是过于重视的表现。

《芈月传》仅仅播出8天时间就取得了惊人的收视率。在播出第8天，北京卫视的全国收视率单集破3%，更让人吃惊的是，随后有6天连续单集破3%；北京地面的收视率在那天冲至18.59%，达到北京电视台2009年以来的本地收视最高峰。

不过，与表现优秀的收视率相比，令这位导演颇为尴尬的是，《芈月传》播出后，豆瓣网上对这部电视剧的评分一路跌破5分，这和郑晓龙上一部高达8.9分的古装大戏《甄嬛传》形成强烈反差。

不像其过去其他作品，《芈月传》没有专注于在一个几乎固定封闭的空间中表现中国人的日常，郑晓龙第一次把他的镜头对准让秦国走

郑晓龙
国民导演

出内乱、主张国家统一的秦始皇高祖母芈月——"中国第一位女政治家",第一次涉及了战争场面。

在这部与女政治家有关的作品中,郑晓龙仍自觉地沿用了他标签式的女主角。从《渴望》开始,那便是一个温顺、被动、善良,从不主动争取却被命运一步步推向成功的女性。因为电视是大众媒体,"一定要给大众看大众价值观的内容",郑晓龙认为。只是这次这位具有美好品质的女主角要实现的目标不只是获得丈夫、子嗣或家人的认可,她还要统一中国。

很难凭过去的成功来判断,这样一位女性能否受到中国成长于网络的新一代年轻观众的认可,毕竟《渴望》和它所塑造出的刘慧芳距今已有 30 年。无疑郑晓龙至今也把刘慧芳这一角色的完美人格视作珍宝。《芈月传》播出后,一些网友对芈月的角色设定颇为不满,认为这个一直很完美、总是特无辜的形象有点"绿茶婊"和"白莲花"。当我提到这种争议,这位以温和和平民化著称的导演露出罕见的气愤。当时 64 岁的郑晓龙一开始根本不知道这两个词是什么意思,他问身边的年轻人,到底什么是"白莲花"。

"就是逆来顺受的,倍儿善良。"

郑晓龙听了更不明白了。"这不是女人应该具有的品质吗?"他反问。"他们为什么不喜欢这种善良的好人呢?"他有些恼火,"那我说中国第一大'白莲花'你知道是谁吗?是刘慧芳啊!第一大白莲花,第一大绿茶婊啊!可是难道不应该有刘慧芳这样的人吗?"

巨流

郑晓龙很少上网,他获得信息的来源大部分依靠订阅的报纸或者与朋友聊天。在突然中止话题进入里屋寻找东西很长时间后,郑晓龙回到了我们面前,他翻出一堆打印好的 A4 纸,其内容多来自网络,皆是对《芈月传》的赞美,而这些赞美是他的公司特意搜索并打印下来送给这位导演以鼓励和安慰他的。

只不过,纸上这些内容来源的网站明显与这位国民导演的身份略不匹配。很多网站是主流世界从未听说过的,说的也都是很空泛的话,细看还会发现并不值得作为有说服价值的观点援引。但导演明显把这些表扬当真了,他迫切需要认可,也迫切需要告诉别人有人是认可自己的。

确定故事主题、万字左右故事大纲,对大纲进行分集,最后一集集写下去,这是大部分中国编剧的创作流程。这么做好处有两个:一是避免结构出现问题;二是因资方和创作者无法完全相互信任不得不对彼此进行的设防——中国编剧按工作阶段付费,这既保证编剧不会创作了大半拿不到钱,也保证了制片方不会付了所有钱编剧却中途退出。即便编剧写到一半不写了,你的东西留下来,制片方也可以找其他人接着写下去。分阶段付费给双方都带来了安全感。

但在《芈月传》,这种创作方式被完全颠覆了。鲜有人知的是,《芈月传》较早诞生的不是大纲,直接就是高潮。

作为大陆古装剧里的划时代作品,《甄嬛传》从主题、人物设定到精致的生活方式都具巅峰意义。正是这种周密、严谨的创作方式给这

郑晓龙
国民导演

部极具开创性的电视剧作品带来长销效应。有门户网站发布过"十大重播神剧"榜单,《亮剑》以5年重播3000多次的"神频率"位居榜首,最新的"重播神剧"则非《甄嬛传》莫属。有网友吐槽,2013年春节长假期间,安陵容一天之内就在电视上死了三回。河北卫视甚至在春节期间打通全天时段,号称24小时不间断播出。有人曾经评价,《甄嬛传》第一遍看的是剧情,但到了第二遍、第三遍,则更喜欢看她们怎么过日子,包括赏画、品乐、美食……郑晓龙创造出的是一个《红楼梦》般丰富的世界。

《甄嬛传》也是郑晓龙第一部从口碑到收视率都大获好评的古装作品。不可否认,《芈月传》开播时,对其争议的声音很大部分来源于有人把它看作郑晓龙上一部成功古装作品《甄嬛传》的延续。在那部作品中,郑晓龙描述了大量的宫斗,后宫生活后来被映射到了职场、官场……中国观众认为自己从里面看到的是他们正在经历的现实人生。

不过,或许会让《甄嬛传》的追捧者们意外的是,作为郑晓龙、王小平的第一部大获好评的古装剧,这两位重要主创都不喜欢《甄嬛传》的故事立意,他们认为那不过是小女人之间的钩心斗角。

"它有市场,人物我们觉得也扎实……但是从我们的趣味角度来说,它不是我们最喜欢的……我们还是喜欢写得格局大一点的。"谈起《甄嬛传》,王小平说。

在《芈月传》中,郑晓龙希望树立起一座真正的"高峰"。这部剧的网

巨流

络播出平台乐视控股高级副总裁高飞回忆,这座"格局大一点的"的高峰绝不再是《甄嬛传》式的情感故事,而是英雄主义、家国情怀。

在结束《甄嬛传》后,郑晓龙和王小平就请人推荐一些古装题材,准备下一个剧本。其中一个叫蒋胜男的作者说起手里有一个秦始皇高祖母的故事。王小平一听,觉得这个有意思,"这个人物实际上对于秦始皇统一中国,做了前期的基础工作,又是中国的第一个女政治家"。

作为秦始皇的高祖母,芈月从楚国庶出公主到称霸六国的大秦铁血太后,执掌秦国41年,支持商鞅变法,主张国家统一,让秦国走出内乱。

当得知这位高祖母有可能还是兵马俑的主人时,郑晓龙更兴奋了:"对于兵马俑的主人到底是谁,是有过争议的,在一部特别早的中央台的纪录影片中播过,正巧我看到过。有人说(兵马俑)不是秦始皇的,有可能是秦始皇的高祖母的,就有这么一个说法。"王小平记得,在她告诉郑晓龙后,他就坚定要拍这个故事。

真正开始查阅资料时,两人意识到了一个非常严峻的问题:历史文献里关于这位女政治家的记录非常少,"就几百字",而且还带有强烈的色情意味。芈月能够帮助秦国实现统一中国,得益于草原王义渠君在军事上的帮助。史书中,这段关系被描写得比较"肮脏",她被认为是通过性勾引获得了人生成功。

郑晓龙
国民导演

读到《战国策》里描写的芈月，王小平承认自己难以接受。"我觉得好的作品一定是创作者对崇高或者叫作'高尚'两个字的一种投身，或者一种追求。"王小平说。

孙俪是《芈月传》最早定下的演员之一，这位较多以心地善良的传统女性形象出现在荧幕上的女明星得知消息后也表示了犹豫。"孙俪在创作上是有主见的，这个人物她会提疑问的，她不会去演一个她认为不干净的人物。"王小平说，"如果义渠王跟芈月……不是一种情感关系，而是一种比较脏的交易关系，我们的演员都排斥。"

郑晓龙和王小平认为，秦朝经历过一次焚书坑儒，大部分史书已经被烧掉，而且写史书的大部分是男性，在男权社会里，难免会对一个女性政治家产生偏见。"人家说《战国策》把她写得不堪，那我就照着不堪来，她可以随意为政治交易……这种人物我是排斥的。"王小平坚定地说。

这让郑晓龙和王小平更加坚定，必须写出一个能说服自己，也能说服孙俪的人物关系。

这也是《芈月传》会先诞生高潮的原因。为了把芈月变成一个纯洁的人，王小平独自封闭在北京三元桥和四元桥之间的一套房子里，远离家人，专注创作。她"拼命在找一个情节"，最终以义渠王"以命换命"赋予了芈月爱上这个男人的合理性，在芈月沦为贱民时，让"一个男人为她什么都做"。

巨流

为捍卫女政治家的纯洁性必须先进行处理的一幕，也因写得太过投入，最终成为看过此片的工作人员口中最感人的一幕。《芈月传》的高潮是，芈月因坚持国家利益和秦法，不顾个人情感要处罚义渠王的救命兄弟，而义渠王的兄弟为了不让两人产生矛盾，选择自杀，走投无路的义渠王独闯大殿，赴死般在芈月面前被杀掉。有了这个高潮，王小平形容自己的创作就像已经看到了人物生命里的几个大的起伏点，被这几个起伏点打动后，剩下的就是看着这个"山峰"走过去。

《芈月传》历经六次剧本修改，六个月拍摄和三次剪辑，已到最后一道工序——声音混录。混录是指把配乐嵌入剧情，使情感更加饱满。和郑晓龙一贯精雕细刻的作品一样，《芈月传》进展到全片高潮时，郑晓龙告诉妻子，有人当场就忍不住哭了。王小平并不意外。

王小平自认是"泪点特别高"的人："郑晓龙说他很少见我哭，他没见我流过几次泪，这场戏我写得自己热泪盈眶了，一定也能打动观众。"

王小平清瘦，短发，干练，穿着朴素，和郑晓龙一样出生于 20 世纪 50 年代。英雄主义和家国情怀是王小平总结出的那个时代生人的普遍特征。"我们那一代人比较单纯，不可能有人梦想去当什么公主和王子，那太小资了吧……我们那时候想当英雄，想为自己的国家做点儿什么事情。"

在高飞的转述中，郑晓龙对芈月寄予了很多远超当代年轻人在看一部电视剧时所能想到的东西。郑晓龙的真正意图并不是要讲一个宫

郑晓龙
国民导演

廷故事,他更想把芈月看作一个提示中国要坚持改革的符号。郑晓龙希望反映现实、影响现实。"这跟咱们现在改革进入深水区其实是呼应的。"高飞说。

我们爱你没商量

郑晓龙出生于军队大院,他的父亲是中国人民解放军原总后勤部的部级干部。郑晓龙从小的梦想不是当导演,而是当一个职业军人。就像今天的发财、成功、上市一样,在当年,主流价值观把为老百姓服务和某种人生荣誉感连接了起来,这激励了这个男孩。

不过,对这个男孩残酷的是,他的人生理想刚刚开始建立就被这个世界残忍地扼杀了。

1966年,作为一个大院子弟,郑晓龙的生活受到的影响颇为巨大。因和刘少奇关系较近,在那场动荡中,他的父亲很早被揪了出来。郑晓龙记得忽然家里窗外都是大字报,玻璃被打碎,他的父母躲在厕所,他和姐姐气得拎着擀面杖要出去跟同龄人拼命。"因为打架的、砸玻璃的都是小孩。"郑晓龙回忆。

荒唐岁月也以一种残酷的方式践踏了这个少年的军人梦。

抱着第一次接触社会好好表现的心理,1970年,通过父亲战友介绍,郑晓龙来到黑龙江生产建设兵团。他很快发现他需要干比其他人更繁重的活,直到有一次从管理者的本子上看到"郑晓龙其父,三反

巨流

分子"。让这些大院子弟心痛的是，他们发现自己竟然是这么被看待的，"顿时觉得没法待了"。于是他和班里同样遭此对待的人一起，趁班长不注意，把棉被蒙在班长的头上，暴打一顿。

郑晓龙逃过三次，前两次逃亡被抓回去后按逃兵处置，最后一次在 11 月的东北雪地里跑到车站，扒上火车，回到了北京。

第二年，郑晓龙又去了二炮一个在河南山里的部队参军。郑晓龙后来对于改革的渴望或许正是源于这段军旅岁月。

"当时二炮要研制一种中远程炮弹，什么都建好了，炮弹却迟迟研制不出来。"他的战友，另一个北京来的大院子弟严江征回忆。更让大家难以理解的是，部队不搞军事训练，天天政治学习。"那你说部队还有什么意义？"郑晓龙说，这让他们觉得很不正常。

"那会儿心灵上还没有染上多少尘埃，而且一腔热血。"严江征说。即便隐约觉得不对劲，也不会真正去怀疑什么。

1976 年，严江征和郑晓龙已经分别当了七年和五年兵，他们之前对军队投射的宏大理想也在等待和政治学习中被耽误、被消磨。"我说我们参军是建功立业，是保卫国家安全，这么多年这炮弹造不出来，造不出来的原因到了'文革'后期大家已经很清楚了。"

那几年，他们有更大的改变中国的理想，但始终没有受到提拔，最终官僚以他们的实用主义告诉他们：你们是城市兵，你们回去国家

郑晓龙
国民导演

会管你们的,给你们分配工作,我们回去只能种地,何必跟我们抢这名额呢? 1976 年,严江征记得自己和郑晓龙说,我们在这儿已经没有任何意义了,回北京吧。

离开洛阳的时候,到了火车站还有时间,严江征想去洛阳百货大楼买点东西,但他看到了让他至今难忘的画面:到了食品区,低下头,"你看那柜台,从这头到那头,全部是空的",只有一个挂有"外宾专柜"牌子的柜台上零星放着一点东西。"整个洛阳给我留下最后的印象,就是百货大楼空空荡荡的食品柜台和满大街要饭的农民。"那一天,严江征再也没想要再次回到这个城市。

这种情怀后来在和平年代已很少有表现出来的机会,但在《芈月传》的拍摄现场,它忽然爆发而出的时刻还是令演员们惊讶。在坝上草原拍摄时,郑晓龙一直对一个取景地非常不满意,找了很多都没有合适的,当时 64 岁的郑晓龙在这时看到一个几乎 90 度的山坡。"自己一脚就开上去了,那坡很危险。"一位演员说。更让他感动的是,有很多危险的镜头,导演会第一时间替他们去试。在拍摄过程中,这种对年轻人的关心和以身作则的态度让演员们没有办法不去以一个更好的态度和激情回馈这位导演。

和中国其他导演不同,郑晓龙的身份一开始就不仅仅是一个纯然创作者。他的创作之路开始于一个叫北京电视艺术中心的国有单位。作为一个国有文艺机构的领导,郑晓龙身背经营任务,这是其企业家的一面;他还常常需要为自己所做的事情向领导争取空间,这是他作为基层官员的一面。

巨流

恢复高考后，郑晓龙考入了北京大学分校中文系。1982年，毕业之后的他被分配到了北京电视艺术中心，负责创作。虽然那时他已经三十岁了，但比起六十多岁的上司，他已算是非常年轻。两年后，郑晓龙就当上了这一官方创作机构的副主任。那时因"文革"出现人才断代，急需年轻人补上空缺。

中国电视剧开始进入大规模制作正源于1982年9月北京电视艺术中心以及一年后中国电视剧制作中心的成立。中国电视剧制作中心挂靠中央电视台，而郑晓龙所在的北京电视艺术中心属于北京电视台，随后又被北京市广播电视局收回。

"电视台很大，局很小。"对于当时的局面，郑晓龙至今记忆犹新。"大台小局"导致两个中心的命运极为不同，有央视广告作为靠山的中国电视剧制作中心大部分拍的都是《西游记》《红楼梦》这种需要大量外景经费的名著类题材；北京电视艺术中心则像其他政府部门一样依靠国家拨款。到1994年，郑晓龙当上中心主任，一年经费才180万元，"只够给我们中心的人发工资的百分之六七十"。

穷则思变，北京电视艺术中心有一个译制部，翻译过一些南美剧，比如《女奴》《匪帮》，这些剧后来在中国反响都不错，而且大多是家庭题材，最关键的是它们都可以在单一室内场景完成大部分拍摄。郑晓龙意识到这样可以节省资金。他决定不去模仿更有钱的中国电视剧制作中心，而是模仿巴西室内剧的拍摄方法和拍摄主题，选择那些以搭景的方式完成大部分拍摄的电视剧题材。这对于当时资源有限的中国电视界可谓最大的创新之一。

郑晓龙
国民导演

当时中国的年轻人被改革开放后释放出来的巨大空间和活力所感染。时任北京电视艺术中心工作人员的于金伟至今怀念李牧,他负责中心的管理,导演郑晓龙负责中心的创作。在她的记忆中,中心有一条长长的石板路,李牧虽然是中心主任,但永远骑着一辆自行车从石板路上走过。那时中心没什么车,有车也全部用于拍摄,永远以戏为大。郑晓龙更是执着于创作。"你哪怕是中心的副主任……你只要到了剧组,没有闲人,说这个人是领导,没有这个岗位。"于金伟说。她记得有一个副主任跟组去拍《北京人在纽约》,进组的名义是当生活制片,负责做饭。郑晓龙回来一看面条不高兴了,直接说:"你怎么回事?这么早煮面条,怎么煮坨了,出去拍戏一天很辛苦。"他就会训这个。于金伟回忆,在剧组,导演都特别牛,就六亲不认:"他没活干,没有这种情况,必须干活,在中心不管你再有什么背景,你没有业绩,你没有作品,谁也不会把你看在眼里。"

让这些年轻人充满干劲的一个原因正是郑晓龙的凝聚力。于金伟在那时就发现,郑晓龙有一个在这个行业里从始至终非常少见的优点:郑晓龙对人的尊严和做事积极性有一种骨子里的尊重。他对名利看得很淡,可以把很多机会让给别人,不是一个什么都要揽在自己身上的人。"在这个行业很难做到。"于金伟说。她记得有很多年郑晓龙没有拍戏:"他抓的项目都给别人了,做了好多项目也都给别人了,这些人都受益于他。"就是他把剧本弄好,把钱弄来,然后让别人来拍。

郑晓龙在部队时期萌芽的人民意识,在他进入电视艺术中心成为电视剧创作者后有过多次体现。20世纪80年代恰逢中国第五代导演

巨流

走向世界,其中的代表作是陈凯歌的《黄土地》和张艺谋的《红高粱》。在中心,比他更年轻的创作者心中,那种导演个人风格极强的作品具有强大的吸引力,当时中心的摄影师沈涛至今记得《黄土地》的凝重和西安画派的沉重感,但当他们渴望在中心也创作这种作品时,被郑晓龙明确否定了。

"这是个大众媒体,大众会接受这些东西吗?大众不会接受,一定要给大众看大众价值观的。"他说。

中心支持创作的经费大部分来自依然贫困的百姓的税收,郑晓龙认为这种过于强调自我表达的东西满足的只是导演的个人创作欲,他们要对得起纳税人的钱。

作为领导和掌握资源的人,郑晓龙在那时结识了同为大院子弟背景的王朔、葛优、姜文等人,连同后来通过王朔认识的冯小刚。这些人得以进入影视圈,某种意义上都拜郑晓龙所赐。

按照室内剧在几个固定场景中完成大部分拍摄的思路,在北京的蓟门饭店,郑晓龙、王朔、郑万龙、电视中心员工李晓明一起聊了三天。完了之后李晓明回去写大纲,一个月后拿出17万字大纲。大家又开了三四天会,讨论大纲,李晓明接着回去写剧本。这便是后来家喻户晓的电视剧《渴望》的诞生过程。它是郑晓龙负责创作后制作出的第一部电视剧,汇聚了包括王朔在内中国最好的创作者,来自一种密集的头脑风暴式创作。

郑晓龙
国民导演

在与郑晓龙合作过的人交流时，不止一人怀念这种合作产生的创作力。在别的地方，剧本都是一个人写，但在当时的中心，有了一个创意之后，郑晓龙会找来王朔、冯小刚等人一起聊。他们几个人通常一段时间住在一起，每天就是讨论，一日三餐都在一块儿。这是聪明人之间的碰撞，都是有才华的人，一起产生火花、创意，最后郑晓龙再把这些创意完善，把精华的部分汇聚成一体，变成一个好故事，交给一个人去写，交给一个人去拍。

讨论到谁来演《渴望》的女主角时，有人推荐中国煤矿文工团一个叫凯丽的新来的女大学生。当听说这部 50 集的电视剧要拍摄 10 个月，作为女主角的她必须要每天站 10 个小时的时候，凯丽对剧组的生活望而却步。导演鲁晓威在她的宿舍磨了很久，走的时候已经接近中午，凯丽这时忽然说了句："导演，都这会儿了，家里也没什么好的，我做碗面条给你吃吧。"鲁晓威一下子非常感动，这种善良与对人的关怀，就是他们要找的刘慧芳。

在剧组，这位来自工人阶层的女孩很快发现一种不一样的东西洋溢在以郑晓龙为核心的创作人员身上。他们的相处完全不像其他机关单位，更像一群哥们儿，总是那样："哥们儿，过来吧，喝杯，吃点儿，聊聊。"他们经常在友谊宾馆包房，半宿半宿地聊天。在她看来，这群大院子弟似乎更迫切地想要做出一些事情。他们更有魄力，也更有主人翁意识。《渴望》还只有 20 集剧本时，郑晓龙就敢开拍。"那时候一般人会想，哎呀，可别出事或者怎么样，好像他们脑子里没有这个……就是那种不怕事，敢想，敢干，没有包袱，不缩手缩脚。"凯丽说。

巨流

郑晓龙太想做事了，他的"想法非常开"，郑晓龙的前同事、朋友、导演李小龙这样评价。

除了抓生产，向上级汇报，还要融资、弄钱。"郑晓龙特能套外国人的钱"，"就是你们谁的钱我都敢要"。他的目标明确："只要我们能做出电视剧，好的电视剧。"

即便如此，《渴望》拍到后期还是资金链断裂了。郑晓龙用各种方式提前变现，"我就到处去找人，碰着一个香港商人，或者内地的一个出版社，我就说你们买这个音乐版权肯定能赚着钱"。他把那个过程称为"化缘"，常常要"一边弄剧本，一边到处去化缘，拉赞助，然后请人家投资"。

1990 年，《渴望》诞生了。

那一年博士毕业的尹鸿作为当时"极其稀缺"的现代文学博士，和其他十几位学界颇有分量的专业人士被郑晓龙邀请到一个招待所，从早到晚花了三天三夜提前看完这部作品。"我并不很喜欢。"尹鸿坦率地说出自己当年看完《渴望》的感受。

《渴望》讲述了一个中国传统女性在家庭生活中遭遇各种劫难后仍然保持善良的故事。"像刘慧芳这样的人物，在五四新文化和思想解放运动初期，这种忍辱负重的人物都是作为批判的对象，基本上属于哀其不幸、怒其不争，属于缺乏个性解放的那一种。"尹鸿说。但在《渴望》里，这种主人公第一次成为被正面歌颂的对象。而且自此之

郑晓龙
国民导演

后，大量刘慧芳式的人物与家庭剧出现在中国荧屏。"但在这之前我们强调是说这个社会不对，你就要改，你要去改变它。"尹鸿说。

在尹鸿的记忆里，《渴望》的诞生恰逢中国的重大转折期。在此之前，包括电视剧在内的文艺作品的主流价值观都在强调一种对个人自由的争取，对个人为家庭和国家牺牲持批判态度。而自此之后，空间缩紧，这一类题材很多无法面市，中国电视剧一度找不到方向。

作为一个仅仅想解决资金问题做事情的人，郑晓龙绝对无法同意这种批评。

《渴望》筹备于时代转折之前，绝非为了适应新环境而特别做出的电视剧。作为大哥的郑晓龙还有极强的危机意识，《渴望》拍摄时间特殊，凯丽记得郑晓龙催他们赶紧拍，说"要是有事的话，我们已经拍了，就不能怎么样了"。

在室内剧的探索完成之后，郑晓龙很快就回到了他喜爱的公共话题上，《编辑部的故事》便是这条脉络上的作品。作为一个从小受英雄主义严重影响的大院子弟，家长里短本来不是郑晓龙真正感兴趣的主题。

在《编辑部的故事》里，在改革开放中得到机会的中国年轻一代第一次发出了他们的声音，其中充满了对教条主义者的调侃、对年轻人新型暧昧恋爱观的还原，以及对时弊的针砭，对政治和国家发表声音。这部电视剧的面世，在当时保守的环境中绝不乐观。

巨流

按照尹鸿的经验，面对中国的审查制度，《编辑部的故事》势必会遇到"非常大、非常大"的阻力。

和改革开放早期优秀的官员一样，郑晓龙非常懂得如何向中央领导提要求。在当时，主管文艺的正是后来的全国政协主席李瑞环。因为喜欢《渴望》，他特别在中南海接见了《渴望》剧组。到了第二年春节，领导要下基层，李瑞环可以选择两个地方，一个是北京人民艺术剧院，一个是北京电视艺术中心。"他说我不去人艺，我去艺术中心。"郑晓龙记得。

那时的郑晓龙就表现出来极大的敏感性，他当然不会错过李瑞环来访这次机会。和其他官员不同，他不是一味表忠心，而是让他去满足自己的要求，就这样，郑晓龙带李瑞环看了艺术中心简陋的平房，这为中心随后带来几百万元拨款和一座新的办公楼。这其中，还有一件重要的事是他不可能忘记的，在李瑞环来之前，郑晓龙就递去了《编辑部的故事》录像带。这样，等到李瑞环来到中心，他就可以当场让这位领导对这部电视剧公开表态。他记得李瑞环说他很忙，但是中央办公厅的年轻人看了录像带。"中办的年轻人，他们的水平应该可以吧，然后他们都说好，我想这个片子应该就没什么问题。"郑晓龙记得李瑞环这么说。就这样，这部电视剧令人惊讶地过审了。

郑晓龙对机会的运用绝非一次。到拍摄《北京人在纽约》时，他决定让他们的事业再进一步，这一次他不打算再依赖拨款，而是通过市场化的方式贷款拍摄这部电视剧。

郑晓龙
国民导演

《北京人在纽约》需在纽约拍摄，郑晓龙到中国银行纽约分行，希望用版权抵押，但当时的中国银行只接受房地产或者机器设备抵押。郑晓龙决定再给李瑞环写一封信。

"当时第一句话就是，瑞环大叔，我们爱你没商量，"郑晓龙回忆，"然后讲瑞环到内蒙古那个什么什么讲话，我们听了以后很受鼓舞什么什么的。"在郑晓龙看来，出身天津平民阶层的李瑞环是一个幽默的人。"而且你跟他开玩笑他还挺高兴。"这种年轻人对长辈以顽皮轻松的方式表达出的爱和肯定让李瑞环非常开心。郑晓龙记得他看完那封信后哈哈大笑，然后说这帮年轻人是有闯劲的。

最终，李瑞环通过中国人民银行行长李贵鲜为郑晓龙批出一百五十万美元。郑晓龙记得报告上写着：贵鲜同志，我看此事可行，且数额不大，请大力支持。

当时，《北京人在纽约》的播出权已经卖给了央视。拍摄时美元对人民币的汇率还是三点多，但在拍摄中途，汇率一下子变成了六点多。"可能你原来借了一百万，你再还人民币的时候要还三百多万，现在可能你就要还六百万、八百万了，你知道吗？没法还，还不起了。"郑晓龙当时就急了，他打算和央视多要一些钱，但失败了。他必须拿出能和央视博弈的砝码。

那时，电视台有一个不成文的规定，如果一个节目卖给央视，还可以卖给另外五个省，这件事不会写在合同里。在一个月左右的时间内，他们迅速找到五个最有钱的地方电视台签了合同。之后，郑晓

巨流

龙拿着这个合同重新和央视谈判,如果不涨钱,就在这些地方台发二轮。但《北京人在纽约》播出后,中央台忽然打出一行字幕,《北京人在纽约》的二轮发行权在央视,他们获得了额外的、足以还清贷款的收入。这也是央视第一次公开承认有二轮的做法。自此,二轮售卖从潜规则变为会被公开谈判写进合同的条款,大大增加了节目内容的制作经费。

黑猫白猫

1982 年,郑晓龙进入北京电视艺术中心时,正赶上一拨青年作家与普通人开始根据自己的人生素材和个体感受去创作作品的现实主义文学潮。

1985 年,25 岁的海岩出版了他人生中第一部长篇小说《便衣警察》。小说的责任编辑就是郑晓龙的太太王小平。当时她是作家,在《人民文学》工作。给小说起名时,海岩很苦恼,过了很多天,他告诉王小平,实在想不出来。王小平觉得小说写的就是一个便衣警察,干脆就叫"便衣警察"吧,朴素又具有现实意义。

海岩本身在公安系统工作,"文革"中受到压抑的他和很多年轻人一样充满倾诉欲,这种反思、疑问最终让他把自己的情感寄托投向文学。"他会把自己对社会的认知,自己对人性的思考,自己对历史的这种观点,通过他笔下的人物、情节和想法表达出来,他想影响周边的人。"海岩这样形容当时的写作者。

郑晓龙
国民导演

这股现实主义文学潮很大程度上缘于"文革"之后，人们主动反对之前那么多年对现实的定义，表达的积极性前所未有地被激发和调动起来。

某种意义上，在中国影视界，郑晓龙正是这一创作类型的重要扶持者。时至今日，以这种题材见长的影视创作者大多与郑晓龙密切相关。他们是冯小刚、赵宝刚和海岩，前两位是郑晓龙在北京电视艺术中心的下属，海岩的小说《便衣警察》第一个电视剧改编者便是郑晓龙。

《北京人在纽约》之前，有一部讲述夫妻其中一方出国，另一方留守的电影《大撒把》。郑晓龙是这部电影的编剧，他的灵感来自20世纪90年代初身边大量出国的朋友。电视剧《金婚》也是因他父母吵架而得来了灵感。但即便是生活小事，出生于50年代的郑晓龙仍忍不住把他宏大的时代情结藏在剧里那些看似平淡的日常生活中。《金婚》共50集，但让郑晓龙得意的是，这50年里，一些国家重大事件，他都表现到了。"你看，跟政治结合得非常紧。"郑晓龙说。而在《甄嬛传》里，郑晓龙说启发他找到主题的是中国古代艰难的生育问题。在一个没有现代医学的年代，一个婴儿从怀孕到真正生出来历经的困难非常之多。这个现实坚定了他的拍摄主题，围绕这一主题，他创造出了那些牵动人心的后宫故事。

毫无疑问，一个现实主义者创作生涯中最有影响力的时代是最开放的时代。在90年代初，郑晓龙和他领导的北京电视艺术中心就制作出了《渴望》《编辑部的故事》《北京人在纽约》等堪称具有记录时

巨流

代意义的电视剧作品。因紧跟时代和现实,它们已成为整个中国的民族记忆。有人曾这么总结它们的影响力:1990年《渴望》播出后,犯罪率下降;1993年《北京人在纽约》播出后,出国率下降;2007年《金婚》播出后,离婚率下降。

90年代结束后,和大部分创作者一样,即便有博弈能力,但空间越发紧缩,郑晓龙渐渐失去和上面对话的机会。

作为一个经历过相对理想的创作环境的人,当他听到有人总结出种种可以避免被审查的创作手段,沾沾自喜地分享,世故自得地待在安全地带里自我约束时,他内心是悲哀的。

同时,新商业类型的出现更让他和他的现实主义创作同伴不能适应。

中国电视剧的题材在2015年左右已经发生了极大变化。电视剧题材的来源从现实大部分变为了来自网络的神幻仙侠,比如《花千骨》《琅琊榜》《大汉情缘之云中歌》等,它们大多与现实无关,架空在想象世界。

在这种题材的改编中,创作手法也发生了极大变化。

"他们有一个工具专门统计,几个几个点,什么什么收视率高了……有的卡着那个点在写剧本,所以你可以不走脑子。"编剧王宛平说。

谈起这一类型下的大部分作品,"雷"经常会是出现的第一个形容词。

郑晓龙
国民导演

在很多人看来，这类作品更注重情感煽动，却对情节的逻辑性毫不考究。有记者曾采访知名古装偶像剧导演于正，说到成功的秘诀，他把这归结于对人物情感关系的过度夸张渲染，以此来刺激观众。

于正曾找到于金伟，希望北京卫视能播出自己的电视剧，于金伟对他表示了疑惑："我就跟他讲，这皇帝在前朝殿上跟大家议事呢，皇后噌噌噌走过来就开始说话，我说那你家客厅（也不能）这么干吧？"于金伟记得于正当时就笑了，他说他想推进矛盾就给弄了。"但北京人看就觉得你这太随意了，很多故事太小儿科了。"于金伟说。

海岩曾经和一些二十四五岁的年轻编剧交流过，他发现他们的工作过程已经被某种人们想象或计算出的商业力量过度主宰，创作的开始变成了制片人先跟电影终端市场比如院线交流，哪一类题材更容易火，谁演谁导票房更好，然后编剧开始分派任务。

"你最近写什么？"海岩问。

"写谍战呢！"

"你了解吗？"

"嗨！大概有个梗概就编呗，古今中外的，反正移呗！"

这让海岩感到陌生："当时我们觉得要写一个东西……这个情节好像上一次用过的就不好意思再用。"在他们这些现实主义者提笔写作的

巨流

年代,追求的往往是去书写真实的现实和自己的内心感受。

海岩很长时间不再创作了。一方面是涉案题材受限,可创作的现实题材越来越少;另一方面,"觉得现在你写了半天,还争不过那些就是很商业、很普通的片子,不是自取其辱吗?"

郑晓龙和妻子王小平也对新的时代表达了自己的担忧,许多词汇已经很少出现,比方说"现实主义",比方说"真理"和"真相"。

郑晓龙不满社会上的实用主义风气越来越大地影响了文艺创作取向。他回忆起一次去南昌,穿过八一大桥时看到的情景,在那座桥最醒目的地方有两座巨大的石头雕塑,一只黑猫,一只白猫,他说自己一下子哈哈大笑起来,那对石雕致敬的正是这个时代的名言——不管黑猫白猫,抓到耗子就是好猫。

在《渴望》之后,凯丽虽然拍了很多其他作品,但她始终最怀念和最认可的仍是和郑晓龙一起工作的日子。

在凯丽看来,这种难以复制的强烈充实感来自郑晓龙作品里深刻的情感。郑晓龙作品里一直存在一个极其深刻的情感内核,他的女主角们总是集"漂亮、贤惠、善良、人见人爱"等美好特质于一身,却要经历人间所有的惨痛。这种绝对美好遭遇绝对摧残使得郑晓龙创作的文艺作品比起他的同行更为震撼人心,就像把一个东西死死砸在下面,等待给观众巨大的撞击。凯丽说:"我觉得甄嬛也是。"

郑晓龙
国民导演

演完刘慧芳,曾有很长一段时间,凯丽以为自己再也走不出来了。在人们心中,刘慧芳被定义为一个伟大而令人感动的好人,很多观众在现实生活中一看到凯丽会立刻过来搂着她,抱着她,全身心想拥抱她。"他见着我之后,没有任何距离感……要是别的演员偶像,他不敢……因为刘慧芳这个角色真的不一样。"凯丽说。她担心自己的一举一动都会破坏他们美好的梦。如果她表现出有一点不耐烦,观众会立刻表现出惊诧甚至受到伤害的表情。"他马上就觉得,哎,你怎么这样啊?你也不是那么好啊。"从此,为保护这个乌托邦,哪怕再累再烦,凯丽都会在观众面前以刘慧芳要求自己。"那就是角色的魅力。"凯丽说。

刘慧芳之所以有如此强烈的情感震撼力,是因为郑晓龙和他所在阶层从那时就开始采用的一种特殊创作倾向。

很多人无法看出,作为一个失意和受过伤害的人,从第一部作品开始,创作对于郑晓龙而言就成为一个具有情感补偿作用的通道。他从那时起,就习惯性地把自己在现实之中求而不得的理想或情感以一种自我补偿的方式寄托到他所创作的角色里。

作为一个国家主义者,即便《渴望》的主题不是郑晓龙真正想要做的,但在创作倾向和塑造这部作品的情感内核时,郑晓龙依然把这种创作观贯穿其中。

刘慧芳这一创意来自王朔。王朔是郑晓龙弟弟的战友。他通过弟弟认识了王朔后,两人立刻开启密切而投机的合作。在他人看来,王

巨流

朔是玩世不恭的，但因为同为大院子弟，郑晓龙却看到了完全相反的另一面。"我觉得他们根本没看明白，王朔作品里面，就是包括王朔本人……他心里有一种深深的悲哀。"郑晓龙说，那是一个人在孩童阶段纯真和理想便遭到毁灭之后的弱小和悲哀，是其他圈子无法理解，只有他们之间才能看到的东西。

对于一个被伤害过的孩童般的男性而言，刘慧芳极具温柔力量和呵护型品格的圣母形象恰恰是能够给予他们巨大安慰的母体。

而在《芈月传》里，这种补偿式创作方法再次被采用。

2016年，我在上海电影节和同是大院子弟出身的王中磊交流时，谈起华谊的几次成功，他把能拍出《集结号》并且取得票房胜利作为其中最重要的一次。和华谊著名导演冯小刚拍摄的大部分其他都市喜剧题材不同，《集结号》是一部真正的战争电影，也是一部真正的国家主义电影。

因为亲近大院子弟，即便是平民出身的冯小刚也总把《集结号》《一九四二》这种反映国家命运的电影当作自己真正想要追求的主题，一直到《一九四二》失败之后，冯小刚才不再追求这种国家层面的大制作，决定创作回归自己出身的作品，拍摄了《老炮儿》。

某种意义上，作为一个从小就接受爱国主义教育的大院子弟，郑晓龙和王中磊一样，即便取得了创作和经营上的成功，但真正能让他产生荣誉感和归属感的还是那些能够体现国家主义情怀和梦想的东西。

郑晓龙
国民导演

在冯小刚和王中磊的圈子里，郑晓龙被喻为中国创作界的"巴顿将军"。一个原因是当年冯小刚、赵宝刚都由他一手提拔，连王朔、姜文也因他的作品获得了大众知名度；另一个原因是出生于军队大院，父亲是中国人民解放军原总后勤部部级干部的郑晓龙是他们之中国家主义情怀和梦想最为强烈和彻底的那一个。在冯小刚印象中，直到在北京电视艺术中心工作时，郑晓龙仍常常在片场宣称自己是巴顿将军转世。冯小刚的作品《甲方乙方》，正是塑造了一个幻想自己是巴顿将军的艺术形象，这一形象的灵感便来自这位伯乐。

不可否认，作为一个国家主义者，和治国、政治领袖都有关系的《芈月传》比起郑晓龙以往的作品，最接近他最想拍摄的一类题材。

仅从商业数字上看，成功看似又一次站到了这位中国最好的电视剧导演这里。随着在电视上首播的剧情越来越接近高潮，《芈月传》的收视率破4%，在高飞的经验里，"这个就不是十年剧王的概念了，甚至于比十年剧王更高"。

然而，在高收视率之外，它的可信程度却受到了极大质疑。

在这个故事里，芈月作为个体可以为国家牺牲一切。在芈月的人生中，为了家国情怀，她可以坚定地放弃初恋、爱人甚至至亲。这样一种价值观已经让年轻人觉得十分遥远，在他们之中的很多人看来，芈月的行为是不可理解的和虚假的。

当我把年轻人对芈月的质疑转述给郑晓龙时，这位一向待人平和的

巨流

电视剧导演立刻愤怒了。他把这种看法归结为《纸牌屋》这类把政治塑造为权谋的电视剧，这让人们认为政治就是钩心斗角和无比黑暗的。"政治家是不是就应该特别阴险？是不是应该不择手段？"他反问。

"我觉得政治家要有政治家的一个坦荡的光明的人格，用人格力量感染我们的社会，比如说林肯，比如说华盛顿，比如说杰斐逊。"他的妻子王小平在一旁补充。

除了华盛顿和杰斐逊，王小平和郑晓龙还举了国内领导人的例子，这些他们所推崇的政治家无疑都是在新时代开创初期为国家奠定了光明的人，具有高贵的品格和不可挑剔的人格，具有对人民深沉纯粹的爱。

这让我一下子明白，郑晓龙为什么会对年轻人无法理解芈月而感到惊恐甚至失落。作为一个被政治环境破坏过青春、理想、纯真，在人生起点就遇到了信仰倒塌的人，郑晓龙对芈月投入的期待是巨大的和不容侵犯的，他推崇的政治形象也是他期待遇到的，他把这些形象的品格都寄托在了芈月这一角色身上。芈月是他对自己少年时期遭遇的补偿。

经过人生戏剧起伏，很多方面不难看出，60多岁的郑晓龙骨子里的变化不多。在北京电视艺术中心的事业和生活稳定之后，郑晓龙坚持把自己的家安在了史家胡同的一个四合院里。春天时，他喜欢和他的太太一起讨论今天的散步路线；晚饭后，他们会一直从这里走

郑晓龙
国民导演

到天安门再步行前往故宫，享受北京的黄昏。四合院门口有老人在说着家长里短，一连串自行车的声音从耳边丁零零响过。这里的生活是他自童年起就熟悉的，他在这里经历了梦想的开始，"文革"的动荡；他从这里离开了北京，并在理想破灭时回到了这里。无论世界如何变化，他始终没有试图离开自己的习惯地带。

一年秋天，在一座四合院里，我和工作人员为之前供职的杂志社拍摄郑晓龙的封面。当摄影师让这位代表作最多也掀起过最多次举国观剧浪潮的"国民导演"试着摆出一些自己的标志性动作时，这个60多岁的身体意外找到他少年时代的记忆，套着他的朋友特地从俄罗斯给他带回来的版型僵硬的军用皮夹克，郑晓龙把手插进裤兜，身体前倾，做出了一个看起来又痞又酷的姿势。"这是我们年轻时穿上军装在大街上常摆出的动作。"郑晓龙说。那时，军装正是这些初到北京聚群而居的大院子弟显示自己与众不同身份的日常装束。

拍摄结束，录制视频的工作人员希望郑晓龙回忆这一年最难忘的时刻。在大家纷纷猜测是不是《芈月传》杀青时，郑晓龙陷入沉思，令人意外的是，在沉默结束后，这位国民导演的回答是9月3日天安门阅兵。

那一年的9月3日，正值这个国家在举国纪念一件对其整个民族都意义非凡的历史事件——中国人民抗日战争暨世界反法西斯战争胜利70周年。

在这场距离他家只有数公里的阅兵式上，当看到那些年轻士兵喊着

巨流

口号正步向前时,这位"巴顿将军"毫不意外地听到自己自小便受到的"为国家""为自己的阶级""为自己的民族"贡献生命的激情教育被轻而易举地唤醒,他再次感受到自己身体里那奋不顾身为国家、为民族贡献的冲动依旧难以抑制。

郑晓龙

1952 11 出生于北京

1958 中国第一家电视台——北京电视台正式开播

1970 入伍黑龙江生产建设兵团,后去河南二炮某部服役

1975 被分配到北京人民广播电台农村部当记者

1978 05 "北京电视台"正式更名为"中央电视台"
考入北京大学分校中文系

1979 01 上海电视台播出了中国电视历史上第一条商品广告
08 中央广播事业局在第一次全国电视节目会议上建议,各地电视台凡有条件都可以制作电视剧

1980 全年电视剧生产量达 131 集,是前一年的 6 倍以上

1982 09 中国第一家电视制片厂北京电视制片厂(即后来的北京电视艺术中心)成立
毕业分配到北京电视艺术中心
10 中国第一次在国内进行的卫星通信和电视转播试验取得成功

1983 02 中国中央电视台第一届春节联欢晚会直播
03 全国广播电视工作会议召开,提出"四级办广播、四级办电视、四级混合覆盖"的方针
10 中国电视剧制作中心成立

1984 07 许海峰夺得第二十三届奥运会第一枚金牌,实现中国奥运史上金牌"零"的突破

1985 香港电视剧《上海滩》被上海电视台引进内地播出

1986 电视剧《西游记》播出

1987 参与策划的电视剧《便衣警察》播出

1990
- "亚洲一号"卫星成功发射,是第一颗为中国广播电视业提供传输服务的商用通信卫星
- 09 第11届亚洲运动会在北京举行
- 12 担任《渴望》制片人,这部国内第一部室内长篇电视连续剧在中央电视台播出

1991
- 拍摄制作国内第一部电视幽默轻喜剧《编辑部的故事》

1992
- 邓小平南方谈话
- 06 中共中央、国务院做出《关于加快发展第三产业的决定》

1993
- 09 与冯小刚联合执导《北京人在纽约》
- 电视剧《北京人在纽约》开播

1994
- 04 电视剧《我爱我家》开播
- 10 电视剧《三国演义》开播
- 11 《北京人在纽约》获第12届大众电视金鹰奖优秀长篇连续剧、最佳男主角、最佳女主角
- 《北京人在纽约》获第14届飞天奖长篇电视连续剧二等奖、优秀摄影奖、优秀剪辑奖

1995
- 01 世界贸易组织正式成立
- 05 全国开始实行每周五天工作制

1996
- 北京电视艺术中心与28家省级电视台签约开办了首个国产电视剧精品剧场《长青藤剧场》
- 08 为拍摄《鸦片战争》,横店建造了第一个影视拍摄基地广州街景区
- 全国共有电视台880座,电视人口覆盖率86.2%

1997
- 07 香港回归

1998
- 01 电视剧《水浒传》在中国中央电视台第一套开播
- 10 电视剧《还珠格格》在湖南卫视开播,轰动亚洲
- 全国电视广告的收入已经高达133.6亿元

1999
- 05 CCTV-8由"文艺频道"更名为"电视剧频道"
- 12 澳门回归
- 截至年底,所有省、自治区和直辖市的卫星电视频道完成上星

2000
- 01 电视剧《西游记续集》开播
- 担任电视剧《少年包青天》出品人

2001

- 05 — 执导的个人首部电影《刮痧》上映
- — 担任电视剧《少年包青天2》出品人
- 07 — 北京赢得2008年奥运会的主办权
- 11 — 执导的情感剧《永不放弃》播出，该剧被北京市卫生局列为首都医务工作者职业道德教育教材
- 12 — 中国正式加入世界贸易组织（WTO）
- — 开始实行电视剧制作许可证制度

2002

- 12 — 上海赢得2010年世博会主办权

2003

- 03 — 世界卫生组织（WHO）发布SARS全球警报
- 08 — 政府第一次向全国8家民营电视剧制作机构核发了《电视剧制作许可证（甲种）》，从此民营电视剧制作机构获得了与国有电视剧制作机构同等的法律地位
- 10 — 中国首次成功发射载人宇宙飞船"神舟五号"
- 12 — 广电总局颁布了《关于促进广播影视产业发展的意见》

2004

- 06 — 广电总局发布规定，在国内电视连续剧市场实行"4+X"的播出模式，即一部电视连续剧最多在4家卫视和X家地面频道同时播出
- 08 — 广电总局颁布《广播电视节目制作经营管理规定》，提到"国家鼓励境内社会组织、企事业机构（不含外商独资企业或中外合资、合作企业）设立广播电视节目制作经营机构或从事广播电视节目制作经营活动"

2005

- 01 — 游戏改编的电视剧《仙剑奇侠传》开播，被认为是中国最早成功的IP剧
- 09 — 在军旅剧《幸福像花儿一样》中担任出品人
- 10 — 世界海拔最高的青藏铁路全线贯通
- — 华策影视创立
- 11 — 与安战军联合执导抗战剧《将门风云》

2006

- 04 — 广电总局颁布《电视剧拍摄制作备案公示管理暂行办法》，取消原有的"电视剧题材规划立项审批"制度，实行"电视剧拍摄制作备案公示管理暂行办法"
- 05 — 三峡大坝全线建成
- 06 — 优酷网上线
- — 执导抗战剧《生死十日》

2007

- 04 — 中国成功发射第一颗北斗导航卫星（M1）
- — 全国铁路进行第6次大提速，铁路客运速度达到200km/h
- 09 — 执导兼出品的家庭伦理剧《金婚》播出
- 10 — 中国自行研制的"嫦娥一号"探月飞船成功发射升空
- 12 — 《金婚》获北京电视台首届影视盛典最佳电视剧奖、最佳导演奖、最佳男演员/女演员奖

2008

- 03 — 北京奥运会圣火在希腊成功点燃
- 05 — 汶川地震
- 06 — 《金婚》获第14届上海国际电视节白玉兰奖最佳电视剧银奖、最佳导演奖、最佳男演员/女演员奖
- 08 — 北京奥运会举行，中国共夺得51块奥运金牌，居金牌榜榜首，为历史之最
- — 《金婚》获第24届中国电视金鹰奖优秀长篇电视剧奖
- 09 — 全球金融危机爆发
- 12 — 执导的电视剧《春草》首播，该剧获得由上海文广集团颁发的"2008年国产电视剧现实题材奖"以及由北京电视台颁发的"最佳收视贡献奖"

2009

- 06 — "哔哩哔哩"弹幕网上线
- 07 — 国务院出台《文化产业振兴规划》
- 08 — 新浪推出"新浪微博"内测版
- — 内地翻拍《流星花园》的电视剧《一起来看流星雨》在湖南卫视播出
- 09 — 《金婚》获第27届中国电视剧飞天奖长篇电视剧一等奖、优秀导演奖、优秀男演员奖
- 10 — 中华人民共和国成立60周年

2010

- 01 — 铁道部宣布中国高速铁路运营总里程跃居世界第一位
- 04 — 青海省玉树藏族自治州玉树县发生7.1级地震
- — 2010年上海世界博览会
- — 爱奇艺上线
- 10 — 华策影视在创业板上市，成为国内第一家以电视剧为主营业务的上市企业
- — 执导兼出品的年代剧《金婚风雨情》播出

2011

- 02 — 中国国内生产总值首次超越日本，成为全球第二大经济体
- 04 — "腾讯视频"上线
- 11 — 执导的宫廷剧《甄嬛传》播出

2012

- — 监制都市爱情剧《女人帮》
- 02 — 广电总局发布通知，规定引进境外影视剧的长度原则上控制在50集以内，境外影视剧不得在黄金时段播出
- 06 — 凭《甄嬛传》获第18届上海电视节白玉兰奖最佳导演奖
- 08 — 《甄嬛传》获第九届全国十佳电视制片表彰大会十佳电视制片优秀电视剧奖
- 09 — 《甄嬛传》获第26届中国电视金鹰奖优秀电视剧奖
- — 执导的电视剧《川东游击队》播出

2013

- 03 国务院将新闻出版总署、广电总局的职责整合,组建国家新闻出版广播电影电视总局,随后更名为国家新闻出版广电总局
- 04 执导的《编辑部的故事》续作《新编辑部故事》开播
- 09 执导的都市情感剧《小两口》开播
- 11 北京和张家口宣布联合申办2022年冬奥会
- 孙俪凭《甄嬛传》被提名第41届国际艾美奖最佳女主角
- 2013年全年生产完成并获得《国产电视剧发行许可证》的电视剧总量首次突破1万集
- 2013年所有卫视在黄金时段播出的电视连续剧为616部,其中首播的新剧为266部,仅占播出总量的43%

2014

- 04 湖南卫视正式创立"芒果TV"
- 10 执导的近代传奇剧《红高粱》首播
- 视频网站纷纷打出"网络自制剧元年"的称号,全网共205部、2918集网络剧上线,点击量超百万

2015

- 01 "一剧两星"政策实施,同一部电视剧每晚黄金时段联播的综合频道不得超过两家;影视公司开始倾向于选择具有粉丝基础的网络小说、游戏、动漫进行改编,IP剧兴起
- 06 凭《红高粱》提名第21届上海电视节白玉兰奖最佳导演
- 11 执导的古装历史剧《芈月传》开播
- 截至2015年年底,由网络文学作品改编的电视剧达568部

2016

- 10 第28届金鹰奖,凭《芈月传》《红高粱》获最佳导演奖,《芈月传》获优秀电视剧奖

2017

- 02 《红高粱》被获得第11届电视制片业电视剧优秀作品奖
- 10 横店影视正式登陆上海证券交易所
- 执导的医疗行业剧《急诊科医生》开播
- 12 中国网民规模达到7.72亿

2018

- 03 执导的电影《图兰朵》开机
- 04 广电总局在宁波召开首次全国电视剧创作规划会议,要求电视剧创作以现实主义为主体
- 06 中央宣传部、文化和旅游部、国家税务总局、国家广播电视总局、国家电影局等联合印发《通知》,要求加强对影视行业天价片酬、"阴阳合同"、偷逃税等问题的治理,控制不合理片酬,推进依法纳税,促进影视业健康发展
- 10 广电总局发布通知,要求加大电视剧网络剧(含网络电影)治理力度,坚持同一标准、同一尺度,坚决打击收视率(点击率)造假行为
- 2017年全国全年电视剧制作投资额达到242.26亿元,国内销售额达到265.41亿元,电视剧的广告收入、付费收入、海外收入总计达到1020亿元

06 携《图兰朵》电影主创团队编剧王小平、制片人曹平等亮相上海国际电影节,当天宣布电影名从《图兰朵》改为《三色镯:破谜重生》,并透露电影正在后期制作阶段

07 主要影视公司发布上半年业绩报告,华谊兄弟等6家知名公司首度亏损

广电总局电视剧司召开部分省局电视剧内容管理工作专题会议暨推动电视剧高质量发展调研座谈会,重点加强对宫斗剧、抗战剧、谍战剧的备案公示审核和内容审查,治理"老剧翻拍"不良创作倾向

10 **中华人民共和国成立70周年大庆**

12 据"天眼查"公布数据,2019年以来有1884家影视公司关闭

《中国电视剧风向标报告》显示,横店影视城的开机率同比直降45%

曾梵志

曾梵志
凡人梵志

曾梵志的故事绝非只是一个有关金钱的数字神话。这个中国最具标志意义的当代艺术家拥有强烈的自我意识，因此遭受痛苦，却没有让自己留在阴影里，而是在痛苦下以其对善的强烈渴望，学会与这种自我共处，在其基础上构建艺术创作，塑形出他期待的理想世界与物质生活。

白盒子和红领巾

2014年11月，在柏林最古老的摄影棚，临时搭起一个画室，一种有助于准确记录色彩的特殊亮冷白光把画室变成了一个"白盒子"，一切仿佛悬浮其中。影像装置作品《遊》的制作人李诗打开手机，向我展示一段视频。

视频里，曾梵志先生看起来很轻松，正在热身的他发现自己被拍摄，突发奇想推起面前四轮桌子小跑起来，接着把整个身体倏地俯在滑行的桌子上，双手双脚做滑水动作——"白盒子"被他想象成了纯白泳池，他正徜徉其中。第二天，他要在这里创作他的"抽象风景"（曾梵志将这一系列命名为"抽象风景"，此系列又曾被不同评论家和媒体称为"乱笔""抽象乱笔"），八台摄影机全方位记录创作过程。

曾梵志只在最好的状态下创作。创作"风景"前，他要进行充足感受,在一周或更长时间里,他会一个人安静地坐在沙发上,在一旁准备好颜料和画笔。望着画布,他有一些习惯性动作,如手指在空气中来回地画。作为曾梵志的绘画助理,等待是姜昊首先要学会的事。

有时曾梵志告诉姜昊明天画画,第二天早上,不知哪里不舒服,他明白今天不能动。这一天他不会做任何事,就在画室里待着。第二天发现又不对,以为第三天可能也不行,没想到状态却很好,于是他告诉姜昊,十分钟内把所有东西准备好,音响打开。前期铺色时一般用交响乐,后期如果变成《红灯记》这类样板戏,那代表他已十拿九稳。好的创作状态对"风景"开局非常重要,他不会想好要画什么,也"尽量不要知道",第一直觉里选的几块颜色铺上后,再考虑构图。他追求在那个瞬间把全部潜意识忘我地铺在画布上,必须一上手就有"把握",一旦抓住这种状态,接下来每一笔都有惊喜。

他恐惧失败,不敢在"迷惘"时创作。在柏林,一种过浓的松节油引发了他的脆弱。松节油是油画颜料的溶剂,对"风景"系列尤其是。如在《遊》的含义中,曾梵志把中国书法带有情绪和节奏性的运笔带入到了"风景"创作中,这种运笔代表他追求精神中的自由来去。为让油画笔能像毛笔一样自如,他做了两个改造:把画笔笔毛变长,以大量松节油稀释颜料。

由于通不过安检,松节油只能在柏林购买,买的是在北京时用量的两倍,但调色时,曾梵志还是发现油的溶解度比国内差很多。他忍不住和大家一起搅动颜料。一小时后,从颜料桶里提起刷子时,他知道做了件错事,"风景"铺色用的是一种巨型刷子,一旦放入油漆桶,拿

巨
流

出来就有十斤重，但那天，他感觉这把刷子比平时还要重30%。

创作开始比预计晚了两个小时。他集中精力，把深邃的黑、夜空中的幽蓝、隐隐浮动的暗红、压抑其中挣扎冲向右上角的白色倾注在画布上，形成巨大张力。第一色层顺利铺完。

这一色层被曾梵志比喻为"水面"。"风景"创作第一天对体力要求最高，他那天必须连续画十小时以上，这是"水面"保持湿润的时长。到第二阶段，他开始用较细的画笔在这个"水面"上画出线条，书法运笔式的自由正诞生于此。这时，他开始担心过浓松节油调出的颜料很快干燥。"在水上画一下，波纹很润，但在沙子上画一下……"他皱了一下眉。

升降梯将他送往画面右上角黑与白的交接处，他要挑战的地方正在此。他抬起右手，当画笔落在白色色层上时，他感到不安。他决定不再多想，直接拉起一条线从白色一直挑到上方黑色。线条拉得很顺，黑白色块静止的边际瞬间产生了兴奋的迸发状射线。"成了！"他忽然喊了一声，他控制住了这种颜料。

柏林第一天，曾梵志没跟任何人说起自己的心理压力。但不说话不代表不表达，第二天早餐时，他突发奇想地以一种恶作剧的形式向所有人暗示他很辛苦。

8点早饭，7点15分时，曾梵志就坐在了餐桌前，临时得到通知的工作人员慌张跑进来时，发现曾梵志正把他的右手平放在桌子上，

曾梵志
凡人梵志

他五指伸开,当有人来到这张桌前,他就给他们看。"我的手指画肿了。"他说。乍一看,小指变粗变长了很多,还弯成了一个可怕的曲度。人们恐惧地凑近,却发现这只是一截碱水面包由粗变细的尾部。那个早晨,他这样不厌其烦地向每一个进来的人展示这只右手,得意地看着他们惊慌失措后又恍然大悟。

曾梵志第一次表现出艺术家式的强烈自我意识是在 15 岁。那一年,上初三的他突然告诉父母他不会再去上学了。此举引发全家亲戚的担忧,大家聚在他家,劝他的父母绝不要纵容他。曾梵志完全不为所动,最终取得胜利。

上小学时,他就是个容易紧张的人,出众的长相放大了他在应试教育中的缺点。课堂上,他常盯着前方,头脑却一片空白,被其他同学顶一下,才知道老师在叫自己。

和其他同学一样戴上红领巾是他童年最渴望的事,但直到小学毕业,他的脖子上仍空无一物。四年级,全校合唱比赛,他因长得好看被安排在第一排,看到没有红领巾的曾梵志,老师意识到问题后,在他上台前给他临时系上一条。他很激动:"我以为从此以后这个红领巾就戴在我身上了。"那一次他唱得很卖力,但唱完下台,红领巾被班主任立刻摘了下来,他痛苦地发现自己被欺骗了。

欺骗至今是他最痛恨的事,他和香格纳画廊创始人劳伦斯·何浦林从 20 世纪 90 年代合作至今,唯一一次合作危机出现在曾梵志认为对方骗他时。那是一年巴塞尔艺术博览会前,劳伦斯让他准备一张好画,

巨
流

说要带到艺博会上,曾梵志拿出一张"满意得不得了"的作品。但几天后,一个从巴塞尔回来的朋友带来了让他崩溃的消息,画并没出现在现场。他非常气愤,想到当时很多画廊都想和自己合作,但他看准劳伦斯,想和他好好在一起,对方却骗了他。越洋电话里,他要求劳伦斯归还自己所有作品。两人一声不吭打着冷战,直到劳伦斯回来,他才获悉自己的画在第一天已经被卖掉,劳伦斯挂别的艺术家的画是想把他们也一起拉起来。

母亲、燕柳林、劳伦斯

长期压抑给曾梵志带来两样东西。一是强大的观察能力。他要留意老师今天高不高兴,以防他忽然叫住自己,这在后来的肖像创作上给他带来优势,他总能捕捉到对方面孔上的细微之处。另一样东西则贯穿他一生:无论身处何种境遇,绘画都是他情绪上的庇护所。

不能戴红领巾意味整个童年都被否定,但曾梵志和其他的孩子一样"希望得到别人夸奖"。细心的母亲是唯一注意到儿子需要的人,曾梵志在童年就表现出对绘画的喜爱,那时只要他一画画,她就会鼓励他画得真好。"我可能就这一个优点,(她就)一直用这样的方式鼓励我。"曾梵志回忆,画画就这样成为他童年最快乐的时刻。

初三退学后,曾梵志去了一家印刷厂工作,他在附近惊喜地发现一群天天背着画板的人。他极力接近这个小圈子,当他们打篮球时,他会站在球场观看,希望被注意到。小圈子的头儿叫燕柳林,一个性格慷慨的干部子弟,曾梵志至今记得自己第一次被他邀请进家中

曾梵志
凡人梵志

和大家一起画画的激动。"就像找到了组织一样。"他说。

燕柳林成了曾梵志的启蒙老师。和他的相处中，比起技巧，真正让曾梵志印象深刻的是一个强者对少年的鼓励。

刚开始和一群人一起画画时，曾梵志非常害羞。他恳求燕柳林能不能等这些人走了单独教他，但被拒绝了，他告诉他，只有勇敢学习他人优点才能进步更快。

即使曾梵志说了特别幼稚的话，燕柳林也不会当面打击他，而是过几天后提醒他说你当时说的那个不太合适。在这种宽容下，长久压抑的曾梵志发现他敢说话了。

第三是燕柳林对曾梵志天性的保护。学画画时，他坚持让曾梵志不用按部就班先画静物，直接让他画最难的人物色彩。他认为这样更能解放出曾梵志的感受能力，鼓励他可以"反着来"。

他们一起画画的时间持续 8 年，两人共同为考上湖北美院油画专业而奋斗。当年湖北美院油画系 4 年才招生一次。第一次，曾梵志因文化课失败。5 年后，23 岁的他终于考上大学，但大他 10 岁的燕柳林却因超龄永失机会。曾梵志说自己至今记得燕柳林得知他考上美院后持久的沉默。

但燕柳林对他天性的保护却令他至今受益。曾梵志的一个创作特点是只画内心有感触的事。少数民族异域风情是当时艺术家的流行主

巨流

题,但去过那些地方后,曾梵志很快放弃,他认为短暂几周无法让他被陌生环境触动。那时,他去画武汉闷热的夏天,赤膊睡在冰冻生肉上的男人,眼神呆滞充满血丝的人,还有每天从画室经过当地医院的走廊借用洗手间时,看到的那些焦急茫然的病人们。

1991年,学者栗宪庭从北京到湖北美院看毕业生作品展时,曾梵志是8个毕业生之一。让他激动的正是曾梵志的这些作品——画了武汉医院里的病人和医生,画里夸张过的两样东西让他至今难忘:眼睛和手。"他画的眼睛都是很惊恐的,手是很痉挛的状态。"栗宪庭回忆,"不管你是什么生活境遇造成的内心紧张,你都从这儿感觉到了一种相似的人类情感。"

来北京后,曾梵志开始了他那著名的"面具"系列的探索。"面具"是这样画出来的:他先尝试去画各种各样的肖像,画了十几张后,再从中挑选一个与心境最吻合的,在这张的基础上再继续画第二张、第三张……一直到画画的手触摸到内心最深处的东西。画的时候他体会到了一种孤独,想到一个人在陌生环境里待着,谁也不认识,没有人说话。

其中一张"面具"被"上海滩"服饰的老板邓永锵买走。在香港,邓永锵拥有一家叫"中国会"的会所。画被挂在这家会所楼梯的走道上,一个所有人都会抬头看到的地方。

画中西装革履的人手悬在胸前,酷似京剧表演中开腔前的一种过门手势,邓永锵将这解释为一位绅士握手前的动作,他告诉名流们,

曾梵志
凡人梵志

画家画的是查尔斯王子。

八九十年代的香港人都希望自己和英国贵族有关系,张国荣甚至戴安娜王妃都相信了这个故事,并在画前合影,这些照片传了出去。

"但我画的就是一个普通人。"曾梵志说。让他有些失落的还有,为使之显得更加名贵,邓永锵还花了 5000 美元为这幅画装了一个古董画框,比画的价格还贵 1000 美元。

这时的曾梵志在北京找到了一个艺术圈子。当时中国艺术已经开始崛起,艺术家们常一起吃饭喝酒,去世界各地参加群展,他们的住所都相隔不远。群居生活方便了策展人和藏家,状态常是:来一个策展人,各家待半个小时,到了中午,一起吃一顿饭,一天看完所有艺术家的工作室。

但时间长了,重复的生活很快让曾梵志焦躁。他变得可以跟每个人单独来往,但一旦聚在一起就烦躁不堪。多年后,曾梵志仍记得一次大家一起吃饭,他突然起身,来到地下车库,坐在车里,觉得生活特没劲。"我记得我当时就是莫名其妙地不想吃了。"他说。曾梵志认为艺术家性格都不相同,易被干扰的他不适合群居生活,可能并不是所有艺术家都像他一样,但他是那个必须跳出来才能看清楚自己究竟是什么样的人。

这也许正是这个叫劳伦斯的瑞士人会吸引他的原因。在那时的中国艺术圈,劳伦斯是一个特立独行的存在,他 20 世纪 80 年代来到上

巨流

海复旦大学学习,毕业后去一家香港画廊打工,1994年,回沪创办香格纳画廊。"我很尊重劳伦斯,他那时就来了中国,一直在艺术领域工作,这在当时很少见。"高古轩画廊亚洲主管尼克·西穆诺维奇曾这么评价这位同行。

身材瘦削的劳伦斯很腼腆,会在冬天穿一件中国90年代大学男生常穿的旧羽绒服。当曾梵志试着把画交给他代理时,并不认为这个外国人是最好的选择。那时劳伦斯租不起独立空间,只能把画挂在上海波特曼酒店的二楼走廊上。

虽然疑惑,但曾梵志一直观察劳伦斯,渐渐地,他在他身上发现一种强大务实的东西。

香格纳画廊的扩张方式正代表了这种务实。一开始,这些艺术品在酒店走廊上售卖。随着代理的艺术家越来越多,劳伦斯租下一个面积更大的废弃仓库。当客人越来越多,仓库又被改建成新的画廊。6年时间,香格纳以这样的方式在北京、上海、新加坡拥有了4个空间及一个旧毛毯厂改造的艺术空间。

即便如此,北京的画廊仍没咖啡机,每次喝咖啡,劳伦斯都要走很远去买一杯。曾梵志提议送他一个,劳伦斯拒绝了,当他需要为喝一杯咖啡走很远时,这会提醒他工作不易,要认真对待。"他觉得让自己苦一点儿是好事。"曾梵志说。

但最终真正打动曾梵志的是劳伦斯对待弱者的态度。

曾梵志
凡人梵志

那是 2000 年左右的上海艺博会，画很难卖。劳伦斯待了一个星期，好不容易卖掉一张，但当一个员工激动地把画从画框上拆下来时，"啪！"画被撕破了。

曾梵志说那时他一直看着劳伦斯，他想看看接下来他会怎么做。让他高兴的是，他能感到劳伦斯脸上的痛苦，但他没有责怪那个员工。

"那个人是个残疾人，而且很能吃苦，他特别主动地做很多事情，抱着很快乐的心情。"曾梵志认为在中国独自坚守的劳伦斯自己也是这样的人，所以他喜欢这样的人。

瞬息万变的艺术市场，总有艺术家突然失败，突然成功，在那些饱受命运剧变、或狂喜或痛苦的灵魂面前，劳伦斯总像以往一样，不拍任何人马屁，也不放弃任何人。从那时起，曾梵志在内心把劳伦斯认定为他要长期合作的人。

想要离开艺术家们的圈子对曾梵志而言是种冒险：如果和大家在一起，策展人和藏家见他们只用一天时间，但一旦搬走，他们要见他就需要单独拿出来一天，很有可能再也没人来看他。1995 年，他拿出全部积蓄在距市区两小时的燕郊买了土地，打算在上面规划工作室，但他还没有真正做出决定。"如果搬走，所有机会可能都再跟你无关。"曾梵志说。

让他激动的是，劳伦斯这时鼓励了他，他告诉他：距离有时也会帮一个艺术家辨别出真正喜欢他艺术的人，不管多远，那些真心喜

巨流

你的人都会来看你,他们才是值得你把艺术作品交出去的人。正是劳伦斯的建议启发了曾梵志去勇敢寻找人与人之间"真"的部分。这种相互鼓舞的关系恰是他自童年起便深深渴望的。

3月的一个晚上,曾梵志说起一直以来在生命中帮助他的某种东西,他很容易被别人身上的优秀品质激励,这时他会不由自主反省自己,这让他产生力量。

有段时间他沉迷跑车这类炫耀性消费。他在那时去了美国一对著名的收藏家夫妇家。房子不奢华,里面的艺术品却令人叹为观止,很多是顶级艺术家的名作。老夫妇崇拜艺术,他们的生活态度让曾梵志震撼,他们没司机,出门打车,认为这很方便,雇用司机是种负担。曾梵志说他那一刻被感染,羞愧地意识到自己的肤浅。

也许来自童年缺失,曾梵志说自己总期望看到一个人身上善良或正直的部分。母亲、燕柳林、劳伦斯都曾在不同阶段满足过他对这种人格的期待,他们无一不是师长或强者形象。

期待也被隐秘寄寓在了他为朋友创作的肖像里。画那些明星、企业家朋友时,他会把一种宗教或学者的气质小心藏在他们的肖像里,让他们看起来更平静、圣洁,但他不会把他们画得比本人更漂亮。"其实我有时候喜欢画自己内心的状态,希望对方是什么样的一个人。"

对善的渴望与珍视也让他收获友谊。曾梵志和设计师张京1998年相识,那时他想请张京为他设计一本画册。第一次见面时,不善言谈的曾梵志用一种令人吃惊的方式向他表示友好：他展示了身上一条裤子的特别之处。他把两只手揣在裤兜里，裤子的两个兜是相通的，手正好可以在中间交叉到一起，他就这么给张京表演分开，交叉，分开，交叉，张京目瞪口呆。

张京拒绝了曾梵志，艺术家画册远没那些广告业务赚钱。被拒绝后，曾梵志又硬着头皮找了张京几次，他一直不答应。最后一次来到张京的公司时，曾梵志直接把所有图片全都扔到了桌子上，然后转身走了。眼看展览快开始了，他明显急了。

让张京真正下定决心帮助曾梵志的是一个盖茨比式的画面。曾梵志离开后，张京开车出门，开到一个丁字路口时，他意外看到曾梵志的背影，他正沿着路边那片树林一边很慢地走，一边一个人失落地踢着石子，显得非常无助。张京心里一软，他说在那时他决定帮帮这个人。画册印好后，曾梵志非常高兴，让张京意外的是，曾梵志告诉所有他认识的人，张京是中国最好的设计师。张京说他知道自己不是，但曾梵志似乎在内心就要相信是这样的，他让他认识的所有艺术家都来找张京，希望给他带来生意。张京被这种单纯心意打动，两人至今都是挚友。

最高的技巧是天成

曾梵志第一次感到内心安静正是在搬到燕郊后。

让他受宠若惊的是，尽管远离艺术家群居环境，但藏家和策展人并

巨流

没忘记他。一天前，他们也许要见10个住得很近的艺术家，但第二天，他们会用一天时间专门来看他，有更充分的时间感受他的作品，对艺术而言，这种专注的观看恰恰是重要的。

1999年，"面具"不断被认可，但曾梵志发现自己无法再回到画"面具"的心态里，他决定去找让内心再次激动的东西。

在栗宪庭的经验里，当时的中国艺术圈，忠诚于内心并非易事。栗宪庭是90年代初中期中国少有能和西方重要策展人和博物馆往来的人，是当时中国当代艺术通往西方的重要推荐者。他记得自己当时推荐给西方的中国当代艺术是多元的，有没有被打动是他挑选的标准。但让他意外的是，"（西方）只选了很符号化的东西"，"觉得这个识别性很强"。

栗宪庭很快发现很多艺术家受到影响，他们不再像最初那样努力刻画内心感动他们的东西，而是迎合西方故意强调了符号表面的东西，大量助手在这时被雇用去复制符号。"中国很多艺术家是靠手头功夫自己画出来的，一旦有人做助手，你又不纯粹是个观念艺术家，这个观念肯定玩不到位。"栗宪庭说。他认为从那时起他们作品里感动人心的东西消失了。

但栗宪庭认为曾梵志不同："他内心有一个自己非常稳定的想法。"当其他中国艺术家从技术转变为对观念的追求时，曾梵志坦言他没有看懂国外那些观念和装置艺术。有人告诉他架上绘画在未来是要死亡的，他说，那怎么办，如果我去迎合，我也只能是个起哄者。

曾梵志
凡人梵志

他决定还是遵从内心，坚持每一笔都自己画。童年起，那便是他最享受的时刻，他不可能把它交给别人。

在劳伦斯的总结中，曾梵志的创新之路很像中国早年根据现有生产材料勤奋专注生产的企业家，他会找到一个自己能感受到或最熟悉的点耐心深入，比起在头脑中空想观念，他更相信手上画出什么或眼睛看到什么。"他不一定是在脑子里做计划，他的手是独立的一个东西，他的手在工作，在动脑子，他的手知道怎么往下走，手引领着他的头脑。"劳伦斯说。

工作室有张文人书桌，上面是毛笔架、砚台、炭笔等各种绘画工具，这里是他每天进行绘画试验的地方。曾梵志从书桌里拿出一沓白色卡片，上面是他探索出的各种笔触。

艺术观上，他信奉庄子——最高的技巧来自天成，有人为意识参与的笔触都是次等。指着一张纸上一棵炭笔画出的树，他说这正代表他对"天成"的理解。

曾梵志坐下演示。他一只手拿起两支笔在纸上画出两道磕磕绊绊的线条，这是他放弃技巧和控制的方法：人手无法同时控制两支笔，在控制意识之外出现的线条是意想不到的，这是"天成"。接着，他的右手又回到握一支笔的正常状态，在两根不规则的线条形成的树干上画出纹理、阴影、树枝，两根弯弯曲曲的线条就这样变成一棵栩栩如生的古树。曾梵志非常得意，他从另一个小抽屉里又掏出一个印章：若画出满意的笔触，他会在纸上盖上这枚印章鼓励自己。

巨流

啪！一个活灵活现的红色小佛出现在树旁。

告别"面具"时，曾梵志通过破坏之前已经固化的技巧和经验释放自我。劳伦斯一直默默在观察他，当看到画面上那些毁灭式线条时他还是吓了一跳。"风景"开端"就是一个大黑东西"，劳伦斯说。

就像弗莱明通过大量实验偶然在没有盖好的培养皿里发现青霉素一样，曾梵志"天成"的灵感来自 2002 年右手一次意外受伤，他不得不改用左手画画。左手不如右手容易控制，画出新线条时又不断出错，修改这些错时，又造成新的错误，让曾梵志惊喜的是，他得到了从未见过的笔触。

在张京看来，喜欢惊喜是曾梵志天性里的东西。每次画画，他都会让自己尝试一些没有试过的元素，未知保持了他的创作热情。"如果你胸有成竹，一看就知道它会是什么样，画完以后你没有惊喜。"曾梵志说。

他也喜欢能带来精神高点的事物。说起他和劳伦斯或张京的交流方式，他把这种交流玄化成一类武侠小说式的桥段：大部分时候沉默，但在空气中彼此能心领神会。

获得让人意外的精彩笔触离不开练习、耐性和漫长等待。在稳定不被干扰的自我秩序里，曾梵志有深入工作的能力。这种强大务实的动手能力和耐心被他归结为母亲自 7 岁起对他的家务训练。

曾梵志
凡人梵志

60年代的武汉，老街上的市民生活，曾梵志的耐性、深入能力和对日常生活诗意的感受全部来源于此。

温柔细致的母亲陪他度过学习做家务时的烦躁期，他学会后，她又让他自己去观察应该做什么。发现玻璃很脏，垫一把椅子去擦玻璃，擦完后，母亲表扬了他，同时建议他可以再试着用干的布擦一下，这样就不会有水印。当曾梵志发现玻璃真的更干净后，他高兴极了……就这么一点一滴，他能耐下心来自己收拾屋子、淘米、做饭，意识到如果要做好这些，必须要让自己静下心来。在这种耐心观察里，日常生活回赠他的是诗意：他记得母亲把绿豆放在一个竹篮里，天天浇水，绿豆慢慢长出豆芽时的欣喜；还有一次做酒酿，她把容器藏在一个地方，不让他打开看，耐着心等待一段时间后，再打开上面盖着的布，大米神奇地变成厚厚的白色山包。

离开人群，他的眼睛与耳朵再次恢复了对那些日常诗意的感受能力。在柏林，他与李诗谈起这种感受力在"抽象风景"创作中的重要性。它们是那些书法般线条的灵感，线条有的来自恢宏庞大的交响乐里一声高亮着冲出结构又瞬间消逝的小号声，有的是冬天薄雪压在了一根漆黑树枝上那种清冽静止又黑白分明的禅意。看到这些诗意后，他不会立刻把它们画出来，而是等待几年后，让它们从眼到心再到笔下慢慢体现。

谈到今天年轻油画家的创作，曾梵志遗憾于他们总被各种东西打扰，没有养成耐心做事的习惯，总想去找各种简单的方法完成创作，如通过搜索互联网上的图片找到绘画对象，不去投入时间和自己的内

巨流

心相处。那段不知道外面在干什么的时光对曾梵志的创作帮助巨大。"别人干了什么我不知道,我只知道现在这样的生活挺好的。"他说。

在一个完全自由的选择中,曾梵志的自我天性也得到了保护。

巴黎市立现代美术馆曾梵志个人回顾展闭幕前一个月,他接到馆长法布里斯·埃尔戈特的电话。埃尔戈特向他吐露了展览结束时策展人常有的一种孤独:人群散场,展品从墙上撤下,空间重新变成一个空荡荡的白色盒子,就像突然抽走的一段感情。策展人对艺术家越认可,失落越甚。巴黎市立现代美术馆建于1937年,是77年以来首次为中国艺术家举办个展,策展过程长达3年,埃尔戈特全程参与。

电话里,埃尔戈特希望曾梵志前往巴黎陪他共度展览最后一小时。曾梵志能感受到其中的认同及一种患难与共的感动,他决定前往巴黎。

同行者不多,包括他的朋友、工作人员、两家媒体。订的酒店能在露台上看到埃菲尔铁塔,抵达前一天是情人节,房间全满,大家只好聚在酒店大堂餐厅里,等情侣们起床。

上飞机前,曾梵志曾神秘地发给每个同行者一颗白色药片,告诉他们,这有助睡眠。凌晨5点,寂静空旷的酒店大堂里只有这张桌子上的人在吃早餐。曾梵志忽然想知道他给的药片有没有作用。

"昨天晚上睡得好吗?"坐在餐桌上的他饶有兴趣地问。刚坐了一晚上飞机,除了他看上去精神抖擞,其他人都处在半梦半醒的状态里。

曾梵志
凡人梵志

遗憾的是，没一个肯定回答。一个工作人员说她做了一晚上噩梦，"绞尽脑汁和歹徒战斗"。她皱着眉说。"怪不得你昨晚一直拉着我的手。"曾梵志强装镇定坚持调侃。

白色药片是一类有助修复大脑的保健品。3年前，曾梵志在一个法国医生那里做过关于创造力的测验，医生告诉他，他的创作力依然旺盛，他备受鼓舞。"报告有几百页。"他说。那次测验后，他得到这些药片。"它们让我每天起床都觉得世界很美好。"曾梵志再次强调药片有用。

他的朋友，一位外媒主编一直沉默。听到药片有助睡眠时，他便产生警惕，怀疑药片的成分会不会是某种褪黑素。

"他应该送去检测一下，"午餐时，主编对曾梵志的工作人员表示担忧。他说他有亲戚就在美国某药物监督部门工作，只要知道药片成分，就可以知道药有没有问题。大家支持他这么做，因为曾梵志很多时候"迷迷糊糊"的。

曾梵志没听到这段对话，当天中午他要去法国总理家中用餐。与大家告别时，他极不情愿，穿着外套戴着帽子在门口走进来又走出去。"一到这个时候，我就觉得像小时候又要去打针了。"他至今未忘记儿时的感受，特别尴尬和开心时，他总能联想起幼时的类似经历。与人交往上，曾梵志至今仍保留童年的笨拙。他只会自信地说他内心有感受的事，跟陌生人交谈或者说冠冕堂皇的话时会紧张，张京说。

巨流

能预感到他什么时候紧张是他身边工作人员的必备能力。曾梵志最大的恐惧是面对镜头或在公众面前讲话。2010年,上海外滩美术馆展览上,被迫在开幕式发言的他一直把上海世博会说成奥运会。

那天晚餐在一个法国海鲜餐厅,一下午紧张后,曾梵志终于放松了。"点一个好一点儿的白葡萄酒。"他一坐下就说。

大家要求他讲讲在总理家的见闻。"一进门就要拍照,随时要拍照。""感觉像在大会堂开会,"他说,"还有乐队。"

"曾老师表现得好吗?"有工作人员好奇他这次有没有又因紧张闹笑话。"他表现得挺好的"——翻译笑着描述了当天下午一个场景:进门时,曾梵志发现客厅里有个军帽非常好看,在吃饭时他还一直记着那个帽子,终于在去洗手间的途中,找到机会,在客厅偷偷戴上帽子拍了照片,谁都没有发现。"曾老师非常得意。"翻译说。"现在那个照片就在我手机里。"曾梵志开心地说。比起和总理吃饭,这是那个下午真正让他快乐的事。

曾梵志儿童式的性情让晚餐气氛变得融洽,私下,他的紧张型人格是大家的乐趣来源。他们经常当面嘲笑他稀里糊涂或什么都搞不定,这时,他就一个人笑,或干脆和他们一起自嘲。

那晚,海鲜、烛光、贝类下冒着冷气的碎冰令气氛温馨,人们回到凌晨餐桌上调侃白色药片的欢快中。这时,主编本着负责任的态度试探曾梵志是否知道药物成分。他显然把握不到这小心翼翼的语气

曾梵志
凡人梵志

用意何在,他说他搞不清楚这些,又强调了一遍它们有助于修复大脑,随后又回到了他制造的欢乐中。主编沉默了,再没提药片的事。

稀有的作品

"风景"探索令曾梵志告别过去。2000 年,"面具"创作从每年 10 张左右降到 2 张左右,2004 年,曾梵志彻底告别了这个系列。

2009 年,著名藏家、法国开云集团董事长弗朗索瓦－亨利·皮诺来到曾梵志工作室。当看到"风景",皮诺被它们深深打动,他认为这一系列作品改变了他对以往接触过的一切艺术的感知。"他活在自己的时空里,竭力开拓观照四周事物的新路径。"皮诺说。

当他想收藏更多"风景"时,曾梵志拒绝了。本以为能得到更多作品的皮诺只买到两张作品,一张遵照国际惯例,另一张据曾梵志解释是作为自己在那天迟到两个小时的补偿。

在中国,曾梵志是最不轻易把作品交给别人的艺术家之一,只有在确定这个藏家对他的艺术有足够的爱时,他才会把作品交给他。

乔志兵是中国最著名的当代艺术收藏家之一,曾梵志对作品控制得越严格,越令乔志兵这种挑剔的藏家信任。"每个作品给到谁,他都很慎重,"乔说,"我觉得这是他成功的关键,很多艺术家,我买 10 张他都给,甚至 20 张都给,那这些人基本完了。"

巨流

乔志兵安静，清瘦，他与我在北京东北四环的夜总会包房里见面时，对面电视机里正播放着时装秀的画面。夜总会有个观光电梯，但和其他夜总会主人一样，乔志兵有他隐秘的会客通道。那是在夜总会租的酒店三楼，客房区过道尽头有一个隔音极好的密闭门，保安打开这扇门，门后是另一个莺歌燕舞的世界。乔志兵正站在门后等待采访者。

在全球艺术界，乔志兵的名气一方面来自他的收藏，另一方面则来自这些名贵藏品的摆放地——上海一栋四层楼高的夜总会。那里陈设着杨福东的摄影，收银台后挂着季大纯的大尺幅油画，一枚巨大眼球。

得知乔志兵这个爱好，很多艺术家开始把作品卖给他时，会特别要求千万不要摆在夜总会里。但经一家英国艺术杂志推荐，这家夜总会被列为策展人和藏家去上海必看之地，艺术家又纷纷恳求他把自己的作品挂上去。

但乔志兵认为曾梵志对他的尊重不同。"他还是觉得你是一个很认真、很严肃的收藏家，他其实是认可你的收藏。"收藏9年，他说自己从未出手过一件藏品，坚持只按个人喜好而非市场走向购买作品。他认为这正是曾梵志真诚对他的原因。

谈话结束，乔志兵再次来到那扇只为他的客人而开的门前，在走回酒店客房过道上，他微微礼貌点头，那扇门和那个世界再次关上了。

曾梵志
凡人梵志

艺术家拥有一个稳定系列后，成功的创新会让人们相信你的艺术生命更长久；但创新也是冒险，如果不被认可，艺术家的生命也许就此停止。不画"面具"后，曾梵志面临挑战，他担心他的"风景"不会受到认可。

但他的才华、专注和意志力在这时给了他回报。2013年的威尼斯双年展期间，皮诺以一个重要藏家所能给予的最大支持向世人展示了他对"风景"系列的肯定，他把其中两张挂在了自己位于威尼斯海关大楼美术馆的一楼中层。这个空间的四面墙，只有对面的两面用于挂作品，剩下两面是空的，它非常纯粹，此前，它只属于重要的欧美艺术家。

幸运与悲剧

收藏家章效军记得，曾梵志曾被老艺术家余友涵的作品打动，他恳请画廊为这位艺术家做展览。但大部分画廊更希望把精力放在年轻艺术家身上，1943年出生的余友涵不在考虑范围内。"曾梵志就（对余）说，如果有一天我有能力，我一定给您办一个展览，因为我觉得您的艺术非常非常好。"章效军说。

7年后，曾梵志有了自己的非营利艺术空间，他为余友涵做了展览。这是个"只有余友涵明白，只有曾梵志明白"的展览，没太多商业意义，更多的是一个艺术家对另一个艺术家的感激和认可，章效军说。展览那天，他给曾梵志发了短信，大概内容是：你做到了你过去的承诺，你记得它，实现它，对你是丈夫的行为，对余友涵来讲

巨流

是一个年轻人最好的承诺与兑现。

伴随曾梵志经历的命运起伏,如果理解了作为一个真正艺术家的追求和他在这种追求中所付出的,就不难理解他对余友涵这种虽在生活中接触不深却愿意为他做出自己最大可能贡献的行为。

在章效军看来,优秀艺术家一生最大的追求和孤独,都是用尽全力去创造一套完全属于自己的语言。"对画家来讲为什么残酷?"他说,"艺术家的痛苦是它创造的是一种语言。"这种语言没有任何实用性,如果有藏家强烈地对这种语言产生共鸣,那么艺术家就是最幸运的人,他创造的世界被人认可;但如果没有,把所有自尊、幻想、希望和全部的自己投入到这套语言中的艺术家是最悲惨的,你的作品对他人而言就是一张废纸。

当出现新艺术家,为让藏家和艺术家亲密起来,画商会邀请资深藏家到新艺术家家中欣赏作品。那一场面令章效军难忘。你在看画时,艺术家却在用迫切的眼光看你,直到你要走,他终于忍不住问了一句:不买吗?

作为藏家,章效军的身上也有这种戏剧性。他从 2005 年开始收藏曾梵志的"风景"。那时他刚从美国回国,在画廊官网上看到这批作品后,非常兴奋。此后一年,他天天泡在曾梵志的工作室里,"非常疯狂地买",几乎花光所有现金。

有一次,章效军去湖北拜访一个画家,到他家时已经凌晨 1 点。画

曾梵志
凡人梵志

家给他看自己的水墨,章效军没有什么兴趣,场面一度非常尴尬。但当偶然发现一些画在硬纸壳上的水彩时,他感到兴奋,画的风格很像蒙克。章效军回忆:"你突然就可以交流了。"画家很吃惊,说这是自己80年代初随手画的。章效军带走40张,1000元一张。

第二天早晨6点,章效军被敲门声弄醒,昨天的艺术家带着他的妻子站在门口,艺术家说妻子想见见他,这么多年已经没人买自己的画了。画家当时身体已经非常虚弱,由于作品太少,限制了他的市场,后来章效军才知道,他就是曾梵志的启蒙老师燕柳林。

作为一个典型艺术家,燕柳林无疑和曾梵志一样期待自己的作品和语言能够被世人理解,但两个人却因为命运的阴差阳错走上了不同的道路。曾梵志记得燕柳林用幻灯机给他们看自己作品的场景。那时燕柳林因为身体原因已经不再画适合展览的大画,只能画很小的画,之所以用幻灯机,正是他还期待着有一天身体好了再把小画画成大的,他想让他们提前用这种方式看到大画的样子。

章效军认识燕柳林不久,49岁的燕柳林就去世了。燕柳林去世后,曾梵志为他出了画册,做了展览。曾梵志画室书架上合影不多,集中表现的是他来北京后的生活。它们之中,有一张发黄的双人黑白合影分外触目,被放在照片堆里最醒目处,似乎是他从武汉到北京时便随身带在身上的。照片中,两人一起望向前方,面带微笑,有80年代特有的单纯与希望。那年曾梵志16岁,是他遇到燕柳林的年纪,也是他第一次找到人生方向,照片里的另一人就是给予他这一切的燕柳林。

巨流

意

某种意义上，曾梵志的故事正是一个平凡而有性格缺陷的人如何拥有了理想从而凭借理想的力量面对世界和战胜自我的故事。这来自个人的修炼、他者的善意和时代的机会。

创作前，曾梵志会要求助理把所有东西清洗干净，整齐放好，当打开画布，看到规矩摆放的颜料与笔时，会有种仪式感。创作过程中，他的手与鞋始终非常干净，若不小心蹭到什么，会立刻擦洗。创作助理姜昊说，他给人的感觉是，通过清洗，想要忘记身外的现实世界，让自己安静下来。

一种带有安慰和抚平气质的安静是曾梵志在自己身边创造出的氛围，比如稳定情绪的沉香弥漫着的工作室。喝茶时，他偶尔会形容这里有百年普洱枯树的味道。他喜欢分享他的感受，顺着他对感受的描述，很容易随他一起进入到独特安静的气场里，也就进入到和他一样的心境中。

巴黎市立现代美术馆馆长埃尔戈特第一次到曾梵志工作室时，注意到的是一幅自画像。画中，画家光着脚，有身处书房这类私人环境才会出现的与自我相处过久的表情，他手握画笔，肖像边缘光洁，溢出轮廓的笔触被刮刀去除，画面里凝固着一种稳定的安静。埃尔戈特认为他看到了东方式的克己。

曾梵志在自画像里坐的是个禅凳。他告诉埃尔戈特：创作前，他会

曾梵志
凡人梵志

坐在椅子上凝神，很像一种"入境"。绘画时，他要不断回到这个心境中去体验，他把他创作时的心境凝固在了这张画里。

埃尔戈特意识到这层"入境"是西方眼睛难以观察到的。那时，他期待为这家美术馆呈现第一个中国艺术家个展，兼具中国内核与西方语言。他认为这正是他想找的艺术家。

但在栗宪庭印象中，这种安静下有另一层复杂的东西。那年湖北美院毕业生展览第一次见到画家本人时，栗宪庭注意到的也是这种安静。曾梵志穿得很干净，画画前，会先在地上铺上报纸。和其他大大咧咧的艺术家不同，也和他画出来让人内心紧张、激动的笔触不一致。栗宪庭那时正筹备"后89：中国新艺术展"，他把曾梵志的毕业作品放了进去。曾梵志看起来很高兴。"但是我能感觉他（其实）很紧张。"栗宪庭说。

在汉雅轩画廊的老板张颂仁看来，曾梵志追求安静的过程也许正是为了平抚强烈的自我，遗忘外部世界。张颂仁观察到，曾梵志的画与人格里的特别在于它矛盾的两极："面具"和"抽象风景"的内在都有一种不可愈合的伤口，是无法整理的，受到伤害的，但他却试图努力用另一种秩序和严谨去反复平整这种撕裂感，让画面抵达平静。如"面具"里的人，他们穿着整齐的西装，但西装没有盖住的裸露的手和脸却都是痉挛着的。

很难说，曾梵志所选择的艺术形式是否和这种敏感与他试图对这种敏感带来的伤害进行平复有关。曾梵志说自己受到过很多艺术家影

巨流

响,但现在,他对曾经喜欢的很多人已没有感觉,今天留在他心里的作品多带有某些平静内心的宗教气质。在他工作室里,最让人印象深刻的正是那些具有永恒气质的物品,比如手写的佛经或文艺复兴时期的大师手稿。他把这种相处比喻为陪伴和提醒。

而在 2012 年,一位初中同学意外收到曾梵志的请求,那时他已经非常成功,也是当年那个中学唯一考上大学的一个。但或许会让那位同学意外的是,这位逆袭者却希望他帮自己召集大家办次同学会,那是曾梵志在退学 32 年后第一次再见到他们。他给所有人准备了礼物,叫出所有人的名字。被迫离开学校后,曾梵志说他一直无法停下去回想那里发生过的每件事,"就跟复习一样,每天复习一遍","32 年,等于我一直在复习"。他说那次见面后,他终于告别了那种状态。

一个夜晚,他和我回忆起很多因他的作品人生有了变化的人,包括 90 年代初以便宜价格买下他作品的在使馆工作的外国人。而在 2013 年,曾梵志《最后的晚餐》拍卖了 1.8 亿港币。

"我很感激他们,"曾梵志说,"我们当时很需要帮助,那时没有人买画。"那时买到曾梵志的画只需几万块钱,但现在这些画很多已是千万级。"如果这些画涨到 100 万,他们可能会说我热爱艺术,不会出售,但涨到 1000 万就很难说了,你会发现你开始很紧张这幅作品,怕保姆碰,怕人偷,最后放在玻璃罩子里也不行,它让你心理承受不了,只能卖掉。"

"卖的时候你可能会安慰自己,我还会再遇到一个曾梵志,但当你拿

曾梵志
凡人梵志

着卖画的钱想再复制这个过程时,你的心已发生变化。你当时单纯被这幅画感动,想不到它未来会让你赚那么多钱,但现在,你很难挥去成功给你带来的东西,你想复制这个过程时,想法难免变得功利,不再纯粹。"

曾梵志告诉我他能理解他们,但他努力做的,正是让自己不要被成功伤害,尽可能追求绘画最初带给他的真正的快乐和纯粹。

2015 年 1 月,打算做艺术衍生品生意的韩国人 Jung Lee 带给曾梵志一些新型绘画材料,希望他能随手画些什么。

曾梵志来到工作桌前,右手握住 5 支炭笔,开始在手里转动它们,接着,他随意画出 5 条并行的起起伏伏的曲线。由于手无法准确控制 5 支炭笔,画出来的曲线时有时无、或轻或重,像一种儿童随手画出的状态。有趣的是,他接下来恢复控制力,拿起一支炭笔勾描、雕琢、描出阴影、使之产生层次,神奇的变化发生了,曲线渐渐浮现出中国山水的模样。看到 Jung Lee 的惊讶,曾梵志淡定又得意,这是他对自己的满意时刻。

6 年前,曾梵志开始探索全新的"纸上作品"系列。我第一次在他的工作室里看到了这批还没公布的作品。那个下午是个雾霾天,曾梵志正一边注视着他面前的画纸,一边用一根硬度极高的 3H 铅笔细致地勾描出层层叠叠的山峦。往山峦深处看,这片轻细笔触中,山石惊人丰富的层次依次浮现,它们绝不让你轻易看到,需要你投入足够的专注与耐性,且比平时更安静。观看方式很像中国古代那类

巨流

雕在桃核或者象牙里的微缩艺术，需有极高的耐性与漫长适应能力，在克服一种故意陌生化的困难后，你将忘记自身所在世界，被画家置入他构筑的世界。

勾描这些线条花了两年，若离开工作室时间过长，他会把这画带在身上，当一天工作结束心情恢复安静，继续与这张画融为一体。这时，对一个艺术家来说，工作室或其他什么地方便再无二致。这幅画中，曾梵志追求的偶然性来自几支铅笔在纸上随意画出的层层交错的线团，他在线团里找山的形状。但两年后，他放弃了，线条正变得越来越混乱。那也许是有问题的，看画和修行一样，第一眼让人舒服，看进去就会越来越舒展，这就是善。

"纸上作品"系列在 2015 年到了新阶段，曾梵志开始从材料中而非随意画出的线条中寻找偶然。材料是工艺复杂的手工纸，创作前，他先在纸上着色。纸里丰富的纹路着色后依次浮现，有些像树，有些像假山，他要做的是从中发现它们。

创作这些作品时，他起得很早，要在纸前观察很久，第一天看到东西时，不敢动笔，如果连续三天都和头一天看到的是同种感觉，才让笔沿着纸的纹路勾画出来。渐渐地，他明白上午 10 点的自然光能让纸呈现的东西更丰富，只有心率被控制到 67 到 72 时，他才能动手。"必须特别安静才能看到你想看到的东西。"曾梵志说，激动时，你将看不到任何东西。在强调稳定观察之道的创作上，他要把心调节到固定心境下，这时眼里诞生的东西就是"意"。

曾梵志
凡人梵志

描绘纸的纹路时他使用一种很淡的笔迹，使人很难分辨画上去的线条和纸上的纹路，当你进行细致辨别时，你也入到画境里。这种为观者故意设置困难的"入境"过程，调动起的正是心眼合一的专注力。

如何步入这种丰富微妙的内在感受？这很像曾梵志如何用工作室院内一件装置艺术品令内心走向静谧。这件艺术品来自意大利艺术家哈利博托利亚，有 13 个 10 米左右的细钢杆，用手弯曲其中一根时，会敲击其他 12 根，发出钟鸣。当钟鸣声从震耳欲聋到渐渐衰退时，耳朵必须投入比日常更专注的注意力才能听到，内心则需足够投入，否则会抓不住尾音。当耳朵跟随着渐微的钟音越来越专注时，听到的声音越来越丰富微妙，专注力也令心越发超然宁静，时间仿若静止，外部的世界渐渐遥远。曾梵志相信在这种心境下看到、听到和感受到的，才是值得入画的。

曾梵志

1964 出生于湖北武汉市

1979
- 15 岁，退学进入印刷厂工作
- 09 第一届"星星美展"在北京中国美术馆东侧展出，引起巨大轰动

1984
- 07 许海峰夺得第二十三届奥运会第一枚金牌，实现中国奥运史上金牌"零"的突破

1985
- 05 "前进中的中国青年画展"举办，作为一次与联合国和平年有关的展览，以其前所未有的探索性被认为是"85 新潮"的开端
- 07 《中国美术报》创刊，是国内第一份全国性的美术专业报纸
- 11 美国著名波普艺术家劳申伯格在北京和拉萨举办了自己的个展，对当时的中国年轻艺术家产生了巨大影响

1986
- 08 《中国美术报》和珠海画院联合主办"八五青年美术思潮大型幻灯展暨学术研讨会"，展览共征集了全国各地 1100 多张作品幻灯片，与会者围绕对"85 新潮"的评价和当代中国艺术的道路和前景，发表了不同的甚至是尖锐对立的见解

1987 考入湖北美术学院油画系

1989
- 02 "中国现代艺术大展"在中国美术馆举办，展出了 186 位艺术家的 293 件作品，这是新时期以来第一个由批评家组织策划的大型艺术展

1990
- 06 在湖北省美术院美术馆举办"曾梵志作品展"
- 09 第 11 届亚洲运动会在北京举行
- 10 中国第一家麦当劳餐厅在深圳开业

1991
- 从湖北美术学院油画系毕业，被分配到武汉一家广告公司工作
- "协和三联画"系列作品被美国艺术评论人发现并刊登在《艺术新闻》上
- 艺术评论家栗宪庭在香港刊物《21 世纪》发表曾梵志作品的评论文章
- 澳大利亚人布朗·华莱士在北京创办了红门画廊，是北京第一家代理当代年轻画家作品的画廊

1992

- 邓小平南方谈话
- 06 卡塞尔文献展的外围展"时代性欧洲外围艺术展"在德国举办,蔡国强等中国当代艺术家首次进入国际大展
- 09 "中国圆明园艺术家作品展"在比利时首都布鲁塞尔举办,圆明园艺术家村画家第一次以群体的形式在境外展出
- 10 中国首个双年展"首届90年代艺术双年展(油画部分)"在广州开幕,主办者以建立中国的艺术市场为宗旨,调动国内企业集资投资,开创性推动了中国艺术市场
- **在"首届90年代艺术双年展(油画部分)"获优秀奖**
- 艺术家张洹搬进大山庄,东村艺术家村落开始形成

1993

- 01 由栗宪庭、张颂仁策划的"后89:中国新艺术展"在汉雅轩及香港市政厅开幕,展览展出54位艺术家200余件作品,是中国当代艺术群体性走向国际艺术领域的重要一环
- **作品在"后89:中国新艺术展"展出**
- 06 第45届国际威尼斯双年展举行,中国艺术家首次参加
- **迁居北京**
- 以方力钧为代表的第一批艺术家开始入住宋庄

1994

- 10 **参与群展"美术批评家年度提名展(1994油画)",中国美术馆,北京,中国**

1995

- 03 **举行个展"曾梵志:假面",汉雅轩画廊,香港,中国**
- 05 全国开始实行每周五天工作制
- 09 **参与群展"中国前卫艺术展",汉堡国际文化中心,汉堡,德国**

1996

- 03 由上海市文化局、上海美术馆主办的首届"上海双年展"在上海美术馆举办
- 06 瑞士人劳伦斯·何浦林创办的香格纳画廊在上海正式成立,第一个展览——丁乙个展"十五×红色"在波特曼香格里拉酒店开幕。香格纳画廊是上海首家当代艺术画廊,也是最早落户上海的外资画廊
- 09 中国第一个当代录像艺术展"现象与影像:中国录像艺术展"在杭州的中国美术学院画廊开展,吴美纯和邱志杰是策划人
- 12 **参与群展"现实:今天与明天——'96中国当代艺术",北京国际艺苑,北京,中国**
- **参与群展"首届当代艺术学术邀请展96—97",中国美术馆,北京,中国**

1997

- 05 **参与群展"引号——中国当代艺术展",新加坡国家美术馆,新加坡**
- 07 香港回归
- 美籍华人律师李景汉在北京故宫边创立了四合苑画廊

1998

- 举行个展"曾梵志：1993—1998"，分别在中央美术学院画廊、北京四合苑画廊、上海香格纳画廊展出
- 10 参与群展"东"，佳士得（伦敦），佳士得，英国
- 11 参与群展"是我！"，北京太庙，北京，中国
- 《福布斯》杂志开始独立发布中国富豪榜

1999

- 03 参与群展"1999 中国艺术"，LIMN 画廊，旧金山，美国
- 12 澳门回归

2000

- 把工作室从北京新源里搬到燕郊
- 05 参与群展"未来：中国当代艺术"，澳门当代艺术中心，澳门，中国

2001

- 05 参与群展"新形象：中国当代绘画二十年（巡回展）"，在中国美术馆、上海美术馆、四川美术馆、广东美术馆巡回展出
- 07 北京赢得 2008 年奥运会的主办权
- 09 "柏林亚太周·中国主宾国"活动中，范迪安在德国柏林的汉堡火车站现代艺术馆和德方策划了"生活在此时"大型中国当代艺术展，这是首个以中国政府的名义举办的海外中国当代艺术展
- 10 亚太经济合作组织（APEC）领导人非正式会议首次在中国举行，艺术家蔡国强为会议策划了多媒体大型景观艺术焰火晚会，这是官方外交活动与当代艺术结合的先例
- 11 举行个展"面具之后"，香格纳画廊，上海，中国
- 12 中国正式加入世界贸易组织（WTO）
- 艺术家开始集聚于 798 厂区

2002

- 10 参与群展"巴黎—北京"，巴黎皮尔·卡丹中心，巴黎，法国
- 11 参与群展"首届广州当代艺术三年展——重新解读：中国试验艺术十年（1990—2000）"，广东美术馆，广州，北京
- 12 上海赢得 2010 年世博会主办权

2003

- 03 举行个展"我·我们"，上海美术馆，上海，中国
- 世界卫生组织（WHO）发布 SARS 全球警报
- 10 中国首次成功发射载人宇宙飞船"神舟五号"
- 11 参与群展"中国惊艳！……：中国当代艺术展"，中国大饭店，北京，中国
- 北京 798 艺术区被美国《时代周刊》评为全球最有文化标志性的 22 个城市艺术中心之一

2004

- 04 第一届北京大山子艺术节（DIAF2004）在 798 艺术区举行，艺术区全域的数十个艺术工作室同时向社会公众开放
- 09 举行个展"看景：曾梵志的绘画 1989—2004"，何香凝美术馆，深圳，中国
- 参与群展"2004 武汉首届美术文献提名展"，湖北美术学院美术馆，武汉，中国

2005

- 01 举行个展"天空：曾梵志绘画"，武汉，中国
- 03 举行个展"曾梵志作品展"，汉雅轩画廊，香港，中国
- 06 第 51 届威尼斯双年展首次设立中国馆，以"处女花园—浮现"为主题的中国国家馆是 70 余个国家馆中面积最大的展馆
- 参与群展"麻将：希克当代艺术收藏展"，伯尔尼美术博物馆，伯尔尼，瑞士
- 10 世界海拔最高的青藏铁路全线贯通

2006

- 03 苏富比首次在纽约举办亚洲当代艺术专场——"亚洲当代艺术：中国·日本·韩国"拍卖会，张晓刚、方力钧、岳敏君、王广义创造了各自作品价格的新纪录，成为艺术明星"当代艺术 F4"，中国当代艺术市场呈现出井喷式的增长
- 05 三峡大坝全线建成
- 09 举行个展"曾梵志的绘画"，香格纳 H 空间，上海，中国
- 10 首届艺术北京·当代艺术博览会在北京农业展览馆举办
- 宋庄美术馆成立，栗宪庭出任首任馆长
- 12 举行"英雄——曾梵志个展"，巴塞尔艺术博览会，迈阿密，美国

2007

- 03 举行个展"曾梵志 1989—2007"，现代画廊，首尔，韩国
- 参与群展"中国当代社会艺术展"，俄罗斯国家美术馆，莫斯科，俄罗斯
- 04 举行个展"曾梵志：理想主义"，新加坡美术馆，新加坡
- 中国成功发射第一颗北斗导航卫星（M1）
- 全国铁路进行第 6 次大提速，铁路客运速度达到 200km/h
- 05 曾梵志 1996 年的作品《面具系列：11996（NO.8）》于香港佳士得拍卖，估价为 100 万~150 万港币，以 1264 万港币成交，这是他第一件成交价过千万的作品
- 09 举行个展"曾梵志"，圣艾迪安现代美术馆，圣艾迪安，法国
- 10 中国自行研制的"嫦娥一号"探月飞船成功发射升空
- 11 北京 798 艺术区内的尤伦斯当代艺术中心（UCCA）正式面向公众开放
- 12 草场地工作室建成

2008

- 02 参与群展"21世纪中国——身份与变革中的艺术",展览宫,罗马,意大利
- 03 北京奥运会圣火在希腊成功点燃
- 05 汶川地震
- 举行个展"太平有象",香格纳画廊北京空间,北京,中国
- 香港佳士得春拍"亚洲当代艺术"专场,曾梵志作品《面具系列1996No.6》以7536.75万港币成交,创当晚最高成交价
- 06 参与群展"中国金",马约尔博物馆,巴黎,法国
- 08 北京奥运会举行,中国共夺得51块奥运金牌,居金牌榜榜首,为历史之最
- 09 全球金融危机爆发
- 纽约苏富比举行最后一次"亚洲当代艺术"拍卖专场,是该专场成绩最差、成交率最低的一次

2009

- 04 举行个展"与谁同坐",苏州博物馆,苏州,中国
- 09 参与群展"中华人民共和国60周年书画(当代)艺术成果展",国家大剧院,北京,中国
- 10 中华人民共和国成立60周年
- 参与群展"开放的视域——中国当代艺术作品展",捷克国家美术馆,布拉格,捷克
- 12 参与群展"中国当代文艺复兴",米兰王宫,米兰,意大利

2010

- 01 铁道部宣布中国高速铁路运营总里程跃居世界第一位
- 04 参与群展"民生现代美术馆开幕展:中国当代艺术三十年历程",民生现代美术馆,上海,中国
- 2010年上海世界博览会在上海世博文化中心开幕
- 05 参与群展"改造历史:2000—2009年的中国新艺术",国家会议中心,北京,中国
- 06 举行个展"曾梵志",保加利亚国家美术馆索菲亚外国艺术馆,索菲亚,保加利亚
- 08 举行个展"2010·曾梵志",外滩美术馆、联合教堂,上海,中国
- 参与群展"构建之维:2010中国当代艺术邀请展",中国美术馆,北京,中国
- 中国文化部市场司报告显示2010年中国艺术品市场的整体规模继续呈现快速增长,市场交易总额达到1694亿元,比2009年增长41%,其中拍卖市场比2009年增长了177%

2011

- 创立"梵志艺术与教育基金会"(The Fanzhi Foundation for Art and Education)
- 02 中国国内生产总值首次超越日本,成为全球第二大经济体
- 05 举行个展"曾梵志·界限的共鸣",香港会议展览中心,香港,中国
- 09 高古轩画廊在香港举办了"曾梵志肖像作品回顾展",这是他的首次大型回顾展,并成为高古轩代理的唯一一位中国艺术家
- 中国艺术品市场交易总额达到2108亿元,年增长率达24%,位列世界第一

2012

- 04　自己的艺术空间元·空间以展览"怀斯——与我们有关"在北京开幕
- 09　与冯小刚共同创作的作品《一念》在芭莎明星慈善夜拍卖了 1700 万元
- 　　苏富比（北京）拍卖有限公司在京揭牌，并举行了首场拍卖
- 11　举行个展"曾梵志"，伦敦高古轩画廊，伦敦，英国

2013

- 01　中国中东部出现大范围雾霾天气，PM2.5 濒临"爆表"
- 04　佳士得宣布成为首家在中国获得拍卖执照且独立开展拍卖业务的国际艺术品拍卖公司，并计划于当年秋季开始在上海举行拍卖
- 05　参与群展"历史之路：威尼斯双年展与中国当代艺术 20 年"，威尼斯军械库 89 号，威尼斯，意大利
- 10　"香港苏富比 40 周年晚间拍卖"上，作品《最后的晚餐》拍出 1.8 亿港币，刷新亚洲当代艺术品拍卖纪录，中国当代艺术首次挺进亿元大关
- 　　举行个展"曾梵志"，巴黎市立现代美术馆，巴黎，法国
- 11　北京和张家口宣布联合申办 2022 年冬奥会
- 12　参与群展"古法今用：纽约大都会博物馆当代水墨艺术大展"，纽约大都会博物馆，纽约，美国
- 　　根据 Artprice 统计数据显示，2013 年中国艺术品拍卖市场凭借 40.78 亿美元的总成交额成为全球第一

2014

- 10　成为有史以来第三位在卢浮宫主厅举行个展的当代艺术家

2015

- 03　举行个展"卢浮宫计划"，香格纳画廊北京空间，北京，中国
- 11　举行个展"油画、纸上作品及雕塑"，高古轩画廊，纽约，美国

2016

- 09　举行个展"曾梵志：散步"，尤伦斯当代艺术中心，北京，中国

2017

- 03　《2017 胡润艺术榜》公布了前 100 位中国在世的艺术家按照 2016 年度公开拍卖市场作品总成交额的排名情况，曾梵志排名第二
- 　　内地奢侈品市场实现 20% 的增速，中国成为全球唯一一个奢侈品市场份额增长的地区

2018

- 03　豪瑟沃斯宣布将在全球范围内代理中国艺术家曾梵志
- 09　豪瑟沃斯在苏黎世、伦敦和香港三地共同举办曾梵志个展"曾梵志"
- 　　根据 Artprice 发布的《2018 年全球艺术市场年度报告》，美国以 58 亿美元的成交金额（占销售额的 37.9%）再次成为世界主力，中国以 45 亿美元的金额位居其后；名列世界 500 强的欧洲艺术家占 45.4%，中国艺术家占 26.2%，美国艺术家占 17.4%

2019

- 10　中华人民共和国成立 70 周年大庆

后记

  生病之后最开心的事！感谢我的采访对象们，没有他们的开放和信任，我没法完成这些作品。他们是曾梵志老师、郑晓龙导演等人。感谢王石和田朴珺两位老师为我录的推荐语！谢谢孟静老师让我上了最喜欢的公众号，免费帮我推广。这本书能出版首先感谢景雁老师和唐奂老师，我基本在写每篇报道时都会幻想它们有天会出现在一本书里，所以都很认真，是两位帮我圆梦。我的第一本书在湖岸出版，荣幸之至。另外要感谢我的父母，他们一直给我很自由的成长空间，让我选择自己所爱，追随自己的兴趣！还要感谢我的前编辑、前领导张捷老师，她给了我最专业的指导。感谢我在北京、上海的朋友给我精神养分，陪我一起生活，他们是张文靖、潘爱娟、唐晓松、金昊、张卓、赵晓萌。感谢我一直奋斗在一起的同事王晶晶、姚璐和顾玥，有朝一日还想和你们一起共事。感谢陈楚汉为我完成曾梵志、郎朗两位的英文采访，以及顾玥在吴亦凡英文采访方面给予的帮助。

季艺

2020 年 5 月 19 日

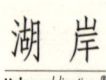

湖 岸
Hu'an publications®

出品人 _ 唐 奂
产品策划 _ 景 雁　周 赟
责任编辑 _ 李静媛
特约编辑 _ 周 赟
文字编辑 _ 郭澄澄　王 翡　屈 冰
营销编辑 _ 刘焕亭
书籍设计 _ typo_d
版式设计 _ 王柿原
美术编辑 _ 刘 会　陆宣其
责任印制 _ 陈瑾瑜　刘玲玲

🐦 @huan404
湖岸 Huan
www.huan404.com

联系电话 _ 010-87923806
投稿邮箱 _ info@huan404.com

感谢您选择一本湖岸的书
欢迎关注"湖岸"微信公众号